U0659139

江蘇地方詩文總集叢刊

金陵詩徵

〔清〕朱緒曾 輯

③

廣陵書社

金陵詩徵卷二十三

上元朱緒曾編

明十三

周暉

暉字吉甫自稱鳴巖山人上元庠生有尙白齋客談

幽草齋集　明詩人小傳云吉甫弱冠爲博士弟子老而好學爲鄉里所重博古洽聞多識往事年八十餘撰金陵舊事二卷璅事十卷焦弱侯稱其胸饒韞畜性好編錄几格不虛巾箱恒滿吟詠自適不求人知晚年賦移居詩通人皆屬和自喜其鶯啼催小飲鶴步伴閒行其句法多類此也伯子夢熊編爲幽草齋集行之顧文莊幽草齋集序北地信陽以來稱詩者靡不以唐爲宗然多在形似間去之所以更遠先生者以我鑄唐不以唐鑄我而獨有解于滄浪之論妙悟者其所爲詩深于興象饒于韻格幹以風力潤以丹彩自盛仲交後隱居不仕以詩擅當世如孟襄陽者舍先生誰屬哉山中白雲一卷如云向平謂富不如貧貴不如賤此語尙有計較未能脫然於富貴貧賤之外又云淸事

不可著迹若器用必求精良飲食必求異巧乃淸中之濁也世事惟偶然者最佳

吉甫父亦工詩失其名瑣事剩錄云正德庚辰正月迎春先是江彬遣五城齊百藝人在報恩寺點視江彬不時親往看男女晝夜在寺中家人送飯迎春日平明武宗坐聚寶門中逐起面前呈過至三鼓始車俱至應天府內傳言候同春衆不敢散男女宿於兩廊作踐府堂不得公座官吏俱青衣小帽供事亦至月餘始散先君有迎春謠云東風始歸城南柳鑼鼓喧闐迎牛走村婦騎牛唱歌詞牧童隨犂擁篝帚娼家卻逐浮屠行豬胞拋打還攜手黃冠亦共師尼遊假情相謊爲配偶妝神作鬼朱粉塗戲虎舞豹毛鞹醜鬻人兩班進退難俳優五百名何有大家跳躍亂縱橫勾苡若解亦低首勸耕東作寂無聞歲神不享非儀酒三更人散星斗移生民膏脂曾問否

春日移居

只隔秦淮路淸幽與市分溪聲數番雨鶴夢幾重雲古硏臨池洗名香掃地焚客來方坐定鳥語恰殷勤

蹇士何須賦幽人不厭尋有時忽大笑無事只長吟聞道晚

知淺結交貧覺深澗邊芳草色消盡一春心
負郭久無田幽居僅數椽綠尊堪累月青鏡不藏年客至漁樵半狂來笑語偏彥倫有猿鶴尚在北山顛
最憐佳麗地蕭散愜幽情不箸潛夫論無求處士名鶯啼催小飲鶴步伴閒行欲結村中社題詩報友生
春風花事過空翠落垂藤白板扉常閉烏皮几獨凭半酣疑有得多病掩無能一室何蕭索分明似野僧

冬日雜興

性偏難入俗多病損閒心雲斂山光瘦風攢落葉深過頭九節杖信手七絃琴安得如顏闔幽蹤不可尋

李　登

登字士龍一字如眞上元人嘉靖乙丑拔貢官新野

知縣改崇仁教諭晚號利仁老生崇祀鄉賢有冶城眞寓稿續稿摭古遺文續古千文顏學編寶唐語錄父璨官長史母王韋女割臂療姑夏氏病登三歲孤書法獨步一時小篆學嶧山碑鐘鼎文尤妙劉覺岸云李新野弱冠入京庠耿天臺督學南畿簡卓異者以風多士公居一焉以選貢授新野令至則勵士風嚴考課值歲凶設糜賑飢徐置義倉改贖鍰折穀以實之活者甚多條陳興革俱切時宜上之當道民陰受其賜以抗直忤時改諭崇仁乃立社與諸生講說鄒魯之學一時翕然興起至有成名儒者又以忤不能承事邑令成鄒當事欲伸公而抑令公甯去官以全令新野解組歸里修雍睦會以族人又與姚鳳麓起白社經社清游社長干社者四十八人如倪腆素黃新渚吳新麓柴養素黃叔初常鴻江陳翼書程精堂尹在竹徐澹明叢翠岩武秦川孔魯川薛文居王肖淮王筠池羅惟一張五山王小岡許龍江薛霞峯孫五城鄭象老王德載張鯨川盛壺林胡楓橋王小石張懷南侯菊齋黃安植李盱山諸人讌會唱和僧聽文講楞嚴又有李朱山善歌潘虛舟鼓琵琶汪潛夫張鄰虛鼓琴酒酣數童子起舞集中與諸老戲劇詩云委形雖在心先化元髮俱絲骨近仙其曠達如此家

有逸我閣處林下三十餘年卒年八十有六顧文莊有贈詩孫克愛號虛雲次號虛舟

江浦朱雲飛字易從萬歷甲午貢雷州通判有呈李如眞先生詩

拆石鼓文字六章

史籀筆蹟存宇內者惟石鼓文一種而已而今鼓文磨滅其僅存者如晨星然讀之徒覺籀口爰摘其可愛可通者百五十餘字餖飣四言六章取文諧可讀摩其姿態稍延其未泯之緒載唯國家之網羅賢雋猶獵也故六章皆借彼佃獵之事爲用賢圖治之意用今文釋之以遺後人顧文詞譾陋不堪傳遠然安知不有改拆如重編千文者

天之靈導我中黃爲員古圓字爲方或陰或陽我求可古荷字去聲

君子允帥敬止栗栗左右以事天子　罟魚若鯉涉彼深淵射麋及豕隮彼平原我徒憐世可古何字以周之君子于宣可同上以求之

駕彼鑾驂我車既攻驕驕眞古塡字如我馬既同旛翰平聲棃棃包㠯秀繡通弓六轡載寫薦于王宮

嘉猷孔碩道杋時出滔滔乍古作雨盈盈原隰柞棫其除去聲楊柳其樹歐

虎遄奔麀鹿孔庶　獸禽雉兎囿之田之鰋鯋白鱮菹之鬱
之已（古以）獻已（同上）享（平聲）具樂我王又（古有）來多賢迄于永康　執
簡則微斿（游通）于大（太通）始好而勿流歸處乃是卽樸卽華申子
永矢道惟底平鮮不用甯

贈孫五城

眼空冀北馬群無（孫陽）早歲能吟土火爐（孫逖）舊訝聖童居太白
（孫思邈）行看著作起匡廬（孫晟）枕流欲洗巢由耳（孫楚）嘯谷應迴阮
籍車（孫登）一自天台驚賦就（孫綽）徂徠名姓滿東都（孫復）

贈金北嶼

璞玉從來不易知伏生口授尚書時（年九十）淸宵擊柝淹吳市
落日迷花散習池萬事雲浮輸老眼滿城紙貴寫新詩沉淪
賸得天和足遲爾黃庭長肉芝

二弟以詩邀赴仰吉莊爲牛首之遊是日道中有懷樓居叔父

三十餘年續此期舊遊同首不勝悲人豪老去山巖在文翰空留風月移松徑帶烟秋載酒稻場乘月夜敲詩流風今日能相繼坐對振振慰所思

江宗海一作朝宗

宗海字蓉夫上元人自號秋宇居士司馬西虹云秋宇天分甚高詩文可立就役志于奕旨繪事其書法遒勁可愛一日薪芻竭晏矣未炊室人愠色君囂囂然持筆伸紙方作小景忽友人持錢米至乃以付室中曰此豈徒得者耶可以作午厨同時潘守約道卿夏伯高敞俱爲西虹所重

自樂軒

問余何所樂余樂可忘饑莫管青山價誰言白雪稀吟聲時

自起畫手不停揮更愛吾廬好朝嵐與夕暉

路九同

九同字道貞一字瞻溟鑾儀衛籍上元人隆慶丁卯舉人通山知縣有滄適齋集

父伯鎧字元振號東溟嘉靖庚子舉人辛丑進士官行人有侑閒齋集先世從高帝列衛至名聞者從鄭和襲殺錫蘭國王亞烈苦奈兒以小旗加百戶數傳至通字三河爲武略將軍即東溟之父也東溟年十七以應襲入武庠受知於大司馬淩川王公選入應天府文學迨官行人或曰是冷局也公曰凡仕淸則足以養廉閒則足以練事且國家設皇華之館典禮皆任之何謂冷也出冊封楚藩感疾卒於楚邸子九衛襲副千戶次卽九同

瞻溟少與焦澹園同里門共從王桂岑學桂岑執經者衆獨異二人宰通山舉荒政不避勞瘁請改兌本邑糧百姓便之上官欲託覓留京聲伎拒之被擠陷罷歸林下二十年初黃岡令以事去檄代閱試卷拔熊廷弼童子第一後熊以侍御督學江南執弟子禮拜謁堂下弗見也立堂中久之令兩幼子出拜是歲賓興不以兩長子列庠者見也子汝遵汝驥京庠生汝捷新城令汝前龍泉令

春晚卽事

雨奪殘春去庭花委地紅愁添詩卷裏夢醒酒杯中臨水情如觸看山景不同一聲啼杜宇歸興正匆匆

路九逵

九逵字起溟龍江左衞籍通山令九同之從弟應天庠生起溟父仲鎧爲伯鎧之弟字衞之號南溟有聲京庠子四九山九川一爲僧一卽九逵九山負才倘氣觸某勳戚黜衣巾後學使至日能觸公侯奇士也急復之九川謹飭能文起溟嘗誨人曰學者不可不多讀書然當讀正書不可溺雜書正書易忘雜書難忘久之不必記者勝于當記者則往往亂人胸次不解學詩賦者不足當人之前然溺之如酒色亦常損志或問之曰何謂正雜曰經史子集皆正書也彈詞院本乃雜書也明季稗官盛行又能詩賦者多狂放不守名教故其言如此酯德君子也卒年八十七子軸鱗皆列京庠翰早卒

景公祠

廟貌猶含憤緋衣血染新忠能懸日月氣亦動星辰俎豆光都邑蘋蘩薦後人感恩酬國士豫讓豈同倫

金光初

光初字佐予江甯人隆慶丁卯舉人奉新知縣調遷安知縣佐予世家大梁宋南渡遷金陵國初徙吳門五傳至銓生斗嘉靖中復還金陵佐予勤修嗜學手寫書數十帙明習世故胸中洞然若數秋毫而默默如不能言者嘗謂治民無他無擾之而已自遷安入覲卒於旅邸焦太史王尙質殮之橐中餘七金吏胥聞之皆哭眞循吏也子山立庠生山止

淸涼對月呈耿天臺先生

眼前皆至教領畧自分明對月知胸次看山見性情雲開呈皎潔石起極崢嶸會得悠然意虛空證太淸

吳自新

自新字伯恆一字韞庵江甯人嘉靖甲子舉人隆慶

戊辰進士授工部都水司主事補營繕司擢守杭州陞按察副使進布政使復遷太常寺卿以右副都御史巡撫河南召爲南京刑部右侍郎崇祀鄉賢有大受録韞庵遺稿

伯恆系出唐御史少微祖節由祁門遷金陵父明德字子明號鳳洲應天廩生孝友淯樸伯恆晚好易宦邸構洗心軒家有玩易寓起萬卷樓以藏書尤敦孝友里中美其家法好汲引所推轂賢士大夫遍天下焉友人楊道南李維明相繼早卒公捜其遺文捐俸合梓之公卒葬江甯鎮水橋弟自元遠庵從耿天臺學爲時所重自伸才謹飭韞庵子汝琦博學能文汝璟萬歷三十年舉人未仕卒

汝偉

劉覺岸存徵録伯恆幼頴敏絶人耿天臺督學政首拔之與論學駸駸度越流輩官水部出董徐呂洪務審擇便利杜竇緣乾没之姦朱鎮山司空翁見海中丞許以大器督工大内宦官無敢侵漁守杭時有廢勳貴匿重犯章某於家公執其翼虎若干人刈之論章如法郡有豪宦當大辟公按如律監司屬公寛之公寢不行宛民滕某公立破械釋之滕範金爲公像虔事終身焉織府金巨萬前守多利爲私槖公一一

檢核不濫出入每歲省數于緡杭人日昔大司徒梁公以清正著今復幸有吳公矣爲副使備兵温處海防肅然加參政督儲公先予之期無敢後者上計獨先他省爲布政主藏吏以餘金例進公叱而懲之羨金悉充兵餉開府河南宗藩驕橫公於每宗選其俊彥各占一經以爲宗學長會陳卒以餉不時取而嚚公立逮首事者誅之陞南刑部侍郎兩月疾卒耿天臺嘗曰伯恆語默動靜無非學也

神策城樓望元武湖

粉堞開新閣元湖鏡裏看魚龍眠欲穩鷗鷺集偏安樹色含風冷溪聲帶雨寒萬年圖籍在酹酒一憑闌

嘉善寺石壁

出郭探幽奇驅車指長薄禪林一片石絕壁聳虛壑既疑巨靈開復訝鬼斧鑿一線漏天光蒼厓對高閣寒梅初放花幽亭堪共酌列坐恣談笑高興滿寥廓吾鄉多勝跡到處可爲樂平地有神仙斗酒尋舊約何用訪蓬萊崎嶇采靈藥

梅花水

寒潭雨更清梅花在何許忽送暗香來會心更忘語

湧泉庵雨坐

飛泉脈脈雨淒淒戶外寒峰入望低誰洗十年塵土耳潺湲聲在石庵西

李逢暘

逢暘字維明一字翰峯上元人金吾後衛籍嘉靖戊午舉人隆慶戊辰進士官戶部主事陞禮部郎中命遣祭楚王歸卒崇祀鄉賢有翰峯遺稿翰峰篤孝母沒哀毀骨立啖蔬處外三年悉如禮家庭嚬笑不苟每衣冠危坐與人交誠意懇至爲諸生時爲大東北喻時延以教子以師道自重出入未嘗左右視與楊道南同里立志以聖賢相期値道南病癘親視湯藥或曰癘疾染人宜少避公曰與道南同返亦快矣道南卒未浹旬亦卒翰峯在主客司詔選良家子備六宮之選惟擇

端楸者以進諸醫治悉斥之校試醫士以藝業爲低昂堂鄉有託亦不納年四十四無子

題外舅顧桐莊先生塘芳園雅興册 錄一

亭亭玉立小盆蓮不與羣芳巧鬬妍並蒂喜傳吳苑種長馨堪擬廣州田碧筩酒泛消炎日綠樹鶯啼接遠天勝會卽今難再得縹緗空賦朵菱篇

焦　瑞

瑞字伯賢一字鏡川南京旂手衛籍上元人隆慶戊辰選貢官靈山知縣伯賢始祖本名朔爲旂手衛副千戶太祖御奉天門召朔賜名庸父文傑字世英屯副千戶無違心之言無違心之行通州吳主簿部糧寄八百金暴卒家人不知金所在也世英舉還之仍護歸其喪子四長伯賢次靖襲千戶三玆四晢字沂川伯賢官靈山產熊膽天竹黃花石諸物上司不時需索皆力辭練兵禦賊以銀爲射的中輒賞之督撫檄劉節推勦盜被執將加害伯賢率衆往援救節推還竟不上功葉龍葉鳳兄弟爭產泣諭之而止權相柄國賦斂嚴急郡縣爭爲刻深

遂以疾告歸徒步辭上官不復乘靈山輿矣歸之日囊餘八金皆纍纍時射的也卒於途

後湖

瀛洲咫尺與雲齊島嶼淩空望欲迷爲貯版圖人罕到只餘樓閣夕陽低

蕭相

相字漢卿江甯人南京禮部掾張心父蕭漢卿詩集序云漢卿居秦淮上曉起蓬垢倚門而立手執古詩一卷伊吾之聲不絕日高三丈不知晨炊之未熟也嘗以詩投陸儀部盛爲賞譽金在衡數數稱之其詩亦載心父所作詩序中

投陸子傳儀部

久辭清秩賦滄浪鳳詔遙看出帝鄉當日青山容謝傅祇今明主憶馮唐客心晚注姑蘇月仙署寒凝建業霜空愧子虛應有賦吹噓須念獨相望

楊一洲

一洲字伯海一字萬壑應天庠生有柬中集萬壑足跡遍五嶽工山水小幅妻沈宜謙之女工繪折枝花吳中黃姬水題其杏花云燕飛修閣玲瓏靜紈扇新題春思長妙繪一經仙媛手海棠生豔復生香

寄王仲房

思君當此夜寂寞一燈親孤雁驚寒士雙魚寄遠人寒潭明月映古屋小梅新何日論文聚松花滿甕春

卜鏜

鏜字子振一字虹泉應天人隆慶庚午舉人官長史有三華館集虹泉父璠字樸庵嘗卜地牛首中途見負擔者苦渴卽穿井濟之井在鐵心橋邢一鳳爲記過某橋聞橋下哭則夫婦爲債家逼挐幼子欲自盡與之金而償之以生其人明年冬返吳江舟覆與家童舟子攀舟之底飄泊多里忽見岸上有燈急叩其門開門則昔之橋下人也爲具食燎衣

易舟以行虹泉長於詩隆慶四年鄉試填榜逾四十名應天府無列名者治中包公遂言曰應天不見一人中式官府無光彩遂得中四人卜鏜吳伯誠王橋顧國輔伯誠尚書文度之孫也官禹州知州

遂閒堂

心遠方知地絕塵遂初一賦稱閒身日高臥榻茶烟細晝靜簾鈎樹色新石磴安棋邀野衲竹籬置酒約芳鄰夢中蕉鹿誰爭得椶笠荷衣不是貧

王元貞

元貞字孟起上元庠生入國學有孟起正續集袁尚書洪愈序云孟起有古節俠風履仁蹈義歲祲民病疫道衆殣相望王君首捐金錢千計食餧療疾所全活甚衆棺胔瘞骼之仁且遍都城内外脩理文廟所爲國家得正人君子京兆魁大廷者自今已丑八人稱道君搆庠序致然文衡山門人朱子朗之子慶餘遊留都疫歿遺孤二君撫孤而賫捐橐於吳門之西殯斂衣衾纖細悉周愼不足言也

先世樸庵由甯海徙金陵曾祖博祖世英字廷傑叔祖世芳世萱父繼文字純夫一字南淮孝友誠信遠方爭願識其面年八十三兄元中早卒孟起撫其子玉京如己子家有桂園在迴光寺前曾與張都閫鯨川王揮使元崑顧參知體庵姚太守鳳麓陳秀才延之山人張白門柳陳父程孺文結詩社於中有桂園社草

晉陵顧顯仁序云余家金陵之明年結青溪社社若干人王孟起其一也孟起家秦淮構閣於上顏曰臥癡寔著作所孟起舊有集行於世王弇州陳沔陽嘗叙之矣茲臥癡閣乃續集也子婿張啟藎謀梓余序其梗槩

秋日園居雜興六首錄三

初心戀邱壑定命恆自知所以榮名輕但思麟鳳悲良遇苦不常爲歡每及時側身宇宙內百歲將安之何乃當暮年事忽嗟離疲惆悵徒縶束翹首望天涯委命

秋風颯颯吹游子今何之浮雲遍天涯萬里無程期霜葉日

已下朔雪倏更時歲序既云促懸心難自持往路未能保隔絕增傷悲懷人

鵬鶚振高翮萬里何悠悠俯仰閶闔間孰若甘林邱日月不同照光陰無脩留苟合世所常節女猶見羞況乃丈夫志落落應難儔所以古聖人失意甯乘桴慨世

秋日寫懷八首

荒齋無所與寂寞悲淒風出門望江水江水逝向東遥見孤舟來悠悠復轉蓬霜鴻叫遠天了無尺素通婉戀終不忘咄咄徒書空

煌煌庭前桂紛香拂綺席皎皎牆東女迎寒弄刀尺天台天所鍾含情淚盈溢借問何所思憂愁在顏色插手告上賓良人久爲客經歲尚未歸況復音信隔空房猶未悲但恐終棄

擲是以心不忘晨昏惟嘆息
蘋蓼滿江皋芙蓉照秋水行行欲采之幽馨得芳芷將欲寄
美人美人竟何倚相思不相見憂傷隔遐邇
怪石覆奇草紫翠紛菁華鬱鬱雲根生冉冉凌烟霞烟霞觸
我思有人在天涯會晤終無期懸情道路賒
晦夜闃無光蛩聲在牀下風捍窗紙裂霑衣寒露瀉壁篝生
紫焰閲古翻揷架游子嘆式微鹿鳴還遠駕締懽憶十年閒
愁越九夏棄擲猶懸心歛思難遽謝情至終無忘殷勤元膾
炙
羲和馭西陸流光看易過瑩瑩白露下木葉方辭柯矚景漸
蕭索身世憐蹉跎寒蟬寂無聲蟋蟀鳴枯莎啾啾悲且淒觸
感愁悶多疎遠日云邁紓鬱空奈何強飲激所歡長嘯振巖

阿

倏忽去國遠迢遙形日睽形睽心不斷悲思殊淒淒行止無所聞緬邈猶雲泥雲飛還見往幽顯未可稽茫茫不自覺心亂神亦迷迢迢懸我懷如雨望虹霓躑躅想千里鷄兔東復西惡聞烏棲聲愁聽青猿啼

懷人值秋雨寒風悲我襟游魚離深淵歸鳥失故林往路知安在改序無信音玉露沾繁草閭巷頻敲砧遥憶從飄渺結憂煩素心悽愴感所遇獨抱綠綺琴

過衡陽寺

策杖衡陽寺蒼松護碧山泉分千派落雲斂萬峯閒覓景窮巖壑尋僧扣石關聽經龍女寂風竹自珊珊

退省歌

南山有虎眾必惡之北山有鹿眾必好之惡之斯殺惡足殁身好之何如善亦殞生人生在世身退藏名霧以隱豹淵以潛龍終藏不見妥以壽終天地何私存人所衷

歐陽廩

廩字惟穀一字石林蔭之從弟官松潘通判有逸園集石林與兄平林青林並以大小篆古隷詩畫名平林眞書師李更八分師二李與梁鵠結體不疏古雅有意石林華之孫也子煦一字炯伯亦以文名更有長林爲貴之孫焦文端公歐陽氏式好堂記云金陵評事街歐陽氏多良材莫賢於汝和汝誨兩翁先是愛溪翁嗜書史敦孝友手栫三弟其雍睦爲里中第一兩翁世其風年七十龐眉鶴髮日相差肩以行見者豔之翁嘗稱曰我輩丁盛時業先業怡怡兄弟此三樂也構堂三楹爲游息所堂右爲室室後有閣曰雲住左爲宴園園有齋曰聽秋亭曰愛日堂曰問月兩翁歲時率三子具豆籩宴樂其中而眉其堂式好久之三子與余藝相講又婚相媾也則委之爲記汝和汝誨未詳其名愛溪翁即太守榮三弟即華富貴兩翁率三子即

平林青林石林也平林名序一字惟禮福州府經歷署閩縣侯官知縣能詩詞工篆籀存心理學在閩嘗蠲俸以償贖鍰持平以釋大辟郡人爲立專祠罷官之後歸結茅箱塘之麓以終老焉四子睿伯景伯潛夫初伯明季潛夫亥盛有四子坤字陶正垣字周仲倪篤之婿也坦字安道垓字九有倪篤之兩子兩先祉先皆受業於垓垓爲路汝捷增青林名麐字惟玉應天庠生署臨安知縣善詩文有聲其堂有天目松三株數百年物焦澹園額其堂曰松風作記一篇顧文莊更作賦一篇又集詞人題詠以閻幕攝臨安縣以勤敏稱子旭之孫予企亦以篆籀名青林富之孫孫也

夜宿耆闍寺

欲往前山暮靄凝禪扉深鎖叩南能投閒不作黃粱夢重到猶尋白髮僧繞樹踏殘樵磴月題詩分點佛龕燈勞生自笑多形役鼻息參來最上乘

宋存德

存德字惟一一字育齋號浴泉錦衣衛籍隆慶丁卯

舉人辛未進士授安邱知縣改浙江按察司知事陞沈邱知縣擢南工部主事南刑部員外郎禮部郎中陞福建按察僉事有鴻雪稿浴泉出宋元憲南渡從吳縣明初徙金陵惟一父溥嘉靖辛卯舉人樂平令饒州通判長子存禮次即浴泉也浴泉在安邱裁賦酌役甚得民心行部使者以茂異薦格于監兌意左降知事在沈邱治盜息訟經理水患官南京執直盡誠鄉評益重在閩以暑瘴疾革性孝友頎而偉立健談辯時出詼諧琅琅傾聽而簡易直致略去邊幅人多樂親之子夢弼夢周夢鳳夢騏夢驄驄有詩二卷同里叢文蔚字翠巖隆慶戊辰進士烏程知縣罷官歸里與李士龍朱杜村金北嶼等四十人結長干社遊覽不輟年八十餘卒陳儒字汝宗一字芹山均工詩

述懷

廿年宦況悟黃粱惟有詩書蔗境嘗櫪下驪駒淹歲月庭前蒼檜飽風霜細思倦鳥投林急底事閒雲出岫忙疎節仲翔

無媚骨青蠅來弔亦何傷

蕭崇業

崇業上元人雲南臨安衛籍隆慶辛未進士兵科給事中奉使册封琉球官至右僉都御史提督操江有使琉球錄二卷同邑傅禮字公緒工畫亦能詩

奉使册封中山作

皇威遠暨八方同詔許中山爵秩崇龍節遥頒滄海綠鯨波長浴日輪紅須知圭瓚膺三錫莫使蟲沙鬬九攻載詠普天裒對頌聲名洋溢百川東

武尚耕

尚耕字秦川一字邦聘溧水人經歷局之子隆慶庚午舉人辛未進士廣東程鄉知縣考選禮科給事中

陞四川參議道征蠻有功擢湖南左布政崇祀鄉賢有秦川詩稿秦川平洞蠻之亂勒勳峩嵋山石歸田後里人王希仁往見之三子侍體無完衣先是曾夢秦川二字因以爲字後自蜀之楚飲餞於秦川閣而官竟止於楚族弟尚賓字邦嘉一字鶴汀父暐台州知事死倭難尚賓抱疏陳情贈太僕寺丞蔭賓入監賓後舉嘉靖甲子鄉試仕官南康同知有雕蟲雜集復移蔭仲弟尚冕

萬歷丙戌夏初經玉泉寺驟雨觀溪漲

沙壓鳴泉春漲急樹迷空殿晚雲深塵囂到此銷磨盡莫漫攢眉蜀道吟

楊希淯

希淯字道南上元人隆慶辛未歲貢崇祀鄉賢道南生之夕母夢笙聲羽葢擁仙官入數歲古文詞下筆立就年十四胡象岡督學試孔子惜繁纓論批曰草茅中鸞鳳見其幼更重之遣就海虞錢有威學館于梁溪華學士家嘗贈以百金弗受比歸潛置其書囊登舟

檢書見之同舟力勸乃去天臺耿公聞其名試學莫先立其志論大加稱賞由是聞陽明之學以補貢至京師時方題貢不得補莫理菴少宗伯雅重之移文定爲明年貢歸逾年卒吳龍菴司寇梓其文與李翰峯合編皆陽明學派也卒年四十一

秋日

寂寞柴扉傍釣灘儘容閒賦考盤寬病常欹枕書猶夢瘦不禁秋雨更寒才不才間聊隱几用無用處且憑欄芒鞋忽憶山僧約欲聽鐘聲訪翠巒

宋幼峯吳三峰二丈招飲東麓亭陸雲麓黄吉父並集分韻得清字

縹緲琳宫向舊京烟浮落木澹孤清尊前玉樹含秋色笛裏梅花帶雨聲何處樓臺還返照幾家燈火報初更酒酣不用頻看劍恐有寒光動冶城

宇溁

溁字春圃龍虎衛籍上元人隆慶辛未貢宇氏出自周宇文泰之後省爲宇姓宏治七年舉人宇賓官王府長史

暮雨

江上秋容老冥濛雨不收暮天無限恨有客在孤舟

常信

信字國寶興武衛籍上元人以善書爲南印局使遷撫州府照磨有同文北上撫游振藻等集國寶年十二籲天代父銘疾盧玉田奇之許以弟之女妻焉博學多才精六書繪事通醫理兵法平花園港巨盜焦太史爲墓銘

盧玉田先生著菊譜藏其家國寶賣佩劒梓之感而有作

高風晚節箸圖經脫我昆吾便殺青不數范村三十六一樽相對仰遺型

黃可文

可文字惟質高淯庠生有詩集惟質博通今古屏石鑿坯吟詠自得子夷石萬歷中貢成均官福藩長史進父書福藩諭惟質日順德先生同邑孫思孝字奉先萬歷己卯貢授合州同知有長嘯齋稿旅中草宦遊草嘗赴臺試聞母病馳歸父病凡九閱月衣帶未解盜入其室日此輩飢寒耳竟置不問文張應奎萬歷辛卯舉人壬辰進士烏程知縣贈尙寶卿均工詩

馬步橋弔齊尙書

此地人傳馬步橋忠魂欲問楚歌招白駒堪歎當年縶碧血難教萬古消晁錯謀空傷族滅包胥淚盡恨天遙只餘一派東流水嗚咽聲聽早晚潮

黃祖儒

祖儒字伯肇上元人運判甲之長子有諫鳳噦覺集甲四子均能詩次子成儒字次茂有兢居齋集三子方儒字仲坤有陌花軒小集四子復儒字叔遜有振秀閣集叔遜才名尤著顧文莊序其集稱其雕文琢章鏗鏘有韻行書法章草清勁特甚

題王孟文題橋圖王名質金陵人工山水

駟馬高車憶長卿歸來負矢竟爭迎有人摹仿淩雲賦投閣空教老此生

徐應坤

應坤字順之自稱竹溪散人江甯庠生徐竹溪與司馬西虹爲友讀書記輒不忘涵蓄經史有扣能應無問隱僻人目爲書倉嘗得例貢棄去構亭青溪種竹百竿竹溪父雪樵有隱德母湯氏東甌王裔訓子曰謙損接物寡怨之道也兄應乾早卒竹溪爲王欽佩所賞妻以女家素饒

自題竹溪

溪流門外碧獨坐對幽篁鳥啄箏鳴玉蝸縈篆滿牆鏡中涵色相塵外悟羲皇午夢初驚起攤書踞石牀

楊郡

郡字君牧一字月溪六合監生許州隨州吏目同邑戴鴻基字君肇膠州州判承順經歷有遊珠泉詩

次黃望山結社韻

啼鳥驚回夢裏閒主人樂意自相關牆隈欹枕聞清溜林隙開簾見遠山野老班荆蓬戶外畦蔬爲具瓦盆閒當年獨樂園中叟可是貧居亦笑顏

蓬蒿野性愛虛閒花影橫窗未啟關老婦摘蔬供午饌故人折簡約春山鵰摧健翮雙垂後蝸引餘涎一篆閒卻笑楚囚

拘繫處南冠同首亦羞顏

閃應雷

應雷字明山上元人寄籍保山隆慶中歲貢

水目山

此水相傳卓錫泉不知宮殿自何年殘碑卒護雲山冷古木平臨海月懸曉起烟霞迷下界夜深鐘磬落諸天我來佛座曇花側萬壑松風挂杖邊

薛應和

應和字子融一字霞峰江甯人萬歷元年舉人成安知縣北山詩話薛霞峰居官清介卻羨餘分校秦省元出其門有張嶙者贄過腆變色不受丁父憂徒跣歸養母不出居家三十一年公府無片牘脫粟草蔬僅給于腹友叢太宇母死爲傾橐助故人潘闇張三君貧不能殮皆任其喪葬迨其歿則遺命薄殮木用麥云顧與治記其事

望土山

東城十里餘，晴空聊目縱。土山繫人懷，名以太傅重。遠志豈無人，惜哉世不用。斯人起九泉，執鞭吾其從。

余孟麟

孟麟字伯祥，一字幼峯，江甯人，侍御光之子。嘉靖甲子舉人，萬歷甲戌一甲第二人進士，授編修，歷南司業、洗馬，充纂修會典，累至翰林院掌院事、侍讀學士。有余學士集三十卷。北山詩話：幼峯母黃孺人，古峯侍御繼室。侍御没時，幼峯尚髫齡，孺人慘戚，力支身，督以傳訓，子登第。萬歷八年，孺人病，乞假歸里侍疾，衣不解帶，逾年卒，哀毁盡禮，人稱其孝。起服，累至南大司成。性耿介，不事權要，乞休得允。年八十三乃卒。子震鳴，太學生，力學早逝，無後，立外孫大成爲孫。

幼峯以金陵名勝二十題，焦澹園、朱元介、顧鄰初同賦，名雅遊篇。少宰曾朝節云：先生之詩雄渾沈鬱，繩

墨漢魏先生雅善弈少有與爲敵者先生之詩文亦先生之手談也

春霽過斌公蘭若

春陰晝欲沈山齋開自閉焚香坐晏如孤鐘出松際宿雲一夜收千林明曉霽遙遙入青蔥疑隔人間世山深草色鮮谷遠泉聲細頭公坐竹房岑寂多年歲禪外苦吟思幽意頗相契我來尋者闍因之成小憩元晤倚夕曛東風吹蘿薜

烈婦吟 烈婦黄氏家武定橋夫死家貧翁姑欲奪其節婦伏劒而死聞者惻惻毛豎余爲傳其事云

雙星下房櫳不照君顔色逝途邈冥冥顧瞻哀以切妾是孤桐栞一絃只一音豈云獨輕死誓不緇冰心雲復朝雨復夕千年頸血凝爲碧欲從南史問遺編不知如婦幾人傳

訪文大德承攝山耕寓

獨有幽棲客茅茨萬壑深寒雲低遠溆落日抱荒林不逐吹

竿好誰憐擊磬心佇看招隱處叢桂滿巖陰

天甯寺在青龍山

秣馬長林午捫蘿野寺秋白雲巖外磬黃葉樹間樓佛牓琳章護僧廚石澗流何年知受記心跡坐來幽

普德寺僧悅精舍

疎鐘不知處秋色竹林西雨雜花難辨山藏日易低孤標撐惡筊斷壑借芝梯蒼翠重重隱常防去路迷

秋日同李廷尉集姚叙卿太守烟月亭

遠嶂初含霽疎簾正入秋解衣花霧襲滯徑竹陰留酒賦稱歡伯琴歌託隱侯平蕪將月上隔水映朱樓

秋日入攝山尋雲谷舊菴

披榛塵境外振策化城閒落葉一辭樹秋聲多在山虛窗遲

月從危石據松攀舊日聽經鳥依依去復還

閒居

東山雙屐蠟西塞一簑烟適志各如此流風今杳然幾椽容膝地盡日曲肱眠亦有蘧蘧趣南華內外篇

遊眺雜詠 錄三

余既屏居謝軌因有餘閒遇風日晴好每尋山水佳處以寓遊眺輒援筆記之得詩二十首

雙峯天作闕萬壑石爲林伏臘棲禪地烟霞出世心向龕懸塔影當路匝松陰經誦聲初罷星河小閣沈 牛首

先皇標傑構一塔隱千峰窈窕雲中路玲瓏石上松寶函傳白馬金鼎伏蒼龍剝盡長廊畫青山不改容 靈谷寺

靈區支短策異草攝長生畫樹蒼鼯戲春泉白鹿行三臺淩斗絕千佛瞰雲平不管齊梁代晨昏磬自鳴 棲霞寺

溪雲閣成漫賦

掖池供奉幾年違一徑叢青見客稀石竇自通秦鑿水柴關聊息漢陰機橋連白板晴嵐映巷隔烏衣夕燕飛十里毿毿楊柳色蘭橈時載笛聲歸

送楊道南入楚謁耿天臺

此日離亭共一樽江天何處不銷魂風塵傲世遊偏壯貧賤藏名道益尊萬事向余高枕盡十年惟爾故交存不緣歲晚歌長鋏懷褐深憐國士恩

登太學藏書樓

重重飛磴駕晴空冊府由來傍澤宮藻棁蘭楹搴彩鳳金繩玉檢隱緋虹璇璣平指天文麗閶闔高臨御氣通忝竊二京都講席虛從芸閣賦雕蟲

秋日感懷

五陵歌管日蕭騷拊缶烏烏亦足豪病起秋風吹鬢短酒醒寒月上樓高九關虎豹提兵遠十道梯航轉餉勞獨向幽蘭吟澤畔橫琴幾欲避人操

答張山人

茅簷帶清溪疎松倚盤石裊裊挂飛蘿影入溪水碧抱獨諒在茲撫物欣有適鉤簾聽流鶯攜琴候逋客不見白雲歸惆悵日將夕

顧國輔

國輔字惟德一字毅菴上元人隆慶庚午舉人萬歷甲戌進士授刑部主事陞郎中出守襄陽晉浙江副使調寶慶知府崇祀鄉賢顧副憲祖方竹崑山人以幼孤鞠於張遂徙金陵從

其姓隷籍金吾衛習浙海憲始請復姓至性孝友奉親色養備至伯有子弗能養暨張氏子貧並優贍之終其身居刑曹清慎時江陵當軸同舍郎疏攻之張並銜同舍屬當讞囚公有所矜釋江陵勿直也公抱牘面質于江陵以原情不能移而罷始入襄屬久旱首倡便宜賑濟大雨如澍五歲五稔中州之民就食者數萬公多方活之爲具資斧遣歸鄖卒叛詟制府殿監司監司夜趨襄襄卒亦以效尤往往偶語公諭以大義屹不敢動推官薛曜多不法公數裁之曜怨望會分守以他故中傷公當擢浙憲時以考功法中傷之調守寶慶數月卒於任公所至飭吏治尚清淨民甚安之與人處直致無所飾四子起元起鳳起柟起貞皆高才爲金陵望族

嘉善寺石壁

千林雨氣清新松藹如沐蒼厓倏焉剖神秀勢超豁巨靈何所來揮斤剷山骨森然萬奇鬼鬅鬙互相逐峆岈砉中開窺天不盈掬宛轉射丹霞玲瓏竅蒼玉地僻知者稀因之遠幕黷從知春復冬但見猿與鹿吾將謝纓縰解韁臥茲麓散髮

巖岫間荷鋤藝杞菊

湧泉庵雨坐

雲衣漠漠雨絲絲隨意看山載酒遲何似湧泉花裏坐一杯新茗聽經時

宏濟寺閣

江上春陰鬱不開一尊高閣共徘徊丹梁宛轉扶雲上白浪空濛挾雨來法界五天懸半壁潮音萬里漱孤臺憑闌坐見蒼茫集邱壑今誰謝監才

王　橋

橋字公濟一字與竹上元人隆慶庚午舉人萬歷甲戌進士刑部主事陞員外郎中出爲江西饒州道轉四川北兵備道福建按察使雲南右布政使貴州左

布政使陞順天府尹以目疾歸與竹曾祖繼源字澄公爲一政之曾孫一政長子暢孫晟客於杭居焉晟子宗光生繼源讀書豪爽遵晟妻錢氏遺命遂載祖父祖母父母柩歸葬鳳臺門今王家墳是也繼源生子鋐字景容精研書史應天庠生銈子謐字東苑孝友好學子四楣村橋梓與竹其第三子也清正仁慈所至感其德川閩瀕黔各有生祠高懷雅量善飲酒偶集一中貴家以十大碗一百小盃進徐徐飲畢策馬以歸平生爲人德量恢恢有餘顧文莊有贈詩年八十一卒子遵憲太學生遵謨王氏又有京庠生獻者爲一政次子曉之曾孫曉生太學生銓銓第三子道彰獻字策史則道彰子也品學爲一時推重弟子知名者余光鄭淮許毅張詩沈鯉飛秦箴吳宗泰何滄路伯鑑徐昺胡汝帑盛時泰曾宗魯汪銓宇澤王允學李逢暘宋存德董艮鄧尙義朱衣焦瑞于管顧畯蔣山

長干春社

連鑣晴日繫花驄春到長干景物融蓮社不妨招謝客竹林何必廢山公詩成錦繡千篇富酒滴珍珠百榼空容我追隨諸老後浴沂竊慕古人風

馬稷

稷字舜舉，一字醉狂，上元人。善繪山水、人物、花木、竹石，與薛仁子艮、許縉、何文、黃珍懷、季藹嵩、三松齊知名。

題畫

瘦竹蕭疎三兩竿，遥青一抹接闌干。漁翁爛醉簑衣暖，那有風波到淺灘。

陳文忠

文忠字少泉，上元庠生，以孝聞。同邑景霽字光甫，有登洮紀吟、避暑吟。萬夢桂字稚徵，萬曆丙子貢，官崇義知縣。金丹字赤侯，萬曆辛卯貢，官訓導，有赤侯集。林旭字景初，善山水。

秦淮秋夜聞笛

微雲澹澹度星河，仰視秋空月映波。萬戸寒砧停未起，一聲

長笛弄如何美人南國牽愁遠故友山陽惹恨多吹得涼風滿庭樹壯懷大半已消磨

朱承綵

承綵字國華應天人齊藩五世孫有小山社草高帝賜齊宗世系云賢能長可慶無承字輩然以詩中巨源爲弟推之亦可字輩也完玉請於朝始名慶棐葢未請名於朝時用可字也小山社草顧交莊爲之序國華工寫生禽鳥翻然有生動之致王孫以文彩風流高自標置萬歷甲辰中秋開大社於秦淮會海內名士張幼于輩分賦授簡百二十人妓女馬湘蘭以下四十餘人亦與焉顧交莊稱其系本天潢聲通雲閣音無傲辟泱泱東海之風友盡英多藹藹西京之彥云

太祖第七子齊王榑永樂中以疑忌與子賢炬賢熥賢炅俱暴卒幼子賢爀廢爲庶人養于西内景泰間出之南都賜以谷庶人三山里第賢爀子能埌字坦齋孫長鉗字守靜守靜長子可埕字泉亭工詩有同春集讀書通大義不事科舉積勤豐財闢一園名曰同春葢不欲以邱壑自專而與公卿大夫宗黨賓客

共樂之也遠近爭慕其賢子完玘完璞完鼎完玉孫循禮循美循德循壽次子可潢字巨源亦工詩喜讀書吟詠從李如眞集澹園遊時張廣筵集衆賓談經論古發音中的名馳四方士大夫以得交爲快投贈盈笥巨源彙爲小山元賞行之復爲續集顧文莊公爲之序

送茅平仲

置酒長干路潭深夜未闌山川牽恨遠風雨逼年殘天迴孤帆没江空獨雁寒樽前明月好何日更同看

貝　幽

幽字西山一字曇雲上元人欽天監五官司歷有曇雲集　西山爲博士仁之長子著歷法要覽十二卷細楷手錄爲同官楊某挈之去欲倡付梓未幾楊遂失之所著歷書小帙雜說詩文藏於家長子尙質字敬山號菊庵官至刻漏博士孫元楨字明吾授天文生曾孫守仕字振宇亦授天文生貝氏天文之業遂與明相終焉同邑劉仕義字時卿一字行之萬歷庚辰貢温州府教授有新知稿又輯新知錄二十四卷上下古今掎

撫臧否具有依據顧文莊記其二曰躁心濯舊二人同舟有所適一人性急晝夜計程稍阻輒憤懣形爲枯瘁一人性緩任之增食甘寢顏色日澤旣而抵其處二人同時登岸此可爲躁心者省矣一曰察政文子曰察見淵魚不祥班超曰水清無大魚察政不下和司馬溫公濳虛曰察窮秋毫物駭而逃長民者宜三復焉

詠簾

何事蓬蒿翦簾垂好注經波含湘水碧苔上硯山青風入輕捎燕星流巧坐螢伊誰來問卜陋室自堪銘

方登

登字舜庸一字嘯門自號樵城子上元人有舊半軒稿北山詩話嘯門慕孫登以爲名字家治城之麓自號樵城子畫倣史癡書摹雲麾閒爲小詩以自適一生不見貴人晚以目眚弃謝親串年七十餘卒友人陳蓋卿敘次其詩以爲顧清父盛仲交之流

次陳蓋卿生辰述懷

不屑投時好年光寄薜蘿著書人借讀種竹鳥飛過有興詩筒滿無錢酒債多丹楓與湖水相映醉顏酡

晚坐

日入羣動息蕭然坐草堂樹暝晚烟合花收夕露涼白髮催年暮青燈照夜寒林端新月出松影過鄰牆

秋晚

秋晚行隄上書聲在茅屋月出不逢人風來弄修竹

楊嘉森

嘉森字培庵上元人朱艮叔猶及編云楊培庵高峻不羣家覆舟山陽萬歷乙亥予往見先生瞑目坐扁豆棚下余俟甚久先生欠伸始見余也少頃童子出蔬飯一椀莧菜一盤更呼出一椀分飯與余共之各不成飽而罷因論飲食男女貨財予自謂不能爲累先生厲聲曰公每日肉食與今日藿食覺有異否予曰不異先生曰如此是不知肉味耶是食而不知其味耶予未及對先生曰公今客

處既久有女子就公非干名義又無人知公不就之否公閉門獨坐庭中有金從天而下公一不動念否子聽其言至今猶有愧色也先生年五十其母可七十有弟館於蘇以其一子一女寄養先生與母當三日不食飲水相慰姪與女亦能安之女有殊色善琴棋有貲郎求以爲妻先生峻拒之子別先生時索予扇書一絶云云後三年余訪之母子隱青龍山矣

書扇贈朱亙叔

一肩風月送君擔，秋夜泠泉徹底寒。此日山中憐顧別，好將生意逐時看。

黄汝金

汝金字西野溧水庠生北山詩話黄西野博學有隱操萬歷初溧水令吴仕銓聘修邑志

同邑蕭溧字世常一字潞源以孝聞舉鄉飲大賓亦能詩

雀壘山房

空山遠世氛雲物闢靈藪茅屋滯疏林槿籬分左右室中列琴書撫弄不釋手硯田聊自耕負郭無一畝高歌動金石薄醉賢人酒舉頭看浮雲頃刻變蒼狗

鄭道先

道先字韜庵自號水雲逸史上元人有蓄綠亭草韜庵喜結客性樂山水嗜爲詩寫梅花鼓琴讀書先世自洪武時自閩來父祜號雙槐有隱德韜庵第三子之彥字蘭匡以醫名蘭匡七子笏字漸臣篆字頡書筊字筠史籌字孺房俱列京庠節宏光末以百總從唐王死于海上符奉一拂祠籃字汝器蘭匡好古文奇字知谷口八分有所授也

題梅花

手寫梅花自賦詩老人樂此竟忘疲山童忽報園林雪更比昨宵多兩枝

袁應兆

應兆應天人官博士郭茅有尋華陽洞詩曹昌先有遊茅山詩張鵬字竹渠有望水雲亭詩徐時雨字潤甫中山王裔孫有一暢軒稿周山有遊靈谷寺詩芮邦重高涓人有官澗橋落成詩均金陵詩八

齊雲山

仙都羣峭合儼見碧摩天古洞交靈竹香臺簇瑞蓮餐花羊臥石棲樹鶴藏烟何必尋元圃丹霞已駐年

鄭惟勉

惟勉字時成上元庠生

寄衣曲

秋風動邊塞木葉下庭幃織就機中素裁爲萬里衣憂沈絲緒短淚漬綫痕稀君體應如昔妾容今已非

都勝

勝字廷美南京羽林衛籍世襲指揮洊陞漕運總兵中府都督明史附傳廷美父忠河間人以蔭改南京羽林指揮遂家焉年十五入武庠讀書綴文與儒生等名士樂與之遊奉敕備倭鹽徒金藩等犯嘉定上海又欲犯江陰督衆捕獲之俘獻于朝漕運總兵平江伯薦之充參將平江內擢遂代之至中府都督乞休以詩文遣老又有伯元素者始祖仗劍從龍爲都督府同知元素早遊文庠往就武舉試事甘肅繼還南京總水軍守浦鎮陞入閫都閫能讀諸經史及司馬兵法又府軍左衛張廷佐代但守浦口顧東橋謂武舉一科羅將相之才必主於文儒試以謀議此數人皆文儒也

食桃

綏山仙種不須求隨分園林頗自幽卻怪排山三壯士如何不識武陵舟

徐宏基

宏基字六岳應天人中山王十世孫襲爵魏國公六岳

曾祖鵬舉字雋軒守留京五十餘年御行㢘㢘姬妾七十餘人贈太保最稱福壽祖邦端字少軒父維志字冲宇俱襲爵六岳鄴架多儲皆能諳憶閒誦如流詩字有晉唐風韻甲申聞國變慼愴而卒嗣子天爵字青君乙酉鼎革或云北去或云隱遁不知所終余澹心板橋雜記載有青君受杖事非其實也

贈曾近江

譚經青歲擅雄名綈賦琳琅播玉京養得烟霞耽豹隱愛從泉石締鷗盟烏衣楚楚鍾雙瑞黃髮番番列五更石鼎丹砂應早就鸞車霄漢待君迎

孔聞勅

聞勅字典甫一字敦五句容人鄰水主簿攝鄰水令釋株連決滯獄稱仁厚吏崇祀鄉賢

寄朱蘭嵎索畫

畫蘭非其人拈筆使蘭俗譬彼燕人石何可亂結綠我欲求

於君紉佩慰中曲同心不在多一枝香已足

金陵詩徵卷二十三終

上元秦際唐校字

金陵詩徵卷二十四

上元朱緒曾編

明十四

盛時泰

時泰字仲交一字雲浦自號大城山人上元人處士鸞之子萬歷甲戌貢有大城山人集佐牘遊吳遊燕雜記棲霞小誌北山詩話雲浦卜築於大城山中又於方山祈澤咸構野築杖策跨蹇欣然獨往家人莫能跡也嘗爲子娶婦薄暮友人邀往城南古寺閱數日乃歸遊句曲醉謁御史張肖甫戟門大鼓張曰此狂生必仲交也邀入痛飲達旦而别善畫水墨竹石文徵仲題其軒曰蒼潤以沈啟南有筆蹤要是存蒼潤畫法還應入有無之句攜兩都賦謁王元美於小祇園元美贈詩云遂令陸平原不敢賦三都又和元美擬古七十章三日而畢見明詩人傳

仲交自作大城山樵傳曰大城山樵都人士也因耕大城山之陽故以樵人稱焉自少耽詩律解飲酒不

問家人事興之所寄肆筆而書身欲遊行心亦不知自止嘗思徧遊五嶽得深山大澤自適而不能故以大城山爲巢居穴處之世焉對客而談口絶不道人長短亦不評文章妍媸人有問者頷之而已贊曰孫興公有言躡二老之高蹤古之人多有之而樵人竊志焉故見人稱靖節不以五斗米折腰則曰我旣身遇太平矣雖陶公不爲也山澤之臞列仙之儒窮約云乎哉榮顯云乎哉

仲交高才失意沈穉人曰里中得意之人有三殆焉屈志一也黷貨二也生子有不肖之心三也孰與君家居著書之爲優乎仲交笑而應之子敏耕亦有雋才

大城山六言

微雨纔沾麥腳軟風剛報花枝田上春光幾許江南上巳臨時
禾黍平連遠陌牛羊半下重崗花影垂簾弄色茶烟隔屋吹香
樵語深林若嘯泉聲隔樹如雷少婦機絲未罷老翁社飲初

回
曲磵魚游碧藻寒莎蛩響千林西社歸因買舂東鄰出爲修琴

贈蔡公子

桃花落盡客重來明月高天照酒杯最愛主人年少日淮陰市上釣魚回

大城山訪鄰叟

獨是躬耕處相依亦有君山從千嶂繞徑向一林分水滿漁竿覺苔香屐齒聞從余深隱好莫使勒移文

松屋

高松暑不侵芭蕉墮新緑茅亭有高士清溪時濯足天風吹葛巾醉向亭中宿悠然忘市朝醒來飯黄犢

檜徑

蒼色映池水蕭蕭生暮寒有時秋雨中遥見山僧還

何元朗席上聽教坊李節箏歌

酒清香靄夜㩳箏絃上涼生六月冰但許風流擅南館不教飛夢繞西陵

人日草堂詩拜升庵先生像作

人日寒多雨意低冶城春色柳條齊梅開東閣斜穿檻潮過西州亂入溪天末丰神勞夢寐壁間邱壑有詩題碧雲回首人千里巴水東流猿夜啼

題史癡翁畫

去年九月在燕市騎驢直上盧溝橋風沙黯淡雲月暗行人回首令魂消今年江南秋色早中秋明月宵游好飲虹橋畔

周處臺故跡依依總蒿草君家茅屋梅花多相逢不飲如愁
何見君圖畫張素壁依稀猶似渡滹沱
長江溟溟向東注波濤萬里迷烟樹來商去賈多客船朝行
夜泊驚風露畫師寫作竟尺圖挂來素壁秋燈孤怨疑洞庭
與岳麓又驚震澤還姑蘇秋雨濛濛秋色悄蛩聲切切高天
曉推窗搔首望蓬萊漁歌未起聞啼鳥

趙拱辰

拱辰字星軒江甯庠生北山詩話趙星軒性純孝家西華門之三條巷居家教授承歡備至有重幣聘之遠遊者曰吾方以身事親豈以千金易一日耶子自明孫司至皆以孝稱鄉人表其里曰仁孝里宜補祀孝悌祠

自題天眞閣

天眞期善葆學業莫辭艱古樹窗三面寒燈屋半間鷗原眠

水慣雲自愛山閒清福堪消受誰云造物慳

丁　璽

璽字伯符江浦人居上元萬歷丙子貢官訓導有希山吟伯符父毅字德剛嘗讀書石洞任醫訓科卒夫攝縣篆廉慎敏勤路逢殯者棺下流血熟視之曰此生人血也止舁者欲啟之不可隨至墓强啟之孕婦也診之以針刺婦胸則兒已產矣母亦旋活葢兒手執心母氣踣身僵針貫兒掌驚痛開掌始分娩也著有醫方集宜玉函集蘭閣秘方又獲遺金訪其人歸之伯符篤志力學藏書數萬卷子明登尤充棟

晚步江上

斷霞天外鳥飛紅一曲漁歌逐晚風楚尾吳頭何處是碧雲如水水連空

張後甲

後甲字丁也一字心澳上元人萬歷丙子舉人丁丑

進士庚辰方廷對任辰州推官遷戸部員外郎復改工部晉四川按察使僉事擢參議北山詩話張丁也官辰州豪右誣士人文致成獄亟釋之後舉孝廉居部曹屢與中貴忤引疾歸瘞骼至千餘具心澳髫年父母病瘍籲天悲禱先世滋陽始祖林以力士備宿衛從文皇至鷹揚衞指揮僉事遂世其官家金陵七傳爲昭毅公嘗賓客工詩舉武進士子二長先甲字辛也官都司能文好士次卽心澳在辰州奸民手斃女誣人大辟公爲昭雪在戸部督草場中貴斂手監擢清源司雲中餉持法不阿以疾告歸復起工部中涓擢不得牟利治川東方征播兵過不敢肆將移備兵於楚兩臺疏請得留治川北大旱禱雨輒應擢參議以疾歸生平衣無重綵食無兼味任眞不守素泊如也奉常劉公攝府事舉鄉飲酒禮固延公不得已一出杜門卻掃自二三君子文酒外莫能窺其面也子氏憑氏懿氏志

冶城燕集

園林雪霽淨無塵仙館雲中結構新逝水已淘吳國恨清談如見晉時人竹痕秀染遊山屐梅蕊香浮漉酒巾星聚定知

占太史幽情暢敘悟前因

湯有光

有光字孟弢一字熙臺上元人萬歷己卯舉人授禮部司務擢郎中瑞州知府陞雲南迤西道致仕崇祀鄉賢北山詩話同時有三湯有光此萬歷上元舉人乃溧水籍又六合廩生湯有光萬歷癸酉獻嘉禾瑞麥頌得儒官有詞韻六書釋義即湯祖武允繩之父也詳蘇作睿六合縣志通州又有湯有光字慈明詩名尤著熙臺守瑞州一夕夢郡有火災竭誠齋禱明日合境見火南飛去郡安無事載去思碑優遊林下年八十餘

宿萬松山房

暝色沉松際遊人宿上方雲生千壑暗月出四山蒼孤榻空塵夢疎鐘動夜涼幽懷殊未已高詠託滄浪

王之卿

之卿字台蓋上元人萬歷己卯貢官訓導以孝旌門

乙亥初冬自京江歸白門道經寶華山集句

谷口疏鐘動天長雲樹微悠然策藜杖每與白雲歸

顧以庶

以庶字復齋錦衣衛籍居士源之次子萬歷壬午貢建平訓導復齋爲寶幢次子玉露堂稿爲焦文端所輯復齋更爲訪輯再梓於郎川徵一時名賢詩文附後李如眞爲之序時莆田黃松材字九峯署廣德州諭題其卷詩云所向在泉石晚歲得逃禪閒來啜一茗渾灑若雲烟至今白下門疇不羨高賢令予踵芳躅桃李滿郎川猶憶先大人曾共談太元因之感今昔臨風淚闌漣黃之父曾督學南畿復齋其拔識也

題宋建康熊應周山水

屋後青山樹下舟小橋疏柳不勝秋到門有客來扶杖靜聽

書聲出小樓

陳舜仁

舜仁字涫甫一字敬所又字訒所又字樗亭上元人萬歷壬午進士江山泰和知縣大理寺右評事有樗亭稿訒所父維瀚夢祖平岡授以玉鼎而生與盛敏耕陳桂林沈朝陽共應汪京尹之聘修應天府志江山民勒德政碑於萃和書院歸里中坊廂鋪行夫馬快船之弊力請於當事罷之博學至老不倦卒年八十二

贈沈鳳岡

天上聲聞唳鶴臯豐城寶氣淬鵜膏雲埋蕭寺秋衾薄雨歇韓山夜讀高賈誼懷才眞有用匡衡抗疏莫辭勞年來杼軸東南竭送爾臨岐首重搔

王堯封

堯封字爾祝一字華岡上元人萬歷癸酉舉人癸未進士授戶部主事晉郎中出爲南昌知府調許州通判陞滄州知州復調兖州通判晉南刑部主事戶部郎中思南知府乞休華岡先世自金壇徙江州復遷金陵父敬所知其不凡耿恭簡得公所對識仁策異之拔高等在戶部管黃土倉督淸源鈔務監兌江西條上便宜十三事皆著爲令佐許州豪民侵太皞氏陵奪而復之修許州志書嘗語客曰有此志不負此郡矣在兖州癸卯同考多得士生平喜賓客竿尺不遠千里自守官林下嘗以一日造請一日赴客飲以一日召客酷嗜書繙閱購無虛日爲文深自刻谿尋常尺牘非細味之終不易句士有持行卷造門者必束帶倒屣迎之逢人稱詡不置嘗欲作大部書條例已具而尋病故惜哉入其庭後堂無絲竹密室無裙屐自架書外酒鎗棊局耳仲弟以明經爲郡博學邑族兄雙山名動京師皆得揚扢之力年七十一子廷鉉孫仁淲仁潒皆應天庠生顧文莊爲之傳

劉思敬云華岡加意人才留恤民隱常志在革弊鋤奸精於法律而用之以道嘗言明豈能盡除奸要在

執一實以御百慮法豈能遍有罪貴乎刑一人而萬人懼其戒子弟曰吾家世湻樸勿流於澆世淸貧勿污於利世讀書勿荒於嬉人以爲名言

謁一拂先生祠

讀史當年草草過茲來感嘅欲如何生逢國難憂心切事迫民依熱淚多賴有數椽供俎豆長留一拂挽江河淒然向夕東風起樹杪殘陽映碧波

解元

元字汝慶一字荆樵應天武學生萬歷癸未武狀元累官中都留守遷徐邳參將陞山西副總兵荆樵始祖與太祖微時有舊帝卽位召其五子令從軍相繼没於陣帝憐之命抱其孫至上親書解道二字授錦衣衞指揮道家藏遺像如童子烏紗矮冠服朱團領袞袍二軍士持刀侍立袍亦高帝所賜也荆樵事其父曉盡色養母病刲左股調藥致仕歸以詩自適孫學熊復登崇禎戊辰武榜眼字夢飛

閒居

脱來宦海風波苦拾得柴關花鳥身三尺龍泉閒挂壁一溪春水靜垂綸

夏尙忠

尙忠字筠泉上元人萬歷乙酉貢灤城知縣陞湖州同知筠泉一心撫字邑苦種馬之役傾家者相望急請於大吏均勞逸酌僉派歲饑賑粥所活無算林下詠歌自適年八十餘孫時泰崇禎庚辰進士中書舍人國亡隱去

題王雲池古勝園

泉石生涯遂隱心歸來卜築樹成林無功事業惟耽酒亢亮風期不在琴花下愛投賓客轄囊中懶貯子孫金古人繳此澄懷少滋味空山最耐尋

閔繼迪

繼迪字允修上元人寄籍保山萬歷乙酉舉人吏部司務以子仲儼貴贈檢討有雨岑園秋興吳越游草廣山先生集

和楊升庵春興

太華嵯峨白露生蹴空春浪捲昆明江山半擁王褒碣草樹初靑鄴闌城千里關河遲雁影萬家烟雨溼鶯聲傷心爛漫長楊賦搔首低回細柳營

禮維伽

玉鏡臨鰲柱金鐃沸甬東潮生張海勢夜泛走天風牛斗河源客蛟龍澤國宮一航無遠近靈境望中通

將發定海大令龔和梅廣文陳命之甯穎餘勉留過歲

振錫盤陀海上迴片帆西指五湖開蛟川新種河陽樹雨雪

留人看早梅

張問仁

問仁字子兼一字鳳池句容人萬歷乙酉拔貢合肥訓導有明名臣履歷綴錄五者軒文集家乘年譜百餘卷

秋夜

涼風倏已秋明月上西嶺披襟坐樹下照見元鬢影歲月疾如流中宵夢自警展卷思古人蛩聲四壁靜

王杞

杞字宗禹一字子美又字雲池江甯人萬歷丙戌貢官安義知縣有越臺小草焦弱侯序云雲池翁年八十有六矣而手足矯健視聽聰明不啻如五六十人平生處城市而耽幽曠服纓冕而戀林泉人以陶元亮王無功比之

陳舜仁序云蘊藉淵懿旁綜多能與人交不設關鍵節有忤意先生容順而已同社陳桂林孟芳校句其集家有古勝園

贈翟秋潭太學

白下談經處虛堂敞素秋地偏棲隱逸君獨擅風流采藥從
青鹿探禪馭白牛還丹何處覓心境是滄洲

贈楊瀛士

千載子雲宅何人問草元小橋通近市曲澗響流泉論世烏
臺遠談經絳帳懸夜來笙鶴伴同醉碧桃前

哭顧寶幢

絕代風流老辟疆素心一片寄空王芳標秋水芙蓉色雜佩
江皋杜若香老去襟懷猶骯髒興來丹粉任顛狂獨憐玉露
求遺稿寒雨飛花閉夜堂

南還

重訪濠梁賣酒家依然風景舊京華不知此際池亭畔開到蘭叢第幾花

漫諧計吏別江阿辜負春風長薜蘿歸到故園猶及夏水心紅藕著花多

古勝園十詠

縹緲層霄百尺樓海天無限碧雲秋謫仙不淺元龍興日日題詩在上頭 樓居

古佛堂前生野燐因緣欲說恐傷神千年留得空王像縱是金身亦幻身 佛堂

雙柏森森秀可餐恍疑當日在臺端只今人去臺烏散猶帶霜稜氣色寒 柏台

泉香隱約碧雲深，小搆蒼涼古木陰。最是林巒幽邃處，不須絃管亂清音。凝翠亭

碧草如烟一徑開，落紅稀處見蒼苔。年來門巷無車馬，惟有牛羊日往來。草徑

秋風不獨爲思蓴，林臥還須麯米春。消破萬緣常自在，可憐愁殺獨醒人。酒隱

翠柳盈盈一水邊，高低彷彿是三眠。烟籠密葉留鶯語，風掠長條罥釣船。柳池

層臺高榭入青旻，掃石分雲命酒尊。自託酒狂同阮籍，誰能棲隱學蘇門。嘯臺

千樹梅花繞屋栽，南枝朵朵向人開。東君試問司花吏，可自羅浮嶺下來。梅花塢

芬菲豔紫與殷紅狠籍東風逐轉蓬青帝幾曾常作主野梅寒菊自爲容晚香圖

趙時振

時振字少東江甯人萬歷戊子舉人嘉祥教諭母卒廬墓於神策門外康家山以哀毀終崇祀孝悌祠

登山

幾年歸計整荷衣壯志蕭條景物非强欲登高倍惆悵不知何處白雲飛

孔四可

四可字願之高淳人官上林苑典簿有四遊集金蘭翰墨易解玉蘭堂集願之力學修身老而不倦朱蘭嵎爲作孔王孫傳二女亦能詩

過禪林寺

路轉千峯外尊開萬壑間寒雲生遠樹淸磬出空山客自探奇入僧從乞食還獨憐愁病緒猶得此追攀

焦竑

竑字弱侯一字澹園旗手衞籍上元人靈山令瑞之弟嘉靖甲子舉人萬歷己丑進士一甲第一人官翰林院修撰爲東宮講官追謚文端崇祀鄉賢有澹園全集其餘著述繁富不能備載明史有傳公居里中以倡明聖學爲己任藏書甚富多有未見者手不釋卷與江浦鄭朝聘烏江張尙儒相師友及四方同志論道無虛日公自以數學相長老而益勤爲一代大儒不獨爲金陵領袖也居南京不以一言關說當事而於南中利弊疾苦則多所陳畫一時敬遵之子三長尊生次周次潤生朝聘字艮嶽邑庠生著有盧言家範諸生立祠石蹟橋祀之有和澹園先生靜海寺送別詩

同邑張文暉字孚之一字華宇萬歷壬午舉人乙未進士歷官南戶部主事台州知府長蘆都轉運使有

應間齋詩集霞起閣文集父鏜居北門橋豆巷堪輿謂之曰此地合出鼎元所謂一灣辛水向東流也久之焦澹園移來居對其門遂大魁天下華宇弟文曜字玆吾博洽高才後學仰爲宗匠華宇買杏花村園故徐藎軒王孫園也竹之多且大諸名園所無王孫死竹開花古語云竹六十年開花爲葤竹之數盡園亦易主三分而張華宇居其中鄰人强爭一大樹老僕不從華宇諭之曰家本軍衞三百餘年屬魏國公治下我偶得一官會買其園我心頗不安又與人爭樹乎王孫不能守其園我之子孫能保不賣周吉甫與陳藎卿合稱之曰達矣遂讓之既分園匾顔之曰佚園或曰不佳佚人失也未幾遂捐館舍

嘉善寺石壁

平生寡所營幽期在林壑及辰訪雲根巾車蔭蘭薄山阻覺徑紆苔滑嫌足弱危嶺冒綠蘿空庭下鳥雀崖傾石欲墜澗折泉如約一線喜披豁雙壁驚峭崿行看巖腹穿坐知谷口拓朋儕笑相顧文酒時間作風徽結篇翰嘯傲寄杯勺誰言賞心遲投老幸可托

孫子荆酒樓遺址在今石城莫愁湖側唐李謫仙同崔
侍御汎舟往尋之歡飲達旦風流文采與江山相照
映而樓之荒久矣新安孫子眞慕其風尙慨然以興
復爲任表先哲之遺蹤增舊都之勝概異日韻人勝
士憑高弔古有不嘉其用心者乎乃爲詩以導之
澄湖抱石城飛翠横空斷烟霞互明滅爽氣亘淸旦傍連孫
楚樓突兀出天半疎簾面靑蔥下瞰綠篠岸竭來謫仙人挈
舟一遊款綺裘駁長風彩筆燭銀漢篇章至今垂字字星斗
爛耳孫有高懷撫景發悽惋枕流風尙存淩虛勢已變冀從
荒墟中髣髴還舊觀我老苦摧頽聞之再三歎作詩告同心
成此奇一段他日聯翩遊觴詠互賡勸快哉江湖心適我魚
鳥願

西園

林皋颯欲秋閒園自成步雋言城郭遊翻愜滄洲趣臨深杳難即躋險倏可度長藤緣澗上遠岫當窗露崖壑既盤紆竹木亦交互怪石森餘株清川貫中路微雨逗涼颸煩暑漸以去同人自相將杯酒豁情愫栖遲少日懷緬邈平生故流光豈不遒延賞未云暮詠懷各怡然撫景謝良晤

天闕山同肅卿作

結念尋遠山杪秋出南郭青甸經崎嶇丹壁卜岸崿一髮長江渺雙闕巨靈鑿豈知鐘梵筵乃在松桂壑樓因宿霧隱磴與流雲錯幻影標浮屠琅函粲珠閣旁探虎穴幽小構星査縛山深語鳥驕石瘦游龍攫曰余采樵人蓬藋甘索漠服道形可捐乞閒心自諾多君富藻翰識度兩恢廓長握五芝圖

甯使三花落未爲堯舜用聊向烟霞托終期功成還名區踐
夙約

花巖寺芙蓉峰

寒空聳危峰灼灼芙蓉萼連雲勢欲拔峭壁森若削樹頂接
蒼烟巖腰吐朱閣崖陰積霰冷林合朝日薄靡靡饒木葉摵
摵皆零落行行歲將徂冉冉老自覺抽身遠緇繳委志投林
壑攜朋文酒偕縱覽心目豁悠哉古人懷恬然寄元漠

獻花巖息心堂

花巖自名區面對天闕麓何當息心堂奇勝森在目下臨渺
無地旁探如轉谷我來逢杪秋松杉向人綠炯然塵土腸一
旦濯冰玉幽深慮彌澹觴詠會相屬歸路仍遲遲遠岫出喬
木物情習俗氛畸人戀幽獨緬懷弱冠年芸編寄茅屋星查

自鳴鐘夜半耿殘燭

謁定山先生墓

千古人豪去不歸空餘墟墓江之湄草木搖落滿林壑蕭疎不受春風肥我來維舟奠椒醑薜荔荒叢泣山鬼亂峰欲暝江氣寒老蜃吹雲白日死建章千門燈火時從臣爭上鼇山詞封章慷慨羣小忤抽身一去無還期明月長遭魚目妒從古紛紛那足數古塚猶令壯士哀不見當時狐與兎嗚呼轅下之車空局促誰使遺芳照青牘斫地長歌巷伯篇習習悲風振林木

帝京篇

星躔奠箕尾光耀滿皇州共覩天居壯安知地脉浮太行千里排空下黄河幾曲同奔馬日月高臨碣石門風雲長護幽

并野紫殿氤氲接上台銅龍雙闕徹明開柳迎御仗垂垂發花拂仙韶裊裊迴千門窈窕羣官入鵷鵲虛明鵷鷺集上公車轂挾星飛内史衣香沾霧溼星飛霧溼日悠悠更有驕奢恩澤侯金張夜月連錢騎趙李春寒翡翠裘説客常持小冠出公子時飛高蓋遊追遊翠黛紛相接合態含嬌情未歇相看蟬鬢步生花幾度羊車行就葉日移調馬埒雲擁鬭雞場緩轡回長樂鳴笳出未央東觀風光歷未能西山攬轡復堪登濺濺寒水懸千澗豔豔朝霞羃九陵九陵千澗鬱參差仙觀僧藍兩蔽虧依飛校尉偏能獵供奉才人總解詩西湖歸路酒方酣十里芙蕖萬頃潭錦纜瓊舟連塞北水秧堤柳類江南漢主離宫那足數秦關百二空雄武何似車書今日同萬方玉帛歸明主門掩青春著作廬花光夜色暎窗虛時平

願獻三都賦肯學相如封禪書

雨花臺歌贈陳藎卿

行遊城南今幾回丹楓欲老菊半開高座道人有精舍相與推挽升崔嵬往事風流如可掬況復陳君起空谷共推謝朓解吟詩又道周郎能顧曲茅齋門巷接烏衣六代繁華有是非尋眞弔古情何劇載酒彈棊樂未稀高臺一望紛烟樹笑指城中讀書處故篋長懷霹靂春振衣莫厭風雲暮君不見明堂大廈須良材一邱突兀何爲哉

同李比部永慶禪房小集

一笑同幽事移樽向夕陰長風吹片雨蕭颯動高林自愛邱中賞還同澤畔吟相看意不盡冷露滿衣襟

湖西別業

近郊秋氣早行散滌煩襟坐愛澄湖影涼分碧樹陰疎花遥對酒纖月曲通林況復高賢處彌生懷古心

子荆沽酒地遺址半雲扃勝地猶生氣閒情似乞靈蝸書堦蘚碧鳥破晚烟青無限滄洲意鳴榔隔水聽

崇化寺

僧寮來客少僻隝受春多竹嶼孤琴入花朝病眼過酒鎗淹叔夜香積飯維摩坐覺幽期愜空庭閒綠蘿

龍泉庵

水品龍庵最殘春挾茗過世誰尊白法吾自狎滄波古樹閒僧老空林野鳥多無因留信宿清磬隔烟蘿

莫愁湖

水闊菰蒲淨城開睥睨斜懷人倚高閣落葉見平沙眉黛餘

山色鈿金但野花徘徊湖上月一倍惜芳華

達摩洞

禪龕沿綠嶼石洞俯滄波風雨江聲壯魚龍夜氣多停杯今日望飛錫向時過欲問西來意疎鐘度薜蘿

留别天台耿先生

千崖落木動微寒匹馬西來歲欲殘四海風流今下榻一樽烟雨夜憑闌時危自覺知心貴身在翻悲會面難一望歸舟腸盡結横江波浪正漫漫

靈谷寺酬呂正賓

停杯昨夜夏雲生散帙香臺見遠情風定水聲來絶澗坐深松子落空枰愁多今喜逢張儉賦就誰當惜禰衡世路風塵俱涕淚不妨貧賤久藏名

人日登靈應觀潭上亭子

花雨瑶壇晝不扃春風攜手上孤亭乾坤雙鬢逢人日湖海千秋自客星賦就總堪迴白雪愁來誰解問青萍辛盤柏葉無妨醉容易江潭有獨醒

九日登栖霞絶頂同伯年作

西風落日共登臺野色蒼蒼四望開江水空流山不斷徵君已去客還來天高鴻雁寒相語秋老魚龍夜自哀人世百年今九日相逢那惜盡餘杯

龍洞

江干古洞闊蒿萊誰共高朋載酒來雨足平臨千幛合雲根遥自五丁開燕巢絶壁翻空下龍挾腥風向晚迴石室有靈人欲老風塵回首媿仙才

九日登謝公墩

九日同尋謝傅臺爲乘秋爽暫徘徊城邊樹擁荒墩出天末江浮疊嶂來白髮自隨漁弋老黃花還傍薜蘿開酒闌莫奏桓伊笛木落寒空過雁哀

讀史四首

一自冥鴻濟北歸報韓安漢總忘機可憐辟穀空山日猶爲儲皇定是非

彤弧白羽照青春走馬龍堆不動塵邊將功多君莫問霍家兄弟衛家親

蛾眉雲鬢入時工紫鳳簫聲雜晚風一夢吳王應莫寤花枝平壓館娃宮

封書幾上恨多違肉食能忘國事非兒女不知人意遠夜深

唯憶泣牛衣

中丞耿公奏最蒙恩增秩還任奉贈二章

奏最封章達上京郎看飛詔出承明安劉久繫中朝望借寇偏深聖主情一水烟嵐開晚照萬家鎖鑰壯重城漢廷司隸還元禮謖謖龍門避馬行

黃安兩見絳帷開白下重經繡斧來記室半傾槐市士戈船親擁羽林材鯨鯢夜偃頻看劍鼓角秋閒一舉杯爲問法星干氣象輝輝芒采動三台

贈漸庵李公奉詔還朝

詔書重疊五花紋名起關西自不羣周室冢卿留四輔漢廷太尉統南軍胸羅冰鏡明珠出陣擁風雲畫角聞不是裴公兼將相幾人能贊聖明君

分鉞陪京節制雄履聲又入建章宮股肱帝倚西曹重喉舌人看北斗同四海祥刑今有主三朝清論盡歸公莫言鼎鼐調和易青史班班社稷功

董汝梅

汝梅字蘭宇萬歷己丑武會元浙江乍浦參將嘗建籌海堂見乍浦備志云金陵人

乍浦

獵騎聯翩落雁都雕弓鳴鏑響平蕪鄂陽山下屠公墓閒向秋風網畫鴣

崔士元

士元字伯仁上元庠生有拘虛集偶然集

薄暮寶應湖

一片湖光入暮烟客愁不斷自年年水邊綠草依晴鷺岸上靑林叫夕蟬蘭槳衝開萍藻路芒衫涼到芰荷天漁翁收網頻呼酒倒着蓑衣就月眠

何湛之

湛之字公露一字矩所居士晚號疏園留守衞人參議汝健之長子萬歷丙子舉人己丑進士南刑部主事改工部晉江西按察僉事再起爲浙臬僉事進四川參議崇祀鄉賢有疏園稿歸田稿疏園在虞部郤賂千金在浙毅然持三尺不避嫌怨以子司李忤稅使被逮繫詔獄弟侍御隕於閩遂乞骸骨已而司李放歸左右隨侍園館華贍宴召賓客分韻賦詩獎勸後進詩流奕淸畢爽爽多俊氣字體遒媚所書赤牘方面人爭寶藏之兼工奕與繪事少耽禪悅又好養生之言呼吸導引卒之日神檢夷澹顧文莊爲之傳

梅花水

懸厓披莽蒼行磴歷崔嵬水以梅花勝人攜秋色來映空涵石髮迸地潄珠胎竹鼎分松火烹雲注茗杯

牛首山

禪關窈窕萬峰幽寶地珠杯愜勝游烟鎖懸厓搖薜荔雲回飛磴夾杉楸憑陵象魏排天闕控引山河拱帝州極目香臺翻自失茫茫身世一浮漚

何澄之

澄之字秋水江甯留守衞人萬歷中武進士郡邑志失載

新霽步出北郊佛國寺

幾日不出戶新晴扶杖來鍾山濃似黛湖水碧於苔荒寺尋非遠浮生老不材故交多衲子談笑愛相陪

何涫之

淯之字仲雅一字太吳留守衛人汝健次子萬歷丙子舉人癸未進士河南開封府推官四川道監察御史福建巡按崇祀鄉賢有足園稿太吳癸未中會魁不殿試旋告病歸同榜進士殷郁送以詩云收來駿骨還歸市畫就蛾眉不入宮時豔傳之轉御史告歸林下十年乃起巡按閩省初龍厓公夢孔雀入室遂生太吳因作孔雀賦及太吳在閩長子森如夢孔雀飛去不數日而閩計至太吳負經濟才賓客文酒無虛日出而摩娑圖史恣米芾錦贉之娛入而調弄油檀演徐陵玉臺之詠其家集龍厓素園公露疏園仲雅足園名爲三園稿子森如林如樹如樊如皆彬彬有名孺人少府俞幼亭女以賢淑稱顧文莊作墓誌

三台洞

絕壁倚江蹲蒹葭障洞門山腰窺日影石乳帶潮痕鯨市秋多雨龍宮晝亦昏探奇疑禹穴避世有秦村鐘鼎誰陳列烟霞互吐吞谷聲轉野鶴浪隊見游鯤千載今纔闢諸天若可

挦三台干氣象江上五雲屯

硤石道中

亂石馬蹄前羣山斷復連飛泉侵鳥道平埜絶人烟石隙斜窺日峰嵐半入天雄圖憑阸塞秦晉總堪憐

舟中戲題

夜半輕潮上淺沙青天明月宿蒹葭蓮心已作鴛鴦藕八月猶開並蒂花

疎柳殘烟帶短汀三星隔水亂流螢幾年覺盡揚州夢夢到江南總不醒

鮫綃一片照人寒冷眼燈前帶笑看薄倖秋光今夜侶城頭北斗下闌干

笪繼良

繼艮字赤如一字我眞初名繼盛句容人萬歷辛卯舉人官鉛山知縣陞絳州晉工部郎中忤璫削籍復起爲戸部郎中出爲汀州知府陞山西平陽道有鵝湖易解鷄起齋集天心語錄父夢暘赤如望仙鄉茅莊人公故名繼盛後改繼艮從談見初遊因妻以女官工部時爲崔呈秀所惡遂削職守汀州山賊鍾陵秀不敢犯晉平陽道爲烏程所粗乃拂衣歸與門人講易於京口月華山天心書院所在有惠政格雨於絳州感虎於鉛山歿後鉛汀皆祀名宦公父嘗僑寓舟徒公四子七孫曾孫十八皆補弟子員分隸舟徒句容二籍長孫昌齡以明經爲萬年令更名共濟順治辛卯孫祖齡與曾孫重光同舉於鄉

積金峰

連石牽雲立仙厓野樹春積金人已遠餌朮事疑眞仰眺承三秀遥瞻眇八垠幾年游宦倦此地脱塵巾

張汝元

汝元復姓顧字太初江甯人萬歷壬辰貢有太初集

太初萬歷中以詩受知於學使陳文燭文燭爲刊其集八卷序以爲二謝之流浙江孫仰曾藏其本錄入四庫存目

顧毅庵乃文莊之父初姓張復姓顧此人亦然又與文莊同字

遊嘉善寺

秀粤開晴嵐天宇眺清曉路折絡藤根岩危攀松杪怪石起復僵古洞深且窈僧閒逐野麋鐘響送飛鳥向予願欲償阮生屐未杳纓緌何必縻縱心超塵表

熊師望

師望字熙宇江浦人萬歷甲午舉人瓊州司李調處州陞深州知州

遊響鈴庵

蔚林初雨霽秋氣逼人清驢步入山影僧房聞水聲風高孤磬落石亂野雲平翻羨樵巖叟丁丁不世情

朱之蕃

之蕃字元介一字蘭嵎錦衣衛籍上元人房縣令衣之子萬歷甲午舉人乙未進士一甲第一人翰林院修撰出使朝鮮賜麟蟒服晉南禮部侍郎攝工部篆丁內艱遂不出下議撤之拜表迎詔舊例由禮部出者公爲南少宗伯有鉢堂在朝天宮三山門而官道受侵久之化爲監巷力廓清之公坦蕩簡易不涉城府居官立身則和而介也解任後搆小桃園謝公墩北龍江關有蓮蕩築圩種柳葺而居之善書撮襟大書求者闐門有文集數百卷藏于家子從義字無外以蔭生入國子學仕至浙江溫台副使雅修自飭孝友承家金石圖書摩挲不輟詩畫俱有父風居官勤慎不染一塵

正史屬草蓀記

瑶函金匱紀明良聖代神謀冠百王再闢乾坤傳正朔高懸日月照遐荒緗縑朗映人倫鑑簡冊芳騰奕葉光前烈式遵渲化振不虚簪筆効三長

和周吉甫春日移居

牆短山爭出庭空月易留泉香留茗椀漁唱送蘋洲終歲一無事雙眉百不憂狂馳渾未解自苦復何尤

身健當何患鐏盈不計貧古今成過客風月屬閒人但許横飛斝休論倒着巾漫憐同調病吾亦任吾眞

竹居山房

烟雨凄迷春欲歸茅齋習靜已忘機憑將綠蟻酬花竹且向青山飽蕨薇匣底蛟龍中夜吼枕間蝴蝶上枝飛殘英不掃莓苔長遠卻紅塵客到稀

桃花塢

半家斜日數家烟，流水泠泠意悄然。山犬不驚機事少，暮鴉飛盡野雲閒。羞投定遠懷中筆，笑悟維摩病裏禪。爲向青帘探酒價，何妨一醉晚風前。

朱之士

之士字元士，一字蘭室，上元人，少宗伯之蕃弟，應天學生。杜村公三子，長少宗伯，次之瀚，字元宗，季即蘭室也。蘭嵋善花卉，有南宮奪眞之妙。蘭室山水有生趣，而花卉尤工。蘭室子從廉、從潔，孫草生。

遊吉山寺

古寺藏山腹，南郊霧色浮。不辭穿草屩，頻到感松楸。余家祖墓葬此。山野鹿眠溪穩，春禽叫壑幽。少師趺坐處，詩版至今留。姚少師曾居此有詩。

周　元

元字長卿上元人萬歷甲午舉人乙未進士官安陽知縣長卿祖相字東皋官欽天監正加順天府丞通歷學嘗云知歷理又知歷數此吾所異於儒生知死數又知活數此吾所以異於歷官有勾股測望論勾股容方員論弦矢論分法論六分論長卿仕未一年卒於安陽弟章甫亦才士爲顧文莊門人早逝顧文莊有悼章甫兼追憶其兄長卿大令詩曰弟兄文采競翩翩靈運才名比惠連桂樹忽凋淮水北杏花先落寺門前一枰遂了平生事四壁徒看素影懸莫向秋風陳九辨招魂誰與問高天

宜遠樓

暇日無聊甚憑虛豁遠眸闌干千嶂暝砧杵萬家秋地僻喧黄鳥江清見白鷗一聲長笛起飛夢繞滄洲

張　維

維字管文上元人官指揮有青藜閣稿淇澳稿

官舍夜懷

官舍幽閒地，星星上鬢毛。風穿燈影亂，寒逼雁聲高。濁酒呼中聖，霜鋒試孟勞。平生重義氣，何事感蕭騷。

丁遂

遂字霱懷，江浦人。萬歷甲午舉人，乙未進士，易州知州，調沂州知州，睢陽同知，陞南工部郎中，雲南僉事，崇祀鄉賢。有四書解、鹿園集、摘譬偶談、滇南紀遊。

珠泉

尋春閒過野人家，旋汲新泉旋煮茶。坐對仙源心更逸，一聲清磬夕陽斜。

焦尊生

尊生字茂直，上元人，文端公長子。萬歷丁酉貢。顧文莊續金陵名賢詠太學集尊生弟孝廉周有才志能世其家皆早死詩曰彩鳳羽陸離將雛皆五色真爲難兄弟並許幹家國仲既惋琴亡叔旋慟珠匿遺草誰爲留終多鄧攸惑嘆二君之皆無後也

燕子磯

傑閣凌空俯石磯登臨不惜蘚侵衣微風山郭酒旗動細雨江亭燕子飛半嶺烟中樵客出片帆天際故人歸莫須憑弔悲今古眼底韶光盡化機

泛舟秦淮

六朝佳麗問如何一棹秦淮鏡裏波疎雨乍迷桃葉渡冷風時度竹林歌但逢勝日流連久未到中年感慨多朱雀烏衣歸寂寞惟餘詩酒不消磨

趙邦奇

邦奇字鹿厓上元人國子監生瀋陽衛經歷城破死

之鹿匡父經字念溪兩封股以愈二親疾嘉靖甲子舉人費縣知縣平礦寇以母憂歸起復爲延津令巡鹽使坐派數鉅萬民洶洶將遁去力言其不便議遂格進爲太僕寺丞轉戶部員外郎陞郎中出守貴陽忽有飛語卽告歸閉戶謝軌課二子邦靖邦奇講藝手批校後漢書注考證精密邦靖號鶴匡鹿匡少倜儻以才略自負萬歷四十九年瀋陽覆沒死之子一子允顧文莊之壻不求仕進八十餘卒子允子謙字益之京庠生後年亦八十同字于野亦庠生

聞笳

劒氣高衝北斗芒笳聲悲壯陣雲黃縱教吹得頭如雪不上高臺望故鄉

盛敏耕

敏耕字伯年自號壺林上元庠生貢士時泰子有軒居集伯年爲雲浦肖子夙賦異才丰神韶秀年十四遊於黌校博聞强記所爲詩古文詞奕奕負雋聲嘗讀書永慶山房與顧文莊上下議論又同纂江甯邑志潦倒名場以卒焦文端爲作墓誌子振之葺

其遺草爲軒居集并
仲交大城山集以傳

三台洞

洞古山深霧不開儼然天上望三台石扉藤蔓迷樵路流水桃花引客來新浸潮痕全失岸舊題詩句半生苔仙人何必尋蓬島願結茅亭伴曲隈

宵征

宵行車輛戒羈客不辭勞水暝螢光亂風秋雁語高疎鐘鳴古寺斜月轉山坳蹤跡輪蹄瘁愁心感二毛

金廷聘

廷聘字莘甫上元太學生莘甫以詩文字畫知名善畫菊與姚允吉梅并稱以兼長修養之術顧文莊贈詩丹鼎何時鍊九還驂鸞消息有無間悟來大道非遺世授得眞詮且閉關圖秘綠綈函五嶽笈標靑玉隱三山愧予交臂恆相失咫尺烟蘿未可攀

題畫

爲愛東籬幾朶花閒來洒墨作生涯人人愛說柴桑好能醉秋風有幾家

王漢冲

漢冲字子雲上元人錦衣衛指揮同邑官錦衣衛指揮倘有陳艮弼字輔之亦工詩張翘字階雲官錦衣衛後府都督有回文詩

雁字

一畫開天卦象如秋風快意雁飛初筆銜蘆管翔遥渚箋擘雲羅展太虚黑海平過疑蘸墨祝融不度爲焚書右軍若會來賓意豈博籠鵝道士廬

張尉然

尉然江浦人

浦口訪幕府北溟叔登眺山亭

清笳古堞隱山河江上離情長碧莎十里横烟連鶴羽片帆落日送漁歌沙崩浦岸潮聲近路入滁陽柳色多二百年來悲往事月明鍾阜鬱嵯峨

劉長曾

長曾應天人

登天門

危閣閒臨動客吟登山搔首興難禁九江波浪催風雨三楚峰巒自古今縹緲漁歌沈極浦蒼茫人影見高林扁舟東去濤聲壯犀照亭前寄遠心

葉譽

譽應天人

觀靈巖石子

英英磊磈山中石不入胸中入眼中卻使眼中塵盡洗似移邱壑在簾櫳

黃秉石

秉（呂志訛乘）石字復子一字耿山高淳人可文之子萬歷間入成均以薦授順德推官陞嚴州同知改南雄遷福藩長史卒贈少詹著有偶得紺珠一卷錄入四庫存目及書奕筆隨等書（耿山生時父可文夢飛五色石至因名秉石游宦行李惟書爲累解組歸築習村莊與孔貞運張壽朋輩倡和子凡監生有和魏彥恩過侯城詩）

習村莊居

西風蕭瑟古丹陽十里花溪繞徑長僧磬依微尋樹杪人家多半住湖光伶俜蝶抱秋葵瘦斷續蟬催早稻香欲向此中

耽隱趣藏書閣起傍漁莊

金陵詩徵卷二十四終

江甯翁長森校字

金陵詩徵卷二十五

上元朱緒曾編

明十五

顧起元

起元字太初一字鄰初江甯人國輔子萬歷丁酉舉人戊戌會元殿試一甲第三人及第授翰林院編修累官吏部左侍郎宏光初贈尚書謚文莊有遯園漫稿嬾眞堂集客座贅語寒松齋稿歸鴻館稿武陵稿雪堂隨筆說略文莊負重望屢有爰立之音避居遯園七徵不起家有七召亭門人某巡鹺兩淮知其清素密諭鹽商以重貲求寸札堅拒不受詩有名世文章出世心之句蓋自寓也宅在鳳凰臺側花盝岡林泉自賞未嘗輕至公庭惟地方利獘如兵部快船改馬船絕衞官之科索兩縣坊廂準里甲爲條編更定民法或妄言復舊以便其私力爭之乃止人惜其不及大用云子道民字章子以蔭敘戶

部檢校巽昆字繹予孫藎詔字念之亦好學弟起貞字遂初天啟辛酉舉人官至戶部郎中有新園和鄰初兄韻詩子甡昆字鹿友

時有方士醒神子居杏花村詐言丹汞房術縉紳多惑其說車馬絡繹如市文莊斥其誕與鄉鄰共逐之大司馬施公爲之庇醒神子大言曰顧某亦仙官也惟信道不堅墮此塵刦我正欲度之偕去文莊大怒曰爾貪而好色是教人殺身之術何神仙之有聲其罪於操江守備驅之出境衆不悅密謀館之郊外後醒神子以姦獲罪死縉紳始服文莊之識

南都立魏閹祠乞公爲文公辭以手疾

金陵名賢詠六十首

金陵故人文崑鄧也垂芬縹簡後先相望余曩從外父太守王公游常聞其稱諸先賢也私心願執鞭已復質耳目所略記者閒抒短詠以志嚮慕竊比國寶訢慕之遺其他尚期嗣響非敢軼也

中行先生陳公遇金陵布衣高皇帝首下弓旌之招嘗稱曰陳遇吾之子房

鍾山孕靈氣鬱此縣黎姿沉冥薖軸間翱翔爲帝師大隱寄籬門英英標紫芝天網頓八紘鴻飛安可知

都察院右副都御史丁公璿雅有局量犯而不校人曰丁仲衡汪汪千頃波

中丞敬禮流落落亦穆穆亂繩解潢池飛旆鎮南服賜環旣匪榮罵座亦匪惡退食何逶迤流覽無滯目

進士陶公元素幼有箕潁之志舉進士棄官奉母以誦讀終天年

希文好棲託雲松自綢繆版輿中所私纓冕非我迷矢以禽尙親甯問許史游閎覽窮百國長嘯揖九流

湖廣布政使盧公雍武選郎爲大司馬白圭王竑所器父喪棄官廬墓芝生於側詔旌其門

盧公藏省彥有懷自天性蕭瑟白楊風凄其蓼莪詠蔓蔓五雲華元精叶神鏡旅松有遺牒千秋一相映

南安知府金公潤土木之變公卿泣於庭潤謂大司馬曰大丈夫臨危授命正在今日豈徒自經溝瀆耶衆收淚謝之

伯玉頗牧才運籌帷幄內灑淚憂神州金輿卻還載出秉玉麟符於菟戢其喙歸來洛社游邈矣耆英輩

南京禮部尚書童公軒黃門獻納日月天府游登八座而疏食水飲小常泊如

尚書肅英盼切雲冠華貂補袞伏青蒲未央何遼遼元斗酌喉舌蒼龍飛絳霄朝典固濬憶德音良不佻

處士賀公確少工占畢一不售浩然長往以菊爲友故稱彭澤家風

處士據朗照窺天瑩玻瓈翠蚪攖浮雲無心問涔蹄籬菊有佳色南山秋以淒何哉祕書監白首猶栖栖

翰林侍讀學士張文僖公益步武黃閣土木之難身膏草野人悲其厄而憐其忠

學士掞天藻雝和叶莖韶帝車偃髩頭三台忽招搖龍戰中遯野英魂逝安招芒哉過土木日夕悲風飄

南京禮部尚書倪文僖公謙中歷巘巇晚登要津故未竟厥施然文章之美蓋代

文僖秉修度目如巖下電文府麗圭璋允矣金閨彥楚蘭中忽摧趙璧終然薦毛羽鳳皇池亮隲故非美

隱君金公琮琮有文苑名字法趙松雪晚出入張外史子嘗見其合作近撮二子之標

琮也豐年玉黃流寫嘉皀誰哉職方歎龍媒色彫喪長嘯往彌深疏節跡非亢老筆挺戈矛森然赤松嶂

都察院副都御史陳公鎬所在有政績常纂金陵人物志上下千載東南禮樂盡在是矣

陳公世龍門人倫庬鍾呂崐山握其珍光洞沉犀渚汝南傳耆舊華陽志士女禮樂東南間千秋在斯舉

少保吏部尚書倪文毅公岳禴渾源之神而生名德文章彪炳一代方之文

信幾擅出藍之譽

少保自岳降顧盼如有神片語折華嚚思皇爲國楨穆穆秉天秩翼翼甄人倫撲滿垂令言之子往不榛

戶科都給事中魯公昂給事以言左遷拂衣歸金陵言時事輒髮上衝冠

魯公磊砢流英風葢人上諤諤執戟間瑱環世交喪長離振高倡謠詠三閭放忼慨乖平生撫几一怊悵

廣西按察僉事邵公清御史忤閹瑾除名歸依外家居督學使林有孚往視之語移時家貧遂無茗椀林歎息而去

懿彼介石士屢躓氣彌伸桓桓白馬生峻節淩高旻旌車賁巖穴一往辭昌辰抗手謝所愧蕭然甑生塵

南京戶部尚書吳公文度寬大長者視諸輩從如子也與人交不以貴賤易態至今稱之

延陵起草茅天倪抱其沖翺翔近北斗穆穆如淸風朱紱在
其身蕭然明素衷韋布展宿好蓋衆誰自雄

太子少保南京戶部尙書周襄敏公金爽朗開大有經制材爲給事中劾都督馬昂進女弟直聲振天下

少保負英槩淸冰符樂令公妻吳公女指顧儼干城長材播天鏡
狺狺虎豹闞羣慝倏以正樹羽芬若林祁連職誰競

贈尙寶司卿何公遵死諫貽書陳太史以母老爲托王吏部亦同難踰年死人稱王何

天子御八駿騣騣江漢邊孰是嬰逆鱗身與言俱捐利器誰
可假神魚脫於淵南征駕猶復身毁志已全

吏部郎中王公鑾孤標如野鶴之在雞羣峻節如霜臺龍日肅肅有遠志

吏部器晚成謖如松下風策身要路津孤尙鮮所同昌言叫

閶闔折檻一何雄捐軀信余志攀髯入雲中

刑部尙書顧公璘司寇高視緩步負天下重望遇時貴人或傲然不屑意終困巷伯之遇文章槩諸金陵前無古人

司寇邦典刑彪然若風虎牛耳狎齊盟長轂轢千古高揖丞相坐則莫予敢侮魚魚北海尊落落東山墅

行太僕卿陳公沂有德有言人倫標表書繪皆入能品晚與顧司寇浮游諸寺即席作賦文采照人

陳公鳳池客艾髮青雲姿桂樹太山阿窅窊干雲枝一失貴人意原簪終不思殺青二三策千秋艮在茲

太僕少卿王公韋風棱屹如詩婉孌有才情子逢元藻性溢發工書畫性不羈毀垣敗屋蓬蒿滿門不以介意

太僕庇天性白華振瑶什詎以纓紱榮易彼廁牏給羊腸車

所戒雞骨牀以集傷哉蓼莪詩孤意竟安卽

中允景公暘常語人曰文取達意若以摹擬爲工按古人之跡尺寸之何以達吾意時賞其言

伯時宏人度蕩蕩涵九有芬芳握蘭椒縱橫挾科斗版輿奉親慈雙盲忽以剖雅志多所睽純德庶不朽

工部尚書劉公麟爲尚書歸布衣芒履踽踽行里中嘗遇豪宦於故人許見其老而卒素心易之已問知爲劉尚書頰赤汗下

咄咄郡國守何物中常侍一錢故匪持千金逝安覬鵷鷺朝殿鳴譴書夕已至終然曳履趨羨彼神樓子

南京都察院右都御史張公琮平生常祿外非其義一介不取公退閉門危坐門無雜賓

文信祀國殤繩武唯大夫汎跡戒其同高賢信愉愉雀羅門

外設豸冠府中趨懸車謝明主何哉賢二疏

延平太守金公賢生平重惇睦賙恤與王太僕交同之白首太僕常有所貸卒即取券焚之

給事開美度七尺鬚眉蒼燒詞折梁獄避勢守淮陽五馬亦倦遊秋風歸故鄉雅志希獲麟遺編涕浪浪

徵君謝公承舉八歲能詩長博綜羣籍善談論四座盡傾同時任德亦知名人稱江東任謝

皇精鬱豐芑兎罝隱奇士高咏紫塞篇丱角衆皆靡少文誠臥游并丹非吊詭斗酒發曼聲千金莫予覗

徵君徐公霖武皇南狩常召見霖兩幸其快園授錦衣鎮撫賜緋魚服與上同臥起

徵君歷落人修髯如戟張踞蹐諸儒中趺宕天子傍狂揮金薤書一一如琳瑯遺編與名跡寂寞令人傷

按察副使顧公璵陳元舉嘗曰顧英玉嗜酒類狂閉關則狷又曰英玉雀羅彌戶鼠跡印牀

觀察意多忤厭與人周旋傲骨未可絀羣口飛刺天拂衣歸故廬曲突晨無烟凝塵時滿席空歌酒隱篇

太子少保戶部尚書梁端肅公材狷潔之性途暮逾貞爲尚書宅憂歸始有居室蕘未久而家人亦貧

梁公社稷臣竦峙盤石姿自失貴人意獨緣明主知一壓蔽風雨百指常苦饑故劍行已求師師垂素絲

江西按察副使李公重清節自苦解任後數年忽睹家人屋中牀問爲官物亟督其人畀歸舊任

江左峻月旦羔羊古遺直巖巖李大夫惟民標峻則東壁挂胡牀歸來案無食精舍引諸生鐘球照顏色

徵君史公忠 性豪俠不喜權貴人有不合輒引去遇所善則留連竟日每醉後按拍歌新詞音吐清亮旁若無人

癡翁眞翫世紼謳觀怛化樓上白雲棲金波以時瀉槃礴引
呼盧雲藍寫掘柘孤鳳摩赤霄飛鳶欲誰嚇

居士顧公源 豪雋不羣詩書畫天趣迥絕晚節深達禪理臨終端坐而瞑室中聞蓮花三日香

吾宗性標令皚若峨眉雪搖筆走煙雲曠世以三絕何肉與
周妻蓮華在其舌遺編玉露繁泠然令心折

陜西左參議陳公鳳 許太常目陳元舉巖巖有胸中氣然覯覽甚富藻思絕倫可與昔賢爭衡

元舉不耦世世固鮮所耦敖睨圭組間咄嗟牛馬走欣慕挹
遐躅曠然敦尚友高志沈華門清華蕩文藪

隱君許公陞不事生產與顧司寇王太僕爲布衣交足跡歷名勝所作蕭散有林下風

彥明高陽侶曠度一何朗勝具耽遠游石流發哀響身置邱壑中臥游羲皇上英嗣挾國華太邱道彌廣

太子太保兵部尚書王襄敏公以旂望傾朝野爲三鎮得華裔心居鄉長厚月旦無間言

少保國重臣玉鉉陳東序攬轡壹豺狼秉樞扞牧圉循墻肅三命傴僂協唐許元粃扈朱蹕將將振靈緒

孝廉金公大車弟大輿太守賢子兄弟以詩名然伯氏固當白眉

二難並殊絕衆許雙南金弓箕闡素業阿閣鳳皇吟人籟叶塤篪伯氏振其音高義驅古人惜哉終陸沉

翰林侍講邢公一鳳編修胡公汝嘉邢工篆胡工草胡又好古書畫玩具有識鑒二公文雅風流相似仕齟齬亦季孟之間

邢侯頎而長胡公壯而偉步武入鳳池後先下龍尾人材總瑤琨宦蹟並萋菲文采何翩翩君子終有斐

奉新令陳公芹子野雅志泉石嘗一爲令善寫竹詩字奕奕奄有江左風流

陳公江海客晚號神仙宰華髮臥天台盪胸弄雲海紱冕非所志紫芝之行可采寒梢寫鸞谿孤興固有在

瓊州太守王公可大公本名家子負才氣高自標置揮毫授簡燦若雲霞鮮衣芬潔有荀令之風

太原亢宗彥傀俄如玉山垂老珠崖行載石萬里還閉戶著書成墨池走潺湲雙佩聲瑳瑳飄搖天地閒

南京太常寺少卿許公穀舉會試第一人中年挂冠風流照耀江左生平無疾言厲色人稱長者

奉常秉淑姿鸞鴻致身早水鏡人所歸慈和以爲寶縣車方

盛年文酒用娛老熙然登春臺天壤誰醜好

陝西苑馬卿盧公璧刻意尚行宦遊歸田宅無所增置好蓺菊有東籬品彙編

范陽挺孤秀崚崎違所如飛遯天不畸四壁空圖書秋菊餐落英玉露被前除鹿門有載酒鼠壤無餘蔬

南京禮部侍郎殷公邁什三在朝什七在野雅耽禪悅之味不以圭組挂懷

深源蒼生望因緣宰官身乾慧潤法流舍筏涉其津揮麈自名通栖遲支許倫遺榮道所貴寥寥辨斯人

禮部主事李公遂暘方正有道南國之紀焦太史常目楊太學李祠郎皆金相玉質彬彬君子也

章相賁人靈蘭濟謝所染夜告矢勿欺夙興戒無忝炯炯燭希微孜孜厲風檢吾將陳四科俎豆諒非玷

太學生楊公希洎游楚黃耿先生之門超悟解脫顏閔之流

末學互苓奮飆輪爭奔馳太學探元珠一往超其師常無以觀玅因恬以養知貞期洞元化夕死可在斯

南京吏部主事黃公甲挂冠盛年文酒自娛好嫚罵人多避之常自負爲文谿刻不減二陵

汝南抱書注靈威抉其副萬古一盪胸時獨引醇酎宇宙有畸人唾涕走耆舊蘭摧芬有餘蕭艾非所嗅

太學生盛公時泰跅宕不羈倚馬萬言好賓客戶外屨常滿畫竹石枯木蒼然映人

盛覽牂牁彥龍章信悠忽曼衍以窮年瀟灑送日月筆倒三峽流理窟何勃窣玉樹埋土中朱華一朝歇

江西按察僉事阮公屋簡亢有聲歸隱日杜門自重郡鄉飲以其出爲邦家之光

觀察狷者流洒崪豨韋波胡然事脂韋一官自婆娑青青山上松增冰鬱嵯峨至貴國爵并所得孰與多

邵武太守鄭公宣化故武選郎以事忤權相及其黨一麾出守卒於郡民思其德爲祠春秋祀之

齗齗畫省郎沉沉府中居一麾丞相版三唾侍郎書啜醨識微洞存雄道靡疏偃蹇艮所好彼已難相於

南京刑部侍郎吳公自新飲人以和見者以爲親已海內名流共相推轂卒之日不勝殄瘁之哀

延陵何朗朗太清無滓穢閨門惟肅雍容止非藻繪有友必名流所至盡遺愛高未年位酬餘風見前輩

先中憲大夫浙江按察副使府君諱國輔焦太史與元書尊公醇厚沖夷溘爾奄逝凡在知交皆爲悲悼如賢兄弟其何以堪

大人抱太沖衆莫窺其際龍性守循默狙用捐豈弟詠德明祖風制產㮯宗制道悠無永年誰爲問司契

隱君王公可立清時絕俗兄官太守而富公視之泊如也年九十而終名德爲鄉里祭酒

太原門棨戟蕭然臥環堵辟世非牆東淸言揮玉麈中餐五侯鯖晚薦三賓俎大耋何所嗟流風播庭戶

新野令李公登天性湻厚從黃耿公講學稱高足弟子晚通禪那精六書學四體字足參古人

士龍邦典刑元覽在人外孝謹被子孫一門儼三代棲眞今靜侶化俗古遺愛才藝了十八斯文自茲在

學士余公孟麟舉進士一甲第二人官至南大司成率素坦夷恥爲矯飾而宏獎風雅不以齒位驕人

承家中朝籍華國北扉槀射策董臨軒解組夔典樂高文自粉斧遠志更寥廓三復雅游篇千秋欣有託

安陽令周公元才質奇俊語必破的舉進士爲令而殞天假之年未易才也

屢試不見收，一出乃驚世。咳吐必經奇，葰雲氣常厲。千將與莫邪，不戢折其鋭。遺書何寥寥，至今軫流議。

文學盛公敏耕 遍覽百家，焦太史亦推其博雅，不遇而死，識者悼之

虞公行祕書，今也職斯人。有問無不知，流覽富無垠。生平鄙章句，游詠淵元津。惜哉時不與，瘞此荆山珍。

給事中沈公鳳翔 尹蕭山，清素如儒者，才品爲一時所重，封駁岳岳有直聲

休文質韶令，幼爲時所知。拂衽企青雲，砥節吟素絲。棠芾蕭山陰，桐萋掖垣枝。沉綿用未究，俛仰令人悲。

參岳張公後甲 風期恬雅，中年仕宦，旦夕顯膴，而拂衣歸臥，人推其高

有耳生車傷，仕者甜蔗境。夫君服政年，拂衣謝薇省。座無朱履豪，門有白扉靜。薦剡方在屏，濯然悲促景。

參岳何公湛之 才穎而雋，仕歸雅談元釋，書法遒美，胡太史之流亞也

三世四甲第華腴溶登陟拂拂十指閒隱暎青霞色稍同彥倫嗜終異和嶠或文酒談霏霏思之三嘆息

侍御史何公湋之（文雅風華不以纓組自絆詩畫雋美彊記尤爲流輩所推）

仲雅偉丈夫性頗耽粉黛高咏玉臺篇嬾曳金閨珮通人癖未捐名賞多所愛靡靡齊梁間流風至今在

雪浪大師洪恩（風期俊爽議論亹亹動人詩字有晉唐風流）

恩公實散聖俊氣邁寥廓當其獨往時肯受梵網縛游戲衍三車矯若雲中鶴肉眼多所謀徒爲智人誚

嘉善寺石壁

晨輝冒崇巘寒雉挺華林雲峯躋紺園煙庭眺青岑俯石已礌砢仰壁更崎嶔窺天但一綫拔地猶千尋旁穿晛日寒倒射孤霞森瑤草互翕赩錦樹相陵臨垂垂丹霤溼鬱鬱元雲

陰朝翻倦鳥翼暝坐悲猿吟嗟予秉幽尙對此生遐心列籍展華酌披衣橫素琴陸沈固非志雲臥豈所欽遯矣謝囂黷懷哉方滯淫嵇遊旣鳳舉孫嘯亦鸞音淸塵遠不嗣吾欲遂抽簪

方山石龍池

攜我綠玉杖來登天印峯茲山多秀色合沓靑芙蓉初觀洗藥泉緬邈懷仙蹤丹竈久寂寞金光草丰茸攀躋上絕頂相攜招石龍泥蟠久不躍瑤池水溶溶傳聞風雨夕往往元雲封何人鞭龍起乘之躡星虹翩躚駕煙上攀天升九重參差吹碧簫鳳聲何雝雝粲彼赤霜袍織女爲之縫挹斗注天漿仙粧弄蒙籠遨遊紫淸內千載猶春冬神龍不可御欲駕渺無從蟲壤苦迫隘悵望愁心胸天風吹萬里浩蕩搖雲松

鍾山望孝陵

龍蟠奠坤輿斗建表乾象合沓垂四野孱顏突千嶂屼峍宇宙閒跨騰江海上金銀乃異氣昏曉固殊狀靈韶大業阻符發雄圖王沉沉漢寢嚴肅肅橋山葬丹樓高闕拱碧瓦修莖抗松杉鬱綿亙風雲莽排盪翠華儼神儀象衞肅天仗雲來玉殿迴日射金城亢神尊五岳朝維奠三靈邑千峯盡羅列四水共演漾皇輿雖北徙神寢自南鄉落日渭水遊秋風灞橋望蒼然滿長安億載帝圖壯

秦淮入青溪

我來秦淮渚懷古尋青溪風吹綠楊樹啞啞羣烏啼兩岸白蘋花煙紛香葉齊進我青絲筰洄沿赤闌西朱樓多美人淩波步媞媞招要拾翠羽飄颻曳華袿揮手抗瓊瑀願言托雙

棲坐弄雙玉玦跡遠心含悽明月海上來照水如玻瓈天空綵雲没地迴銀河低對此令心哀蒼茫歌蹋蹄杯行金卷荷一飲醉如泥鸞笙沸紫霞嫋嫋鳴天鷄小姑安在哉春風草萋萋檀橋花月夜歲歲玉驄嘶

四望山看石頭城

鵾鵊鳴春風青柯衆芳歇把袂淩紫煙翱翔攬城闕憑高一以望孤亭開翠微新粧紅滿地裊裊曳人衣以西石頭城巉巖如虎踞上有萬古雲下有千年樹自從六朝來龍戰何時了東風歲歲吹煙絲搖碧草千春啟休歷萬雉開神都天高江月迴地遠堞雲孤杜若生芳洲桃花飛淥水西連盧龍山南接長干里城下兩垂楊飄飄颺雪花何人不繫馬何夜不啼鴉古城人不存古人城尚在漫憶谷爲陵空嗟田變海感

此長太息悵望愁躋攀高樓吹角晚素月流蒼山

謝公墩在冶城北即永慶寺古今傳是安石別墅

霜落白門秋摵摵撰策登山訪遺蹟烟冪城回一抹青日墜江橫半輪赤徐看迴月下秋江漸訝森雲抱寒石嗚嗚短笛響空林嗷嗷哀鴻叫深澤野夫翛然神獨往左手持螯右浮白西洲舊壘已荒涼東山故埒還阡陌圍棋賭墅知幾時寂寂空林土花碧

留京上元篇

高齋元夜無與適燈燄幢幢動深碧綠酒千鍾手倦拈黃柑三寸心慵擘何意清驩逝不追憂天心事杞人知昔時玩月如今日今日觀燈異昔時燈月輝輝遊未已當年樂事遍閭里五夜鰲飛海不揚六街馬過香初起東第笙歌嬌上春中

宵紛度可憐人道旁柳妒纖腰弱扇底花羞粉面新郎今禁
網還疏斥少年詎敢輕投擲暗塵欲躡仍畏嗔遺鈿爭拾猶
虞索曼衍魚龍百戲張錦棚歌舞競排場冰球四射分星氣
雪礮孤飛并月光誰家見此能閒坐誰人遇此能虛過轟中
露液恥敎空花下霓裳忍驚破荏苒年華去復歸驚看盛事
見來非葳蕤銀鎖宵常合爛漫金釭夜漸稀閭閻愁嘆猶艱
食欲踏春陽腳無力娼家寶瑟雁沈沈侯邸銀箏鶯嘿嘿七
支千影事難憑天街錦綉冷如冰博徒處處聞揎袂憲吏年
年禁放燈倏忽俄驚風物改不待桑田變滄海鮑老當筵舞
漫陳髯仙度曲詞空在獨坐傷時淚暗流空階三五月如鉤
漢主尙聞祠太乙九微初動鳳凰樓

吉山庵在吉山山以梁將軍吉翰得名五峯插天若雲際芙蓉庵面山故余爲題名

徑分支戟起殿宿展旗峯華表千年石空堂五夜鐘院花搖薜荔階子落杉松老衲便高臥無心問鉢龍

祈澤寺在都城外二十里有泉清冽出石罅隙間寺踞其右古銀杏兩株蒼枝老幹云是晉時初法師手植

碧殿巖阿轉珠林石徑分碑殘梁苑日樹擁晉陵雲梵網春蟲亂香臺夕鳥紛龍堂清可濯堪此滌塵氛

帆山在大江心孤標秀絕噴沫飛流覩潯陽之小孤若一髻矣

拳石江天小遙看淡欲無雄當萬馬立秀起一螺孤沫洒蛟宮淚燈懸貝闕珠未須論砥柱吾意在蓬壺

甯海寺爲國初三寶太監自西洋回所建

一逕逶迤出斷雲峯懸陽景晝氤氳星查漫紀中涓事月窟長標太史文壁上有碑爲陳魯南太史文僧磬隔林風不度佛香沉水草

能薰黄緣翠壁穿雙屐笑語頻驚鳥雀羣

朝天宫

黄金仙闕絳河開白玉丹臺碧落迴樹杪鶴從遼海集池邊龍自葛陂來甘泉已奏楊雄賦汾水還歌漢主才何俟求仙遣方士人間此地有蓬萊

燕子磯

高倚層霄曲磴重孤亭雲海盪心胸插天危石巢飛鶻拍岸驚波走蟄龍夜冷濤聲虚四壁江空人語落千峯三山紫霧蒼茫見誰道褰裳未可從

游茅山詩

真人沖舉自何年悵望華陽古洞天聞道三峯成累跡祈靈千里避重研曲林坐欲揮青海絶巘升疑駕紫烟卻笑秦皇

占王氣不知此地可求仙

洞隱艮常紫翠濛曲林東畔啟珠宮聽松近憶陶宏景種李遙聞展上公庭際大書苔滋滋門前左紐柏童童玉晨終是神仙窟誰辨名登絳簡中（玉晨觀）

商飈館（蔣廟西南）

蔣帝祠西白石壇商飈高館盡彫殘年年猿鶴空相怨一路青山碧樹寒

暑風亭（清涼寺是李後主題）

深谷樓臺六月中坐披單袷御微風汲來玉井寒如雪不道高歡避暑宮

草堂寺（鍾山周彥倫宅）

草堂松桂已捎雲梟梟枝垂薜荔紛一自稚圭移勒後寂寥

誰詺北山文

蘼蕪澗即南澗

古澗瀠洄野寺東扁舟無路有潮通可憐南浦蘼蕪色緑遍春城細雨中

盧龍觀獅子山上舊名盧龍

翠壁深銜玉殿孤丹臺日日敞清都西妃卽是靈妃館爲問蟠桃事有無

夏夜月中靜坐偶聞吹笛因感壬午癸未時先大夫交遊唱和之樂今三十餘年往矣凋謝殆盡因掇其尤者各爲口號以志山陽之思

張少橋封君

自得人中長者名銜杯無夜不歌聲生來好是無懷氏老死

何曾出帝城

陳達夫戶侯

破屋斜臨古磵旁自因通隱託行藏案頭數卷殘書在猶咤休糧有祕方

朱虎巖居士

豪華偏作有情癡瀟灑林亭草樹披爲按梁州花下拍親持銀琯向人吹

張孚之太守

風貌眞如阮仲容竹林高宴許相從追思杯酒留連處三十年前晚寺鐘

杏村諸園詩

杏花村方幅一里內山園據其什九雖奧曠異觀大小殊趣皆可游也間與同人散步其中稍得勝賞因

各爲一詩紀之借不能如李方叔之記名園使人當爲臥遊耳

鳳臺園舊爲魏公家別業今屬上瓦官寺諸髡次第平其臺芟其樹而稅與灌園者名勝都盡諸髡且自咤爲靑銅海矣

傷心千古鳳凰臺蕭瑟僧寮翳草萊歌扇舞衣無處覓西風蟬咽不勝哀

張太守孚之佚園舊爲徐公子萬竹園張與王太守分其地而有之臺榭見存古樹深篁窅然異境太守復下世園日扃無人過而問焉者矣

萬个琅玕抱石斜朱門深鎖但棲鴉自從仲蔚辭三徑誰爲求羊掃落花

王太守爾祝園卽所分徐氏之一也中有高樓古樹

頗自蒼然太守生前足跡不一至也

高臺傑閣倚崔嵬疊石疏花面面開爲問輞川文杏館幾從

裴迪賦詩來

西園舊爲徐公子業水木最爲森秀窈窕惜堂宇鉅

麗小損山澤閒儀沈生予大令舊嘗居之汪上舍

易以千金主人不恆至汪殁今又將易主矣中有

古樹及巨石皆宋時物也

高峯岝㟧俯長川老樹陰陰覆綠天莫詫苑方秦地少已看

花木勝平泉

齊王孫園倚城隅多竹望之陰森蔽天日今竹萎矣

孝廉吳君得之

城角苔深滿地生何年竹看上番成求羊縱有經過跡三徑

無人問蔣卿

何參知公露園西北倚鳳凰臺亭館池樹參差多致舊哈氏所創屢易主矣後爲方士醒神子館參知得之重爲拓潤與小園東西相望也

琪花璚樹近堪攀海上尋仙去不還獨賸文成馬肝石參差叠作大何山

卜太學園在花麓岡西接上瓦官寺此地高敞有樓三楹面東而峙徧覽城內外最爲登眺勝處俯視西園如接几案矣

嵯峨飛棟入烟空俯視皇州一氣中誰向賞心誇絕景已專邱壑大江東

許典客園坐驍騎倉西有堂有閣有亭有池翼然具

體內繡毬花絕大而繁可與鳳臺下紫薇競秀它
所未有也

元度閒情問薜蘿徵花選石對婆娑名園不淺春花色總讓
中庭玉樹多

李茂才園在瓦官寺南余遯園之右面東門有長榆
數株清陰夾巷老梅數株頗幽邃有佳趣

瓦官寺南高樹陰中有幽人横素琴曲房小徑殢還往夜静
獨聞鐘磬音

二弟羽王園在驍騎倉前街前有池種荷芰高閣縹
緲俯看城東西內外如圖畫亦登臨勝處也

欲隱何須更買山但敎心跡遠人寰亭前花竹深無路高倚
闌干看鳥還

三弟小園在驍騎倉北地名歪井舊有修竹數十竿弟小構草屋嘯傲其中亡何弟以病逝余每過此輒凄然淚下不勝人琴之慟

緣坡修竹蔭離離小屋捎雲入暝遲莫問何家山小大月中清嘯玉參差

許無射園在蕭公廟東入門曲房宛折至迷出入轉入廟後地忽宏敞頗以竹木綴之

人間玉斧自仙才隱洞深依古廟開宛轉曲房何處入直疑春樹鎖天台

許長卿新園在張氏佚園之北亦萬竹園地也長卿構之爲起亭館地寬可數百丈花木秀野長卿恆與客嘯咏其中

半畝方塘看戲魚豆棚瓜架日蕭疏高堂把酒聽黃鳥恰是江南五月初

方太學園在村東城下古屋數間中有牡丹致佳舊入門皆修竹今不復茂矣土垣板扉人不知其中有園也雪浪和尚舊曾寓其中余過之謂可避世

修竹晴看綠雪飛古牆深巷隱雙扉不須更說喧難避苔徑由來屐齒稀

湯太守熙臺園在杏村口地不甚廣而多佳樹亭旁老杏數株花時紅霞映地矣

杏花村外酒旗斜牆裏春深樹樹花莫向碧雲天外望樓東一抹綴紅霞

張保御園在許無射園北舊爲王太學館保御得之

中有屋三楹清寂可人後亦多佳樹友人沈不疑常稱之

曾從沈約問郊居此地仍堪賦遂初苦竹自深人不到可能重駐子猷車

鄰人李氏小園在湯園之東兩塘相連彎環清泚堤上垂楊大可合把杏花斜拂水面老幹鐵立亦佳境也

小池微映綠楊低黃鳥春晴不住啼何處一尊堪引醉小亭斜日杏花西

陸文學園在許典客園南有塘種荷芰小亭踞其上花架綺錯望之斐然

一朶嫣紅泛綠波曲池芳樹倚婆娑不妨靜引南薰坐自按

江南子夜歌

四弟新園在九天祠之北地甚平曠弟新構屋并蒔花竹其規摹大槩如遯園而加整

自笑山林引興長更憐春艸媚池塘行園處處皆相似喚作新豐也不妨

卜履吉

履吉字中立一字訥齋江甯人隆慶丁卯舉人萬歷戊戌進士授泉州府推官歷至兵備副使攝藩篆訥齋官泉州値中官高某開礦發掘廬墓具疏上聞收繫其黨五十餘人詳與讞錄捐俸廣置書院立義倉以贍窮民少事父頤泉以孝稱既罷政還林下年八十而卒古今圖書集成載其詠金陵古蹟詞甚夥

春雪獨酌

二月天仍雪鈎簾自舉觴花飛空滿院風過不聞香凍鶴閒

翻樹飢烏遠下牆春光無著處寒色徧林塘

卜豫吉

豫吉字介甫江甯人有嘯餘集快庵草

三山護國寺

天際來晴色登臨興不孤看雲頻俯檻待月漫傾壺山勢平分楚江光半入吳未能拋世累來此結跏趺

河亭偶成

結閣秦淮上蘧然午夢餘雪欺新種竹風捲讀殘書有飯堪施鳥無錢不買魚祇緣耽嬾癖轉與世情疏

何棟如

棟如字充符一字子極又字天宇江甯人參議湛之子萬歷甲午舉人戊戌進士官襄陽府推官因璫陷

下獄復起南職方司主事行太僕少卿監海上軍復因璫陷遣戍滁陽崇禎初釋歸有南音攝園稿出山疏牘初續商音徂東草攝園草恢復議石城會語又輯實用編經武編近溪要語明史附傳天宇垂髫鍵戶山寺除夕家人促歸方研毫苦思不輟官襄陽薦廢將王一桂破苗賊於板角關沈稅璫爪牙於江璫開青山礦於棗陽察爲顯陵發脈繪圖上聞事遂寢璫以穀城宜城礦不中額官民被掠大鬨爭執梃起執其黨羽二十五人坐以劫庫擬絞以聞後五日璫亦具疏上裂之不問亡何璫造蜚語言擊殺天子稅使上大怒首逮之由是罷開礦繫獄四年乃釋起南職方以太僕少卿監海上軍璫誣以冒餉下鎮撫理北司千戶許顯純拷掠楚毒氣絕復蘇遣戍滁陽崇禎改元脫籍歸癸酉具疏言時病乙丑又疏留都兵事大司馬范公景文欲爲推轂嬰疾不起晚年與陳我如楊籲之友善建龍德書院於烏龍潭上講學其中自署於壁曰經略府常在夢中要做千般事業鎮撫司若斃杖下不知幾度輪迴又曰九死一生臣節風霜獨苦三朝再赦主恩歲月偏深子

燾字德晉燾之子某殉難

陽月望日詔先冊立次冠婚敬賦短章對揚盛典

丹詔琳瑯下九天皇家瓜瓞自千年謳歌共識吾君子羽翼何勞漢代賢日吐重華開鳳冊雲披五色護龍箋撫軍監國從茲定虎拜山河亙幅幀

新河道中

水上黃雲帶落暉山頭紫氣拂初衣江帆驛騎全無賴不遣歸心共鳥飛

初聞釋繫之詔感激豫賦三首

擔囊三及虎頭門鐵甲重關謝守閽豈是恩威深不測卻令悲樂渺難論人謀强爲蛇添足獨立偏同羝在藩終是天王明聖事還歌天保祝朝昏

離卻圜門步履輕兩三僮僕笑相迎忽看人世同天上真覺

歸心向月明幕燕尋巢仍舊壘林鶯出谷自新聲皇恩浩蕩春無極匹馬垂楊酒任傾

毫網初開萬國懽夢魂誰料復彈冠明王自是庸胥靡聖世何繇遂考槃塞馬忽看風景異吳牛終畏月光寒螭頭鷺序多豪俊敢向雲霄借羽翰

水旱吟

南方百日雨北地三年旱遙遙數千里目極肝腸斷郢鄂首陸沈湖湘連浩瀚舟行樹杪危車碾石崖陷欲炊鮮樵枝欲蒔無畊畔魚鼈日與鄰牛馬杳難辨三時不可爲萬室空長嘆遡河入伊雒昭回望雲漢蘊隆澤若焦斗粟直靡算蓑草與枯楊攘臂爭相啖老妻鬻百錢愛子酬一飯泣別不可聞流離安可見碩鼠酷嗜人莽骨塡高岸幸遇節度賢上書軫

畿甸天子詔發倉小民免逃竄卽此作商霖何必焚齊券傷哉楚子遺誰爲鳴昏墊時汪澄源開府保定救荒有功

次武昌鶴臯王孫以詩酒見遺賦謝

風雨暗江樓南冠坐楚囚行人遥執榼帝子切同舟處澀魚爭沫鳴陰鶴有求行行春草色青老墨池頭

過洞庭

伐鼓揚舲出洞庭浩烟和淚壓滄溟帆開千里身生翼春老三湘鬢有星不盡乾坤同汎汎無邊島嶼總冥冥百端忽向憂時集何日鴟夷載獨醒

送劉韋軒主簿之新都任

秋風愁送客況乃作羈人一面交情隔三年意氣眞種花堪自適賣賦未全貧外補嗟長孺明時似積薪

奉詔爲民

聖代承恩作聖氓蹇驢踏遍鳳凰城司農慷慨披圖籍京北從容付水程笑語無邊黎庶樂尊罍不盡故人情明朝拜舞朝天去常恐君王問姓名

午日秦淮雜詠

深潭日落停舟滿高柳橋迴夾岸齊燈影不分波上下人聲莫辨水東西

陳元亮招遊六合冶山

聞說百峯山最奇到來秋色更離披地當吳楚東南會寺始齊梁禪代時雲氣欲迷丹鳳闕雨珠先灑白龍池翠華駐蹕知何處擬問山僧騎已馳

何棫如

棫如字子新江甯庠生澄之子有紉蘭集

訪江靈巖喜晤朱南仲

我懷良不羈寤寐思奇士所見多曹蜍半晌拂袖起問舍兼求田議論盡可鄙金陵文物區伊昔稱帝里奈何溺章句汲汲弋青紫别有狂禪徒言動託譎詭緇流奉爲師膜拜苦不已自謂超大乘墨行悖儒理以此式後生風俗何由美我來訪江公把臂遇朱子言必宗聖賢事必稽經史慷慨折檻風抵掌決江水助我張膽雄俗儒真似螳狂瀾方横流砥柱將奚俟

吴文企

文企字季騶一字白雪南京旗手衛籍萬歷戊戌進士除戸部主事歷郎中出知甯波湖州二府終陝西

按察副使有菰蘆集絜庵慙錄

靜志居詩話：白雪廉吏，守湖州時，爨薪不給，課童僕刈後圃豐草，折枯樹以炊，拾得石一片，上有玉笋二字，其旁題識已滿，乃宋元豐間物。笑曰：太守落落如此石，石應太守將去。及還秩，載之以歸，置香雨樓間，至今尚在也。其菰蘆集在湖所著，詩頗饒清韻。

聞性道惢泉云：七觀帖，元袁文清所作，以贈程文憲公致仕南歸，趙文敏所書也。舊在袁氏奇觀樓下，後入郡治內。萬歷間，郡守吳文企好古鑒賞，載石而去。豐考功坊曾摹刻焉。

題資福寺同寮友作

行到寺邊寺，坐看山外山。講堂分戶牖，野席對溪灣。暗水香廚引，高雲絕頂還。茶瓜深話久，欲起更牽攀。

登巾子山望海

壯闊有如此，蒼茫天漢浮。疑將空作岸，眞有芥爲舟。波撼魚鹽國，雲蒸蛟蜃樓。何須問身世，泡影在中流。

城下大瀛海城頭姑射山乾坤烟影外日月浪漚閒久坐成佳聚忙來得暫閒王喬頻送酒此興未應删

酌酒臨滄海論兵到武城龍旂高日月犀炬駭鯢鯨飇色驚隨定嵐烟黯復明當年遣方士飄泊向東瀛

何世守

世守上元人遵之子以蔭選刑部照磨臨江永昌通判安吉知州至南京刑部員外郎崇祀鄉賢有天邊別駕夢談錄廣續别等集續志動集榮忠忠節大獄庶獄清曹平刑等錄撫定木邦記止足分陰等書

永昌閒詠

萬里蠻荒思不禁客懷宦味極蕭森青山有夢幾時到白髮無情忽見侵敢謂虞翻無媚骨未容孫楚遂初心長沙路近

何多怨憔悴當年澤畔吟

金陵詩徵卷二十五終

江甯陳作霖校字

金陵詩徵卷二十六

上元朱緒曾編

明十六

羅　熹

熹字元溥一字淵泉上元貢生鳳之元孫光澤主簿有淵泉集明詩綜云元溥歲貢而郡邑志未詳何年盛仲交元牘記云吾鄉印岡太守藏金石遺刻甲都城元孫厚溥許偏借觀之又王羲之雜帖吾鄉石阡太守印岡公所收元孫淵泉出以相示據此知元溥乃萬歷時人

宿黃龍觀

杖藜迢遞尋仙源古祠遙見雲中巘空林山猨食栗響深澤野獺銜魚喧道人步出懸厓下度竹穿松遠相訝焚香邀入紫芝居爲寫黃庭坐清夜

野興

山下雨欲來樹杪風先起蓬窗人讀書兀坐松蘿裏岩陰生晝寒門靜喧流水縈紆路轉深滿地莓苔紫閒臨白石邊屹立絕塵想雲來綠樹暗雨過蒼蘿長遠村牧笛鳴小浦漁歌響淹留歸去遲月照蘆花港

看花行

春來頗有尋花興日日溪山探佳勝穿林繞樹經幾回逐蝶隨蜂入幽逕紛紛紅葉正芳菲桃李枝上黃鸝飛濃香豔色結羅綺游絲蕩漾牽晴暉扣門每到鄰翁圃更向僧家上花塢攀條舉袖斷輕烟折蕊欹巾漬殘雨一春游冶興無窮終日只坐花叢中攜尊約伴看不足常時沈醉臨春風人生遇花須快賞莫待春歸空歎想花開花落春復秋百歲光陰一

翻掌

山莊訪鄰翁

睡起酒數盃微醺步阡陌扶鹿過前村相訪幽人宅野曠平夕烟林疏澹秋色松深庭宇暗雲在窗楹白隔院聞禽聲當階留鶴跡靜坐佳興生清晤塵機息悠然歸去遲傾懷憩泉石蘿月出山頭天寒蹊徑僻

題沈石田秋江晚興圖

秋滿長空氣蕭索扁舟晚向懸厓泊覆波蘆荻弄寒聲繞岸芙蓉綻秋色夜深明月映漁磯銀漢光澄星稀漁翁不寐吹横笛驚起灘頭鳧雁飛殘燈搖映荒林裏江水迷茫千萬里孤篷短棹人未眠依汀炊爨疏烟起展圖玩對風景幽高人畫手誰能儔揮毫濡墨寫長句令人逸思馳滄洲

暮秋宏濟寺江閣與海峯秋宇夜酌

鷲嶺諸塵遠，晴江一鑑開。雲消孤月上，風靜片帆來。水冷魚龍伏，天秋鴻雁哀。臨流美清夜，共醉菊花杯。

寂照寺訪僧不遇

漫轉青蘿徑，閒敲白板扉。雲關僧已出，烟樹鳥爭飛。苔色侵經案，松枝挂衲衣。深林獨回首，空翠落霏霏。

江城夜泊

西風城外繫扁舟，水國迢遙一夕留。疏雨孤燈橋下店，斷雲殘葉驛邊樓。江涵秋色浮輕浪，雁帶寒聲過別洲。極目鄉關烟樹裊，不堪蕭瑟動離愁。

秋晚秣陵道中

匹馬迢迢度遠村，荒林烟火漸黃昏。路經秋水橋全沒，山帶

寒雲樹半吞蘆渚風生棲鷺鷥柴門人靜聚雞豚秣陵極目增歸思暮景蕭蕭易斷魂

送司教黃野堂致政還莆

離歌一曲起江干目送孤帆過遠灘驛路晚山雲裏斷郵亭秋樹雨中寒相逢最喜纓傾蓋回首那堪早挂冠聚散升沈雖有數別離仍覺思漫漫

宿高座寺秋山禪房

夜靜虛堂孤磬清石壇雲去佛燈明月來半榻寒松影風起滿山秋葉聲寺帶烟霞應入畫興耽邱壑欲忘名談經不覺星河轉坐對高僧萬慮輕

天闕山居次海峯韻

石磴雲深路轉斜地臨天闕隔塵譁秋來信步閒尋寺曉起

科頭自灌花詩就小童知捧硯客來鄰叟爲供茶山林莫道無交接門外時停長者車

安隱院閒坐

野寺閒尋支道林維摩居士會禪心開窗忽入松杉影隔院時聞鐘磬音幽徑鹿眠芳草亂古壇僧定白雲深焚香趺坐忘歸去不覺西巖日已沈

西莊晚興

漠漠長空鴻雁飛滿林秋色景霏微風來掃葉晴穿徑雨過看山靜掩扉社鼓亂從村舍起漁歌遥送釣船歸山中自得清閒趣塵世紛華久已違

覺上人茅庵寫興

山腰結靜廬白雲最深處曲徑護蒼蘿幽鳥時來去春殘書

漸長晴簷度飛絮荒林景自奇闃寂無人語采芝入山行石上偶箕踞山僧出柴關松陰忽相遇延之坐蒲團焚香叩經句默坐證無生翛然絕塵慮

春日游牛首

雲裏龍宫傍石隈林間鐘磬起香臺野花一樹雨中放山鳥數聲風外來佛洞遠從松隝入僧房斜見竹扉開耽遊載酒尋芳徑不惜芒鞵染綠苔

李思誠

思誠句容人春芳孫萬歷辛卯舉人戊戌進士官至禮部尚書明史附傳孫清字映碧崇禎辛未進士刑科給事中

嚴陵灘

危閣枕山阿秋深冐碧蘿澄潭星尚映孤石月偏多奔逐舟

頻去登臨碣徧摩古今懷釣隱人世幾漁簑

李思訓

思訓字于庭句容人春芳孫有晚好齋詩存于庭兄思謨字聖彰工詩古文早卒思誠禮部尚書思敬萬歷辛卯舉人

閒溪

溪迴曲曲擁層螺積石中流折作波山合祇疑無路轉櫓鳴始覺有船過濟魚村店聞腥滿野竹人家接溜多薄醉倚篷堪聽鳥深林時度管絃和

雨登中宿峽飛來寺

茲山聞勝絕徑滑亦須捫峽束江流急巖高霧氣昏崩泉穿石隙嘯狖聚雲根莫便還飛去風生振殿門

李思聰

思聰字沮修自號再謫仙人句容人春芳孫有詩文集十二卷北山詩話李沮修父茂功字健齋福建興化知府沮修徙居石城著開老鶴河議城守議江防議登臨詠古怡然終老有堪輿十二種行世子長科嗣東崇禎辛巳貢懷集知縣嗣京崇禎戊辰進士監察御史喬萬歷己未進士兵部侍郎

繡羽亭

昭明舊隱居松月留古井俯仰剩空亭蕭然絕人境

張應觀

應觀高淯人萬歷戊戌歲貢甯國訓導同邑魏成忠字藎卿一字蘆隱萬歷辛卯舉人戊戌進士兵部主事陝西道御史山西按察使有題劉定濤妻葉氏節婦詩張蓁字秉淑一字桃庵晚稱岩棲野叟有新化寺詩陳詩有法華庵題句

天井泉

竹山有天泉泉流白如雪下應有潛龍龍潛水不竭歲潦不

知功歲旱功斯烈

孔衍昇

衍昇高淳人同邑孔應震有尋眞觀古柏詩

禪河菴

招提依水曲野艇泊蘆中山鼠窺厨竈春禽聒曉風六禪誰問諦一畝自成宮靜坐消塵慮何須梵唄功

武光宸

光宸溧水人萬歷庚子歲貢官仁化知縣又武光會萬歷丁酉選貢官同知與同邑陳文昭字潛孚客遊吳楚有竹香齋集徐數字希文有寄傲集許洪有徽恩閣詩王可宗萬歷癸卯舉人厓州知州弟可學字景聖萬歷丙午貢鄖陽通判有覆瓿集所詠瀨上貞女祠尤工可學子民懷有問心集趙鳴臯字鳴野有樂善齋漫吟均溧邑詩人

登望湖山次方伯叔韻

積陰懷轉鬱新霽喜空明翠嶂看孤聳青藜約共行雲隨芒屨破風逐薜衣輕未有烟霞癖聊舒邱壑情

劉楚

楚字景孫溧水人有蕉房稿清溪草

遊乳山次壁間韻

登臨身與白雲齊霄漢平捫近可躋萬里乾坤容睥睨數椽樓閣遂幽棲酒移黃菊籬邊酌詩向蒼苔石上題放鶴歸時人爛醉一鈎新月挂林西

卜有徵

有徵字伯符一字虬岩上元人萬歷庚子舉人昌邑知縣陞萊州同知仍管平定州事府同知兼平度知州有瞻紫堂灌月亭漫稿虬岩歷任六年氷霜如一水旱賑濟設粥廠全活數

十萬人行取入吏科祁梧垣疏臣鄉災荒全賴牧令一旦內轉頓失慈母乞就近陞本府同知仍管州事卒之前一日民若見彩服入城隍廟至是肖像以祀仍祀萊州名宦

官舍秋懷

豈不思投組其如撫序深桐梧彫客鬢蟋蟀感秋心瘦馬嘶官驛饑禽栖暮林放衙無一事擁鼻作清吟

謝黃鍾

黃鍾字元聲上元庠生

焦山

排雲宮闕結崔嵬島上僊人去不回沙市月明潮似雪海門風起浪如雷深山自可藏高隱塵世何從辨劫灰獨坐松寥思遠舉欲尋鵬背暫徘徊

姚履素

履素字允初上元人之裔亥子萬歷辛卯舉人授嘉定教諭辛丑進士授刑部主事恤刑湖廣陞廣東提學副使瓊州兵備道崇祀鄉賢有征黎始末適楚紀勝湖海游記市隱園詩文集允初恤刑湖廣多所全活在粤東爲海忠介申請謚瘞平抱繇羅活峒黎賊事畢乞休葺市隱園觴詠最盛以役煩與丁清惠公商榷立房號得僱役定爲三則俾民樂業葬安德鄉岱山姚氏世畫梅謂之姚梅云

祖堂山

循嶺更幽探高僧寄一龕荒苔迷佛宇層閣貯經函斷續雲閒雁空濛雨後嵐更宜秋載酒繞砌海棠酣

俞彦

彦字仲茅前姓李名時彦復姓俞一字容自江甯人萬歷庚子舉人辛丑進士官兵部車駕司郎中光祿

寺少卿謫夷陵知府轉南兵部有近體樂府爰園詞話四書疑印藪治篇古樂府少卿謂隆慶以後詩文如四目蒙倛九頭妖鳥惟詞則染指者少猶不失本來面目王阮亭云少卿寫無可奈何之況可謂非非想僕嘗與鄒程村論近代詞人斷當以少卿為當行第一圯云少卿樂府從六朝人亦是解人朱竹

仲茅曾祖表冒李氏禱茅山而生公登第後疏復姓父一元字太初號養愚太倉人游國學始家金陵得有知人之鑒稱水鏡焉晚置媵始生子仲茅以不逮養父為恨奉母至孝陳情終養母殁哀毁三年承母志捐金與胡正庵施棺鷲峯寺所瘞以萬計乙卯起復選北樞主政巡視皇城進副郎陞光祿少卿嫉之者以計典謫夷陵守士民愛其判案勒石題曰冰壺染翰鄰郡有以細事來越訴者公慰解之曰某非眞訟以慕使君清惠欲識儀表耳是歲麥秀兩歧徵君王開陽繪圖作歌以贈壬申擢南樞呂大司馬疏請兵部開鑄以助軍需公變產三千金採買銅鉛人益妒之又中以京察罷園居蕭然讀書自樂

嘉興李日華薊旋錄在金陵遇俞仲茅先生得觀吳道子三教圖眞蹟李北海書大照禪師碑又出觀朱砂端石唐宋諸硯又跋其宋搨閣本法帖

邀周孺東年兄遊宏濟諸勝

花事春全盡相攜載濁醪披襟同一快履險並忘勞石壁懸危閣江風挾怒濤莫辭歸路晚天畔使星高

湄于王歌

鬱鬱田中禾禾熟自成穗沈沈合歡衾獨寢不成寐

作蠶絲

蠶老變作蛹吐絲外成繭但見外綢繆中心無由見

自君之出矣

自君之出矣心愁如調飢思君如貪吏無有饜飽時

戰雒南

戰雒南一畝十千數已多畝多賊多君奈何莫學中都窮罪弁借人頭顱說征戰莫學南州猛使君掩人勞勤誇功勳驅

民爲賊何太易千尺流丸下便地驅賊爲民何太難雨落上天泉歸山

漆經

經字載道上元人萬歷辛丑貢同邑沈天挺字生予官知縣顧文莊云生予罷官適志花木詩酒爲禮法人所忌天界寺僧雪浪言此君胸中無俗韻吳運嘉字叔達一字叔嘉有水雲堂稿其謝蕭大將軍以斬馘見示詩云高擘眉目猶含怒細檢弓刀尚有瘢佳句也李向陽字惺庵有樵居集均工詩

夏日

遠山滴翠映疏寮小雨新涼一味招爲愛讀書分綠影臨池疊石種甘蕉

陳師儉

師儉字伯華六合人有練溪集

村行即事

昃徑欹嬴馬寒林咽亂蟬竹橋三尺水茅屋幾家烟雲薄荒村外天低落照邊秋成香稻熟處處是豐年

白下别方丈二君之中都

扁舟曉發石頭西回首浮雲望欲迷别酒醒時無限思夕陽江路草萋萋

冬夜

歲暮江城傷逆旅天涯故舊重相思寒爐擁膝頻添炭石硯生塵久廢詩一水渺茫雙鯉遠寸心迢遞幾人知不如意事年來夥數盡清宵獨坐時

遊靈應觀清凉寺

清凉山路僻靈應石亭幽遠近烟光靄澄清潭影浮烏龍潛

石窗紅葉麗殘秋不盡登高興攜樽汗漫游

徐一鳴

一鳴字起鳳一字心藿世襲南京豹韜左衛指揮使萬歷閒官舟山參將陞潮漳副總兵舟山志徐公生祠德政碑記略云金陵徐侯以節鉞來鎮滃洲五年於茲矣鯨海不波狼煙息警淛中數百萬蒼生賴以衽席庚戌倭奴闖入壇頭侯策兵追勦望風宵遁頃多番商積盜作奸出沒侯皆捕獲公餘進青衿於雝櫂敦詩說禮藹然光霽夏旱暵侯屏從徒步祈禱甘霖立降云云大學士孫如游撰文

渡海

蘭秀山爭舞帆飛不暫停鼇扶天有力龍過雨猶腥橫海功難就乘槎願始經安期今在否吾欲叩雲扃

業從盛

從盛字昌基一字向山江甯學生業氏世居橫山下有大業村前業村

後業村聚族千餘家其譜云唐李鄴侯泌之後按陸德明釋文敘錄有業遵禮記注十二卷五代閩有業翹急就章注姓氏辨證皆有業姓則不始於鄴侯矣

山居

山深人事少落葉半堆門賴有新篘酒澆書滿一尊

張可大

可大字觀甫應天人南京羽林衛籍參將如蘭之子萬歷辛丑武進士歷官甯紹副總兵以右都督鎮守山東率師勤王解圍都城孔有德兵亂城陷投繯死贈太子少傅予祭葬立祠名旌忠謚莊節崇祀鄉賢忠義祠有駛雪齋集明史有傳莊節博學所至敬禮賢士大夫投壺雅歌軍旅倥傯手未嘗釋卷所著有眞州曹江電白舟山諸稿曰下牟子駛雪齋諸集祠在雨花山有松風閣家南門內今名張家園子鹿徵

書邊事

無端小草出登壇壯士徒歌易水寒枉把全師輕一擲遂令宿將盡三韓腐儒誤國由房琯野老吞聲恨賀蘭豈是天心開殺運祗因中國自摧殘

未得君王丈二殳人人能說掃穹廬防邊誰上方城略籌國曾無平準書四出徵兵飛白羽再言加賦算緡銖東方未靖中原動只恐殷憂不易除

舟山城工告竣喜賦

金城百二控蛟關釃酒能開壯士顏粉堞直連霞外嶂綺樓高並海中山弋船說劒春濤靜羽扇論兵白晝閒從此東南歸鎖鑰不飛片檄下三韓

平水閘碑銘

舟山水閘傾圮久矣余於丁已歲捐俸而新之數載以來土膏滋而斥鹵變洪濤抑而魚鼈備萬頃皆同一方底定民享樂成式歌且舞用紀成事系之以銘銘曰

奕奕舟山東海之陽溝洫弗治同於潟鶍我思古人能化潟鹵趙國在前白渠繼武爰出橐金厥工鳩只既築既堅如墉如砥蓬萊之野安期之鄉原田膴膴流水湯湯彼稧有時繕修勿替託管陳詞敢告津吏

張可仕

可仕字文峙以字行自稱紫淀老人應天人可大弟撰南樞志一百七十卷輯明布衣詩百卷有落葉哀蟬集願不願集編年稿擊磬集明史附傳

余家因兵燹後三遷始得賃舂於宋其武之鷗天館今又風雨飄搖幾不可掩爰賦無枝可依篇

吾巢方屢奪賦命不如鳩天下無芳草黃河有濁流出鬲雛
載贄敵國適同舟安得劉南坦飛神贈一樓
正得兼句食仍煩數米炊愛錢方命俠擇木苦無枝直鈞驚
河伯無絃答子期榛苓閒詠去何日不西悲

憶舊

門掩寒雲溼數重深嵐一徑掃花封草堂終古通仙驛蓮漏
何心答暮鐘鷓鴣夢殘人得句芙蓉香冷月當胸半编黃鶴
騎雲讀卜宅依然七十峰

望牛首山

憑高鷺影下秋原一葉松扉杖外村香翠洗泉流洞口寒纓
濯月曬雲門秋鸞語澀如新句菊水波平失舊痕側睨正觀
皆峭絕始知身在落星墩

張可度

可度字二嚴自稱罽筏老人應天人可大弟莊節公守登州孫元化納叛兵城陷莊節令可度及子鹿徵奉母航海趨天津得免於難事載明史晚年以隱終有鴻雪草墨莊罽筏道人詩集池北偶談張可度楚人家金陵好佞佛一食淸齋迨然終日兄文峙能詩與歸安茅元儀善茅死有姬楊宛以才色稱戚畹田宏遇欲得之以千金壽文峙求喻意文峙絕弗與通范文貞公禮爲上客公殉國文峙設位雨花臺爲文哭之

廬山雜詩

傷心忍更說靑蓮天寶年間號謫仙老去夜郎三萬里匡山書屋尚依然

東林徑路接西林靈運何嘗雜用心自是遠公無妙手那能銷鑛作眞金

父居黃閣女崆峒流水桃花石室中多少男兒淪落盡神仙卻讓李騰空別裁集改爲當日炎威竟何在成仙卻讓李騰空神味頓減

題盛林玉空山冒雨圖盛名琳金陵人茂開子伯含弟

擬訪高人上翠峰籃輿清興逐松風子規喚醒英雄夢白葛花開細雨中

孤舟傍岸借烟霞松裏籐蘿映月華曉起不知風露冷南村有客伴尋花

柏 純

純字斯文句容庠生隱居教授不求聞達同邑王裕字有容一字肖泉萬曆庚子歲貢會稽司訓遷潛山教諭不就歸里有萬卷山房集北山詩話稱其孝友篤行作耐省二箴自勗別構精舍署曰萬卷山房歸里後山水自娛著述甚富萬曆初年主修句邑志引曹國彥陳寅佐之子士宏孫自新曾孫軫皆以教職起家

青元觀

投書海島憩蘭風丹竈銷沈井水空信是谷神能不死墓碑猶署左仙公

姚　貞

貞字元亮上元人

別業

枳籬別業結山隣棐几明窗絕點塵檻竹報晴仍帶雨瓶梅裹凍固留春彈餘綠綺茶聲熟臨就黃庭墨暈新門外一溪通彴略半邀酒客半詩人

張　榜

榜字賓王句容人萬歷癸卯舉人有柿山稿賓王踈慨尚義雄辯驚人在南國子監時舉幡留祭酒馮夢禎上疏請伏斧鑕以直先生人皆義之

過高淯劉家垛弔宋滑州安撫使劉子陽劉名韐宋紹聖甲戌進士靖康初金人陷滑州自經死

落日平陵城野風吹破寺指點劉家基垛上一揮淚青苗搆流毒章蔡盜名器閹宦屠蒼黎坐見邊關棄滑州古嚴疆赫赫安撫使朝議誤通和士心懈武備倉皇欲誓師豺虎壓敵騎白刃冒空拳風雲勵壯志危城力不支一死明大義毅魄亘千秋浩氣塞天地

汪宗姬

宗姬字肇部一字海雲上元人有穎秀堂稿海雲工山水人物渡江誤附賊舟賊約海雲夜刼某太守船海雲佯諾焉開筵人各畫一扇贈之及飲酒用鼻吸飲又爲戲事娛之賊首不覺沉醉遂不及行刼海雲嘗自謂作畫不用手飲酒不用口云

天界寺

路穿蒼蘚入新雲景增奇幡影臨壇靜鐘聲出樹遲林鶯啼

漸老蕉鹿夢誰知琢鍊堆猶在慚予少妙辭

焦周

周字茂潛上元人文端公次子萬歷癸卯舉人有說

楛七卷北山詩話焦茂潛事父文端公以孝稱登賢書不干仕進博洽好古

漆載道築樓藏書以敎子弟因贈以詩

崔儦五千卷鄴侯三萬軸以兹遺子孫至樂良已足君看沒字碑飯袋空世祿硯田歲無饑撐腸更拄腹允矣富多文不必耕而讀嶄然頭角起貽謀歌式穀

焦潤生

潤生字茂慈上元人文端公之三子以蔭授主事官

曲靖知府爲孫可望所害　國朝賜謚節愍崇祀忠

義祠文端長子茂直次子茂濬俱先卒茂慈先意承志以孝聞娶殷元洲女克襄內政子綱字尚之宏光初加蔭戶部主事感愴國變未幾卒子四誠訥字子厚子明子象訥子君萬光宗即位眷念舊學旋即升遐熹宗即位茂慈得蔭守曲靖赴任時留子綱於家攜妾周氏及孫誠夫婦往未幾殉寇難妾周氏偕死誠多方寄殯其地久之夫婦乃得還家自是道路斷絕康熙中曾孫君萬奮往迎喪焦氏有名續者官總兵字嗣之又東甯伯焦夢熊字毅之屢掌南京前後府事加太傅與文端聯譜馬阮任事時不得與當世事鼎革後盡驅姬妾散家貲感愴而卒無子

過徐公子芥子菴

菴對蒼林築山將翠靄分梵宮飛法雨草閣冷閒雲荏苒花夢摩娑貝葉文憐吾形役久方外一尋君

焦德生

德生字茂孝旗手衛籍文端公之從子京庠生茂孝父沂川有子二長泰生次德生母胡氏以節聞泰生隱於酒無子茂孝能遵母訓篤志力學名譽日起崇禎辛

巳以疫死妻韓氏通政价卿女有子二續九歲繼七歲撫孤茹荼續字密之入江甯庠繼字裕之武舉人先後病逝續妻張元度女繼妻盧氏俱守志攜幼子渡江守田舍

秋柳

春風曾記綰橋頭搖落無端倏暮秋物態天機如轉軸那堪落日又登樓

馮　嘯

嘯字閬風上元人有香烟集同邑馮化字化之亦工詩有香辭集

聞雁

獨坐思寥闊挑燈夢不安秋雲千里薄孤雁一聲寒琴靜窗中歇鐘遙嶺外殘艮朋渺天末欲寄帛書難

孫　瑚

瑚字汝器高淯庠生徵辟不就有花溪吟汝器孝友篤學持正

不阿著辨佛解仲子可大任稷山尉同邑陳希憲字含黃周庭邢尚巽邢世忠與安貧有隱德詩章散佚

胥河

破楚強吳迹尚存固城湖水接朝昏屬鏤莫怨君王賜一死能酬國士恩

王登

登字升之上元庠生有紅蕉館集

高座寺讀書

避俗聊居塵外天六朝古寺鎖寒烟渴來自汲中泠井茗椀香濃活火煎

俞佾

佾字耆民六合人莊子嘗出貲埋骼遺金不顧同邑汪元范有空明館看靈巖文石詩

瓜步江行有感

片帆斜挂鎖晴烟獨泛秋江思渺然楊柳渡前沙似雪芙蓉洲外水如天殘鴉落照空千古歸雁西風又一年傳語蒼波老漁者世無西伯豈知賢

阮鳴韶

鳴韶字聞夔京衛籍上元庠生僉事屋之子私謚端穆先生聞夔年十三以神童稱父以疏劾嚴嵩罷官則事親承父志無心仕進講學瓦官寺出扶後進入廬墓三年金陵人呼爲老孝子卒年八十有七子可教登武進士任鷹揚守備善醫活人無算明亡隱居終身預知死期年七十八

瓦官寺春日

白雲底事出山忙吹我春風到講堂燕入疏簾尋舊壘鶯穿密樹奏新簧乘時自得胸中理觀物何須肘後方指點杏花

村不遠杖頭錢挂足徜徉

華　矩

矩字君範自號鳳臺居士句容廩生北山詩話華君範性耿直人不善則面斥之工詩文晚患目疾披誦不輟

溧陽伯紀信順墓公名廣後軍右都督鎮守萬全景泰四年卒葬紀家邊

爵諡襃崇顯酬功殁後多一坏藏劍履百戰老山河慷慨胸中氣悲涼塞上歌卻嗤曹石輩跋扈竟如何

韓　管

管字介卿上元人官通政同邑孫旭字景初一字寶林庠生晚棄舉業卜築當塗葛陽山交多名流貴顯有饋遺笑而卻之有嘯月堂集四十卷字倣大蘇子石上元庠生書法有父風從子昭樸庠生居土山工篆法鐫印逼古腹笥博洽

飲何公露園

名園佳景妙天然暇日良朋結勝緣閣畔梅花詩思裏渡頭桃葉酒杯前才高東觀無雙品心寄南華第一篇多少紅塵馳逐客羡君瀟灑自神仙

張　藩

藩字涉園上元庠生有渡江蘇田桐居集同邑羅彝序字伯倫有燕石齋小草崇禎時同名者另一人李稷字穀長與紀青友善有杜鍵妻烈婦黃氏殉夫詩周嘉胄字江左鑒古工書有香乘十二卷與胡節軒盛茂開號金陵三叟子庚字西有亦奇士馬電字元赤有入蜀稿

戚夫人

虞姬亦齒劍妾敢怨其君所悲處死地不及項將軍

張振英

振英字元度江甯庠生有潭西集元度家徒四壁雜植杞菊左圖右史

焚香掃地秩如也詩好林和靖孫太初字法雲庵隙地種竹數十竿因號苦竹君蓋以張鷹自況也

潭西樓

茅舍低連翠竹潯石城風景愛蕭森松梢白月供長嘯樓角青山伴苦吟醉倚能遊修屐齒窮無可送省文心畫窗拂拭銀光紙一幅黃庭仔細臨

鄧燿

燿字彰甫上元人彰甫工小楷方寸之楮作千百字結構波折不失毫釐顧文莊云晉宋后家上皇帝書字用蠅腳書令狐綯有鐵箭徑不及寸長四寸內一小卷日中視之九經具足其紙即蠟蒲團其文精妙莫述此則彷彿彰甫之所爲

飲俞仲茅宅

樂府新翻教小伶荷風吹面酒初醒夜涼按徹前溪舞月映山眉染畫屏

葛如龍

如龍字雲蒸一字元湖上元庠生有竹護齋集雲蒸隱鳳皇臺側有竹數百竿復建閣於瓦官之北麓掘地得一巨石啟之泉出其下顧文莊序其集云綺歲談經屈其流輩連城屢刖遂老衡門謀生甚拙託寄甚長善飲酒工詩字法率更年七十餘卒

竹護齋

鳳去臺仍古春風占小園亂紅花覆屋新綠竹編門蝶夢閒依枕鶯聲嬾出村有泉堪洗耳誰與溯眞源

秋日感懷

日入園林夕草蟲鳴不休淒風來曲檻涼月上高樓谷靜泉聲急山昏雲貌愁水邊雙鳥度樹底一螢流亂眼飄黃葉傷心自白頭勞從煩處積逸在靜中求識得幽人意終須臥一邱

廖孔悦

孔悦字傳生上元庠生傳生博學强記性喜幽曠遊囊篋褰日遊溪山間海昌許同生棄官隱句曲招之偕隱常愛祈澤龍泉之勝亦棲止焉子范崇禎丙子舉人

匡廬雜詠

林間風靄日氤氳乍露孤峯半未分一夜雷聲在山下始知身出萬重雲

華嚴寺

兩籬交灌木一徑夾荒榛低刺皆牽袂高枝亦冪巾竹深稀見日苔厚不逢人秋好誰來此惟應無事身

懷子畫

花滿揚州月滿櫳相尋最苦夢難同悶來細把蕪城賦讀向淒淒暮雨中

石門

石門酒薄客愁寬誰念霜溪曉被寒偶見鄰舟說紅葉五更疏雨夢長干

偶集衡陽志云傅生客白下稱詩者商孟和林古度常與諸名士飲酒分韻傅生詩先成坐客嘆服皆爲罷唱

春雨霏霏溼酒卮滿堂紅燭對彈棊主人先醉非無意愁見更闌客散時

訪道士

露草烟林斷客行竹扉晝掩對高城道人不愛人天供消受秋空鶴一聲

西湖

水中樹影樹中山山自無心水自閒明月兩隄人不見小舟

獨向斷橋邊

酒家同彥先

苦說傷春還餞春夜深啼鳥對沾巾綠陰村酒城南肆同是尊前白髮人

程國祥

國祥字我旋一字仲若上元人萬歷癸卯舉人甲辰進士歷確山光山知縣擢主事累至東閣大學士有詩集若干卷明史有傳仲若任光山民間有半升之謠謂訟獄簡易無擾計所費不過半升粟也官稽勳劾御史請囑者以肅銓政執樞政剛直不阿己卯夏議兵餉忤旨乞骸骨歸復抗疏力諫隨嘔血不藥而卒子文字震初有才望營葬甫畢感疾卒無嗣以外孫邁英繼居盧妃巷之八條巷今名程閣老巷

衡陽寺

林開梵唄香晨擁樹挂天衣烟暮繾鳥影墜蘿眠白月猿聲依磬下青松

白下橋

九微浪吐緇龍火十里花迎白鷺潮桐覆銀牀輕雨度菱搴珠腕落霞招

楊公翰

公翰字具臣一字培菴又字漁石溧水人萬歷癸卯舉人甲辰進士授行人陞工部員外郎出知漳州府擢湖東副使歷興泉道江西道河南左參政告歸復起爲太僕寺卿致仕

浮山

宦海歸來兩鬢霜浮山風景未荒涼春風自愛朝陽洞懶向

仙翁覓禁方

陳瑄

瑄金陵人又彭紹賢姚允復張啟蘭方文僎均金陵詩人

女蘿篇爲節婦張氏作

女蘿生千丈上與喬松齊結根中道萎纏綿安所施纏綿固未已下有雛鳳悲鳳翩翔四海蔚然明時儀含哺口啾啾玉芝以療飢迺識女蘿心常與嚴霜期不爭桃李榮自抱瓊瑤姿脩潔而壽考變易何可爲

鄭觀光

觀光字我生江甯人萬歷丙午舉人蕪湖教諭我生居花盆岡與兄覲光友愛并以文名顯於京庠我生鄉薦後失明十餘年忽雙瞳復明如故復入京就銓亦異事也子埏字大甫號山臞喜賦詩飲酒大醉輒登報恩塔頂九層門外周遶欄楯大聲叫嘯家多藏書人

問某書目過否卽遣童持至不待借也堪字素人孤潔爲京庠生詩書之外不知世有他事又有鄭勿字譙臣喜談經世之學幕遊公卿間

遊邐園呈顧躋初先生

自愧寒氈守投簪已覺邐高懷依鳳里下問到鳩茲好鳥鳴雲麓繁花綴露枝瑯嬛如許借還可慰書癡

賈明道

明道字心我一字念我江甯人萬歷丙午舉人崇祀鄉賢心我居孝侯臺畔建乾坤一草亭延眺最遠手易一編不求榮達

贈朱逋翁

爾頂何爲童爾髯何爲豐一邱兼一壑晦迹以弢蹤不衫復不履礪節飭吾躬值此擾擾世高尚乃可風伊人在空谷自署曰逋翁

王名登

名登字雲臺溧水人萬歷丁酉舉人丁未（呂志誤丙午）進士官元城知縣歷官保定知府崇祀鄉賢（雲臺幼孤事母盡孝居官有清白操首重學校獎勵孤寒元城有去思碑唐縣入名宦祠）

爲節婦趙氏題高節圖

叢竹翛翛歷歲寒蒼梧灑淚徧琅玕清風振俗聲流遠勁節凌霜世所難玉質比心甯有改斑衣如舞日承歡觀風使者飛旌檄彤管從茲屬史官

徐鳳翔

鳳翔字君羽一字颺岐江甯人萬歷庚子舉人丁未進士閩縣知縣擢戶部主事（颺岐爲集生之胞兄幼夢其祖紳云汝欲中舉須我在場中乃得庚子少京兆徐公名與其祖同普果獲雋官閩清惠得民管理銀庫釐弊卻羨其門如

水子二長開吕字起渭次開越字子雄

寄俞仲茅

對酒忽不愜思君意若何鄉愁因雨積詩夢入秋多何日辭圭組終年隱薜蘿青溪垂釣侶好爲製漁簑

余大成

大成字集生一字世奕江甯人本姓徐祭酒孟麟外孫立以爲孫萬歷丙午舉人丁未進士授兵部主事轉員外郎郎中天啟乙丑忤璫削籍崇禎初起何寶卿職方郎中擢太僕卿遷太常卿巡撫山東孔有德破登州謫電白庚辰除伍歸籍集生撫東省招降渠嘉其功有推誠馴暴具見識力之旨因登撫孫元化失機遂與登撫並逮馮給事申救乃遣戍後赦歸寓武陵大京兆張瑋迎歸構竹西書院於馴象門外四方才俊多從之遊劉純之稱其潔清好道暑月霜氣

莫干以私子二聞以明經知襄城縣有廉能名

集生本徐姓鳳翔之弟或有毀之者上曰朕知余道人日消三文錢豆腐耳御批清執二字以嘉之集生好禪翰墨多以夢名有龍湫殘夢雜夢蟄夢腐夢之類其所酬唱時賢以爲宗鏡子一唯二闢三復四教五美

登寶華山

松子落何年虬枝出水邊澗深猶積雪林遠抹輕烟帶月啼幽鳥烹茶汲野泉微風動竹籟清韻自天然

賈必選

必選字徒南一字直生江甯人萬歷已酉舉人戶部主事晉雲南司員外郎調九江府經歷遷桂林推官轉南工部員外陞南虞衡司郎中徒南莞西新倉清貞自矢暇則閉戶讀書不與朝貴攀援科臣宋之普疏訐侯司農恂詞連郎中倪篤之誣其乾沒屯豆欲置重典倪遂繫獄

七年適程國祥爲大司農乃合十三曹公揭申救具疏疏入震怒禍且不測程不能執曰此賈員外意也於是十三曹咸懼徙南曰我發之我收之諸公何罪青衣小帽日坐署中席藁待罪及盤查豆數竟置不問銓九江府幕攜一童子策蹇就道國變後隱居讀易老而目盲託以避世捐貲購儒生數人與之誦說疑義憑几聽之一一爲之剖析隨給筆札錄之成帙至夜半不休曰非是不樂也卒年八十七

方山宿定林寺

緩步尋詩去山光入定林竹煙生澗細松月到門深暫憩高僧榻聊抽隱士簪夜涼鐘磬寂猿鶴助高吟

楊名世

名世江甯人萬歷己酉貢沂水訓導有詠歸集北山詩話

楊名世嗜古博學與黃應登少龍俱以著述稱有讀史偶鈔等書俱失傳

耆闍寺止宿

古寺藏林杪空山集暮鴉浮生原是夢小住即爲家蠹簡繙

芸葉蟲絲冒豆花鐘聲徐欲動催月上檐牙

顧應祥

應祥字孝符一字天池上元人倘書璘之孫天池以能詩名年僅三十一子夢芝亦列京庠兄履祥字孝常號彭山以蔭授國子生南太常典簿歷大名通判晉寶慶同知未任致仕林下幾三十年兄賓祥字孝正號小山元祥字孝先號吳山弟楚祥字孝功號屏山京庠生皆有文名

蘭陵道中

曠歲驚華髮孤舟歲復新乾坤流落羽湖海未歸人痛飲蘭陵酒狂歌郢曲春瑟工齊不合到處動悲辛

顧端祥

端祥字孝直江甯人副使璪之孫萬歷已酉選貢官汝甯通判署府篆顧文莊公云孝直賦稟英多矢口而成籠蓋人上分其才藝足了數

八攝府篆一切錢糧餘羨分毫不取悉備穀以貯倉
次年大荒賑藉以舉既還里嘯咏舒懷嘗用宋李南
金典狂買顛之語反其意
而和之同時多賡詠者

獨漉篇

獨漉獨漉流光疾速去者如奔來者如逐陽春我私假我片
時醉我以酒賦我以詩詩以寫憂酒以散愁明日酒醒白髮
盈頭青山屋上流水屋下我有嘉賓續我清話秋風滿川秋
月滿天子爲擊缶我爲鳴絃唐虞之世我何敢言帛以禦寒
食以充飽樂我餘齡與子永好

林隱

結屋南山陲地偏罕人跡庭空春寂寥花落草萋碧飲濯澗
中水坐臥松下石仙人有時來相對了殘奕

舟抵宛陵

好風能送客一日到宣州勝地誰東道高蹤憶北樓人烟千
樹暝山月兩溪秋書劒飄零處他鄉綰暮愁

送客雜言和成之

月沒天未明荒雞無絕聲微霜沾衣袂游子悲遠行離歌一
曲折楊柳橫笛欲吹吹不成
莫釐峰頭秋色分莫釐峰下秋送君離情萬壑填紅葉行色
滿空飛白雲天意於人解留客重陽風雨故紛紛

答滄溟

竹塢煩囂絕山翁枕簟隨酒消中散癖愁逼杜陵詩日氣深
林薄年光閏月遲秋田瓜早熟與子重相期

秋興

太湖霜落水微消歷亂諸峰殺氣高白雁隔年書不到元蟬

抱葉夜猶號三湘愁思歸吟鬢九日新寒上縕袍山館更寒仍不寐青藜吹火讀離騷

闔閭城頭啼暮鴉子胥門外悲秋笳霜淒故苑蘼蕪草月照空林蘆荻花神廟千年存血食英雄百戰没泥沙劍池水冷干將泣莫唱吳歈過館娃

往事流聞吳僞年笑談揮翰滿賓賢龍衣御酒烽烟裏鳳輦宮娃溯洄邊菰米西風秋冷落桂花涼月夜嬋娟城狐社鼠終投竄半載神堯蕩蕩天

殘霞飛散暮烟收山色湖光暗結愁衰草隔雲迷古寺夕陽留樹映西樓乾坤旅舍生如寄邊塞戎衣戰未休蘭槳何人泛明月數聲長笛下滄洲

姑孰

艤棹此同遊蕭森正素秋車書今右輔花月古揚州白紵桓
公奏青山謝朓留風流成往事江水自悠悠

陳靖獻公廸祠

靖國初新鼎行歌獨采薇一門還七烈古史似今稀峰色雄
爭起溪流怒欲飛含情過舊址惆悵挹清暉

始皇墓

攻戰吞羣辟坑焚斷六經驪山一坏土猶帶鮑魚腥

金陵詩徵卷二十六終　　上元蔣師轍校字

金陵詩徵卷二十七

上元朱緒曾編

明十七

胡宗仁

宗仁字彭舉上元人有知載齋集彭舉隱治城生偉壯美髯晚年衲衣拄杖反手徐步鬚髯從風飄颻人皆目爲神仙喜談論藤垣苔室終日作畫師雲林子久本富家子老而食貧不謁時貴嘗詠唐六如詩閒來自寫青山賣不使人間作孽錢殊自得也有詩二千餘首鍾伯敬爲論定每自誇其寒星微夜疎明月爲我至以爲神來之句亦可見其淸意也周吉甫稱其句中有畫類王右丞姚閩客云胡彭舉如空山泉落薄晚霞明顧太初云彭舉詩奇峭多新致譚元春云彭舉畫有逸士老人之度世知寶貴之其詩老枝少葉自寫其質性之所近則世莫有知之者嘗開宅後園塘得奇石橫不盈尺高可五寸峯巒臺澗仙人石梁玲瓏互映命名小九華爲作記子耀昆起昆皆有父風弟宗義宗禮宗智宗信俱工詩畫宗信字可復山水最清潤顧文莊悼可復詩云論交作喜得披雲生死驚從把臂

分畫壁舊餘金粟影錦囊新貯玉樓文荒臺夜雨遺
琴在孤冢秋風宿草紛惆悵靑樓紅粉色爲君銷盡
轉憐
君

黃鳥日來啼

黃鳥弄美響日啼簷間樹簷樹多佳陰覆我庭前路主人懶
出門坐臥送宵曙若云此中非黃鳥亦應去

閒居寄友

家住靑溪曲春深花竹迷君來若相問直過石梁西屋壁峯
陰合門籬槿葉齊蕭然半迂事課水灌園畦

夜坐

篝燈常獨坐瀹茗與攤書殘月半窗白寒星徹夜疎不眠惜
晝短延漏惜冬餘此意自終古中懷未忍虛

雨後

陰陰春日暖風輕新水溪灣到岸平宿雨溼山深樹暗夕陽開浦遠山明

秣陵館夜對張山人

秋風山館夕一榻近燈前共話忽深夜相看非少年斗垂天末樹蟒出雨餘田亦有茅簷下飯牛人未眠

登九華東巖

始經五溪路望見九華頂如睹仙人儔雲中列羣影行行入翠微細路東危嶺屢息古樹林汲泉煑山茗漸升東巖巔衣裳雜雲冷雲始片片生倏爾成千頃恍若天上居豁然發深省

魏之璜

之璜字考叔上元人年八十餘卒於秦淮水閣考叔起孤

貧業丹青以餬口一部郎見之賞其筆意稍稍知名杜門匿影日事盤礴天性孝友養老親撫諸弟皆取給於十指不以干人軒車過往不一報謝惟招之飲酒則往淸言獻酬坐無考叔不樂也少不知書以備書通曉文義遂能爲詩淸迥絶俗而不以詩名爲畫掩也以老壽終於家

考叔父堯臣工畫人物天界殿洞神宫斗姥殿壁皆其所畫非近今所能考叔周晬日其父背之嬉哭門友人寄畫筆考叔手之堅不捨父嘆曰又一畫工矣考叔行書樵褚聖教楷倣歐陽率更弟之克字和叔尤工畫水仙之克子名都字百雉都弟珠字叔夜俱工文珠僅博一貢以卒

訊程孺文

不得巢湖信時詢渡口居繞離河路折背郭草堂虛林靜風驚犬溪暄晚聚漁主人游未倦閒殺半牀書

冬夜同陳康侯泰京集畢康侯樓共用寒字

不憚終宵坐因思聚首難簾疏霜氣薄燭短漏聲殘載見一回老相逢各盡歡殷勤今夕酒莫使後期寒

顧起鳳

起鳳字羽王一字醒石江甯人起元弟萬歷己酉舉人庚戌進士大理評事陞鴻臚寺卿崇祀鄉賢醒石園號騎倉前街前有池種荷芰高閣縹緲池上俯看城東西內外如畫圖文莊云欲隱何須更買山但教心跡遠人寰亭前花竹深無路高倚闌干看鳥還子肇昆郡庠生三弟起楠字周南有園在倉北地名歪井舊有花木周南構小草屋嘯傲其中年三十二卒文莊公過此輒淚下詩云雙雙荊樹巧相扶月射瑤林影不孤何事驚飈當夜發就中吹折第三株

偕家兄太初遊陶吳鎮栖隱寺

村鎮精藍久來遊逐暮春山光濃似黛草色軟如茵懷古塵中夢浮生畫裏身鐘聲晴更響何處問迷津

汪元哲

元哲字魯生一字心燭六合人萬歷庚戌進士戶部

郎中衡州知府崇祀鄉賢有片石吟稿元哲從弟全聲字實甫一字明和萬歷乙卯舉人文昌知縣陞保安知州有訪玻璃泉宋人詩碣過杏花園詩顧應翶字伯鴻居六合萬歷中諸生亦能詩

過昌平驛

歸與能幾日行矣又他鄉裘敝驚寒劇村稀覺路長鳥啼哀柳月馬散小橋霜日出茶烟動山家笑客忙

夜坐聞雁

南天來北雁偏向武昌過夜月他鄉共秋容旅客多長歌知和寡小飲亦顏酡伏枕不成寐高堂髮已皤

王孟瑛

孟瑛字吉修上元庠生有玉華館詩集

宿攝山絶頂

夜宿兹峰頂天空月正明山巔留鶴夢枕角走江聲萬籟虛中寂孤懷靜處生徵君如見訪咫尺葆車迎

陳所聞

所聞字蓋卿上元庠生有蘿月軒集所聞豪邁不羈工詩識曲以抑鬱終顧文莊尤稱賞序其集

少年行

阜雕風起陣雲翻走馬秋風獵五原射殺空中雙白雁歸來爛醉信陵門

劉瀇

瀇字師藩上元人有檀橋集

舟行至蘭陰

澤國蒼茫景扁舟接遠天江明潮帶月山暝樹生烟檣燕時

留語沙鷗自在眠風餐兼水宿旅夢動經年

胥自修

自修字二如江甯人萬歷壬子舉人曲陽知縣復任宜黃左遷衢州府檢校轉光祿監事未離衢值城破死之　國朝賜謚節愍二如令宜黃有奸民肆行劫掠捕而獲之有受貟緣者縱之出柙坐是與當事忤拂衣歸曰吾不能爲民除害何爲者久之左遷衢州府檢校轉光祿監事未離衢八月三日城陷端坐堂上死之年六十五長子庭治字肇平應天庠生先避亂居桑園浦聞訃同妻任氏赴水死其子時逢時迎及幼女見父母死則皆溺死五尸相從互結不可解鄉人乃合一大冢瘞之遠近莫不悼感

衢州感懷

對客惟耽酒談時輒罷觴乾坤多戰色身世一空囊不問天興廢誰知策短長終宵聽鄒吼百感總茫茫

宋搗之

搗之字和吉一字謙齋上元庠生有鴳笑集

齋中吟

白雲堆前山皎皎若積雪因風稍吹開露出青天缺漸漸掃蛾眉黛色窗中列撲我几案飛洗我雙眼纈晨起無一事散帙任披閱松風助長吟泉響聲不絶

王祚遠

祚遠字夐明句容人萬歷癸卯舉人癸丑進士官至吏部左侍郎兼翰林院侍讀學士與弟祚明孝友才品并稱二難

玉蝶泉

飈輪峰上陰陽井冬夏涓涓不改清冷暖俱非塵世味幾人

飲此悟長生

沈乾陽

乾陽字耳韓一字君明又字君之上元庠生越之子有金庭稿瞻雲樓集耳韓爲韓峰之遺腹子博學工詩賦筆致風生英藻動人屢躓場屋有詩云爲失孫陽羞伏櫪還從轅下領西風子開雲字世開京庠有名

般尙白瞻東草堂在東山

謝傅千載人東山數遊樂遠阜巒崔巍藤蔓分墟落高韻誠足伸松響得幽壑下有懷古者卜築于焉託朝望山雲生暮對山月酌薜蘿覆檐楹蒼翠沒簾箔掛壁惟素琴開籠自放鶴衆鳥喧集木意若歡相謔止此足自適何必富與爵靜公悟名理世已解其縛

般元洲北山草堂歌

北山崒嵂烟樹蒼中隱碩人之草堂清澗曲回遥相望芙蓉掩映雜修篁簾端分翠見蔾牀含毫似酣翰墨場紫茸香露發清商聲滿天地皆文章野客從之逸興長抗言古昔殊未央

陳玢

玢字玉台上元庠生有梅花集（同邑庠生吳聲璹以字傳年十七以詩名二十七而卒有耽休草黃叔遯梓其稿顧文莊序之稱爲吾鄉寯才玉台父新宇振之叔父秉俱有聲庠序）

畫梅半開

昨宵春色透林隈月暈眉痕欲上纔欲爲東風留半面不須羌管一吹開

陳元慶

元慶字允嘉江甯人萬歷乙卯舉人官湘陰教諭改滁州學正轉上饒知縣張白雲云允嘉性孤介不邇聲色不耐圭組喜讀書談名理每於眾議中談言微中有說詩解頤之趣三十喪妻遂不娶允嘉六歲失怙事母盡孝母疾禱天求代余集生被逮莫敢通問獨奔赴慰藉遠送焉是冬賫捧入京再入請室留宿三日戚謂急難見石交也轉上饒令曰吾母年八十獨子依親非王制乎乃陳情不就草築雞鳴之麓子大韶字二友號寶箏詩文早慧惜不壽有送劉純之北上詩甚雄健嘗與路汝捷李敬路汝前四人在靳澤寺龍池之側共栽四柏樹畝清泉以結盟

自題小像

自顧爲人何落落不應於世轉栖栖顛如米老石呼丈清似林逋梅作妻欲止殺心先戒奕未能起舞但聞雞西方公據吾知有一軸彌陀到處攜

鄭宗化

宗化字尚德一字明臺上元人邵武知府宣化弟萬歷乙卯貢滁州訓導明臺爲人友恭端恪遊耿天臺焦弱侯之門潛心理學在滁日雖大寒暑不輟講有明臺鄭夫子之稱顧亥莊有追憶鄭尚德先生詩子元厚字載之遇異人授以導引之術治人病法簡功倍而藥可省

燕子磯

偶來江路盼清暉更上危亭一振衣駕浪風帆爭快意背人沙鳥自高飛醉眠烟雨青簑穩飽喫鄉園紫蕨肥老衲邀予烹茗坐疎鐘動處夕陽微

蔡屏周

屏周字二白江甯人萬歷乙卯舉人官浮梁知縣陞兵部郎中大同知府二白初忤魏閹幾不免崇禎初爲職方郎復忤溫體仁守大同偕同官三人見內臣張彝憲左右二人俱屈膝獨挺然立於中人呼筆架太守宏光時以職方督師山東

撤回拒左良玉南都亡逃禪仍岸然自異人呼筆架和尚詳留溪外傳

落葉

宴坐空山裏光陰暗轉移飄然一葉落倏爾早秋期地下含
生意春來發舊枝霜皮圍鐵幹古柏武鄉祠

吳易

易字卜齋江甯人同邑郭大有字用亨亦工詩北山詩話云熟精史事取古人事迹標題每事爲論著評史心見十二卷持論平允錄入四庫存目

江上望九子寄懷友人

九子羣峰處處開扁舟來往意追攀芙蓉遠翠千厓裏楊柳
遙青二月間君有蓮花爲地主我隨鴻雁過鄉關停橈問訊
臨城客載酒探奇第幾山

鄒景賢

景賢字孟淑上元人萬歷乙卯貢孟淑母年十七以節著撫孤就學孟淑少與顧文莊同被選升於學宮文莊有鄒孟淑園中夜集詩

題宋田子濟畫雁子濟名宗源東京人南渡居金陵

五國城邊白草秋蒼茫艮嶽夕陽愁帛書誰繫天邊雁空向昇州憶汴州

徐廣祐

廣祐字春宇江甯人萬歷丙辰貢增城嶒峨教諭鹿邑知縣春宇曾祖文傑由歙遷金陵居上新河祖璋字大用父昺字霽山任湖廣永州推官平情衡理能斷大獄以抗直歸教育子弟春宇以儒望著大京兆三延爲鄉飲大賓一時推崗德焉子庭蕤孫元晉字錫之崇禎壬午副榜

春宇同年貢王艮相字均敷上元人爲太常一居之九世孫曾祖淵祖應策伯父嘉禮字仰齋父嘉祉字仰齋年二十早卒母周氏苦志撫孤均敷賦姿豪邁文章詩賦不假思索詞意精美

江上

綠柳低藏江上樓有人樓上挂簾鈎片帆盼斷孤舟遠暮雨蕭蕭一片愁

鄒益

益字漫士上元人寫山水林麓盤鬱穎秀

題畫寄董宗伯

縠紋滑笏瀁魚竿春在垂楊遠近灘到耳鷓鴣啼不了有人昨夜夢江南

王元燿

元燿字潛之上元人四川布政司經歴工山水

蜀中雜詠

錦江水浣蜀山青千古文章説炳靈底事子雲戀天祿春風

閒煞草元亭

丁明登

明登字蓮侶一字鐝虹江浦人居上元訓導璽之子

萬歷丙午舉人丙辰進士授泉州司理陞戶部主事

至衢州知府蓮侶德字和粹居政仁恕不爲赫赫之舉人須其惠在衢州修爛柯山亭與文士觴詠設上航浮橋以濟行旅還林下築園於烏龍潭倘徉著書無問歲月所著有蓮漏清音古今長者錄日有篇春氣錄陰德登科錄戒牛書益編決科要語檀編葯商妙在轉慈燃故鄉猶息趙清獻淑清錄雪鴻集蘇意方安老書知酒錄蓉鸞雜著子峻飛雄飛

璫餤歌

天子神武攝四夷除戎聚糗振六師外廷恇怯難專任分布

貂璫嚴謾欺禁軍十萬旌旗煥東南輸輓兼度支製械緝奸

彈九邊一時貴璫儼熊羆戶工總攝責尤巨權勢薰灼不自

持威行廷臣久削色惟餘郡國猶參差今年輯玉萬方集誰敢高步揚雙眉上言海內司府官謂宜手版伏謁之螭頭章奏蒙報可勑令郡縣承以祗魚朝恩第馬如屯仇士良府趾相追簪纓委地勢若掃鬚眉望風從所唾姑蔑揣吏再三嘆四品專城職非卑事涉刑餘士氣短胡爲塗面摧防維與其長跽保烏紗甯若短歌詠紫芝況昔敵騎臨城日恰值鬼朴逼人時猶且挺節抗璫燄肯于平世甘詭隨此頭可斷膝難屈豈獨夢陽是男兒吏役環跪籲且泣笑而麾之原不知青史千年有衮鉞紅塵百歲誰期頤丈夫行已法宜峻妾婦順人安可爲縱令觸權得擯斥不過徒步歸蒿藜亦有饒州張太守名有譽秀州刺史李仲綏名化民亭亭勁氣各勃鬱侃侃直道無磷淄素心淡致互相砥巾幗髻簾同寄杳吁嗟乎璫燄

雖熾贍自薄設使同心相戒均無往蛇虺蘊毒將安施胡爲乎裂冠毀冕走如狂奴顏婢膝趨如飴雖有一二强項者勁草寥寥大體隳致使朝廷紀綱墮廢深足悲

壬戌去閩泉民裹糧閞關數千里相送至建武賦此謝之

仕路硜硜愧不才芥辛薑辣性難回青山故國尋吾樂赤子西風動爾哀百種憂民心血槁五年持法鬢毛摧汝曹收涕歸耕去應有循良漢吏來

珍珠泉

盥手弄清泉翛然見人影人如泉水清泉比塵襟冷

珠泉竹裏芙蓉

蕭蕭幾幹碧琅玕高節偏宜歲暮看點染秋芳淨塵俗瀟湘

江上不知寒
輕霜約水淡無痕竹裏芙蓉意態眞葦荻半欹來白鷺看山大抵屬閒人

王　輔

輔字世臣上元人太學生大父謚叔祖父湄父萬邦字諴齋樂施能周急與人交以信禮部冠帶儒士崇禎己卯卒壽九十七世臣性孝友讀書南雍聲望甚著性喜梅蘭竹石構一亭於圃顏日自省齋吟哦其中倪篤之重其品

題畫
茅屋數家村蕭條傍葦岸溪深不可涉石壓横橋斷山鳥聒晝眠幽人髮正散

姚履旋

履旋字允吉上元人之裔長子萬歷丙辰選貢揚州

訓導陞巴東知縣有湖海紀遊香雪集允吉辛卯鄉試與弟允初同入彀本房監生少一人信手撤去一卷即允吉也督學毛公聞其名邀之賦詩作畫兼書大字首薦擢邑宰以安靜爲治民愛戴之子麻字孟若辛酉舉人謁選陵縣未久登萊兵變失地論死上欲即決以警衆刑部向書胡應台力爲申救云彈丸無城守之兵叛卒非外侮之寇上怒不解胡向書頓首言臣法官當死法不敢殺無罪自午伏墀至漏下三鼓上意始解併同繫七員皆遣戍人以爲世澤所庇云廊庶孫

縉綬維

纓綖緣

顧文莊序其詩集云允吉每奏一篇以爲在開元大歷之間六書篆籒得李如眞法

畫社題詠

諸君子偶結詩畫社邀余共集其在詩社者别有標題屬畫社者余得畫片若干每用展玩景異情殊如分途紀遊名勝並賞不容釋然爰就所圖悉爲題賦亦以識一時之興云若次第先後因畫成遲速非爲軒輊也

民隱富邱壑凝神寫幽窅雜樹排葱蒨層山遞縈繞巖天秀

奇峰綠水披綠篠兩叟訪巖棲似欲躋雲表王民隱
翰之懷秀色落筆顯晴暉散澗穿山曲喬松薄翠微江皋游
興遠雲惹逸情飛舵尾溪童睡垂竿待月歸朱翰之
翠色上林皋晴光秋興豪錦江肥郭索瑤圃醉葡萄屋背丹
楓結名隨綠水逃靜觀昌昱畫何必須離騷胡昌昱

張之斗

之斗字漢槎上元人萬歷丙辰武進士累官都督僉
事宏光時疏論朝政挂冠出都隱居通州軍山以終
山茨社詩品都督詩如天風谷籟不落言詮自成其
應和之響按郡邑志明代武科無表兹從五山耆舊
集釆入又李在公字碧螺六合人與之
斗同榜武進士京營副總兵亦能詩

感遇

昔無本自無今有亦何有少小好容顏老大成衰朽風燈與

石火一息如丸走職此自閒閒惟應飲清酒開尊對落日崦嵫那可久歸人不得留長夜但星斗

登山

山色還如昨何堪憶昔遊十年持故節萬事等浮漚復上棲雲閣重登萃景樓持杯因下淚不是泣江州

入山

投鋏空懸萬里纓早因世路棄君平聞猿痛徹三更月望帝情深五夜聲彈指衣冠新就列驚心草木舊知名江山有意如相待白石青松好結盟

黄應登

應登字徵甫一字少龍江甯人萬曆丙辰貢生德清教諭轉廣西教授有獻徵錄列卿紀京學志謝山詩

文草暇録偶然語徵甫與焦澹園共事纂輯顧文莊曰吾鄉儒林著述之工而且富自澹園先生外未有踰徵甫者自粵西歸授徒賣文以養親顧文莊謝山暇録序云暇録十卷區其目讀書稽古徵今存疑偶記規誨文字幽奇方技寄情瑣資資識詩話詩秀凡十四目一切載籍見聞中可法可戒可辯可駁可詠可諷者無不區分而臚列之

題巨源王孫羣鷗閣

樓臺縹緲接蓬壺碧藻清流入畫圖領略神仙眞富貴商量魏闕小江湖高飛欲逐雲中雁低泛聊隨水上鳧笑問江東誰獨步許多名士出菰蘆

朱慶槩

慶槩字仲望一字小碧應天人齊藩八世孫有擇冠集王元美云王孫詩能直寫胸臆不剿襲人自合古轍工書篆籀行草俱造古人據案讀書客至輒命酒倡和有貴人於酒次從容曰君得無思進取乎仲望謝曰幸得託籍疏屬不至溝壑何至越俎而希寵

靈乎人皆高之弟慶桀字天忱事母以孝聞子睿燧

秋日送李文仲訪友新安

正値悲搖落那堪送客舟白雲江上晚紅葉驛邊秋細雨潤琴幔涼風添酒籌逢迎有知己暇日卽登樓

朱慶聚

慶聚字似碧應天人慶桀弟善畫山水與枯木竹石清雅可觀

題畫

石上仙枰掃落花小橋流水繞籬斜抱琴有客扶童過知訪雲林處士家

李佺

佺字彖先上元庠生有竹浪齋稿遂園稿顧文莊序其集云彖

先綺葳談經度越流輩室無塵雜居有餘閒性獨好吟遇物吟詠出其什五以示余其取家也近不冥搜以爲奇其銓志也眞不强傳以爲法

尋瑞相院回飲雨花臺

所臨若無地披棘阻躋攀問路始知徑尋僧多掩關秋花籬
腳媚老樹嶺頭斑歸路忙呼酒憑高得醉還

山寺

鳥外躋攀處支筇破古苔石房臨巘出山牖納江開壑淨游
雲歇林昏細雨來一株桃正放天冶照行杯

葉爾亭

爾亭江甯人

九華紀遊集唐　翠屏峯滴水巖天臺峯半霄亭鼇峯洗流石無相寺插霄峯

列巘重疊翠波駭弄珠皐沓嶂開天小懸崖置屋牢烟霞向

海島洞戶枕波濤未到無爲岸香臺接漢高　趙冬曦　李百藥　宋之問
杜甫　馬戴　王貞白　皎然　盧照鄰

其二　碧桃巖齊雲嶺天池峯蓮花峯鍊丹泉翠蓋峯宴坐巖列仙峯

路向桃巖去雲屏列錦霞水將天一色蓮發岫爲花捫壁窺丹井緣溪轉翠華心知人世隔卽此是仙家　顧飛熊　吳筠　朱灣　賈彥璋　李適　王維　馬戴　鄭愔

陳六奇

六奇字鳴鷲一字曦升上元人萬歷戊午舉人官景陵知縣再補南甯縣孫可望破曲靖與知府焦潤生同死一門遇害　國朝賜謚節愍崇祀忠義祠　曦升入鄉闈房考虞廷陛閱其文曰此人細心可任大事考授景陵令多惠政嘗語友人云縣治磽确曾以公事夜還民家無男子婦人必于門內束葦爲炬以照輿從過爾時惻然念何以答百姓仰望之情欲不盡心民

事得乎既而憂還徑起補南甯未幾獻賊破城知府焦潤生死之公以城守被殺于其東門全家遇害子日煇字伯含有張念劬以先人手蹟見寄詩

舟行

野徑晨飛花雨紅茶烟村落小舟通鹿門寂寞幽人住閒倚青松望遠鴻

梁志仁

志仁字霏玉江甯人萬歷戊午舉人授衡陽羅田知縣流賊羅汝才陷城死之贈蘄州知州 國朝賜謚烈愍明史有傳霏玉爲保定侯銘九世孫初宰衡陽以廉能著調羅田流賊橫掠飛天王曹操者知公清正令諸營勿犯會邑豪汪猶龍通賊公捕之繫獄猶龍知不免遣家奴潛引賊入縛公公大罵裂縛奮起奪賊刀殺數人賊怒遂刃公於倪公祠夫人唐氏亦死之操賊方屯吳山聞之馳至羅田斬手刃公者以錦綺斂公夫婦屍羅人哭之如失父母祠祀之焉

言志

中原鼙鼓震專閫提書稀一夕烽傳警千軍淚溼衣且求今策是漫摘往籌非安得黃巾掃無令隻騎歸

唐自綵

自綵字西望達州籍江甯人明末臨安知縣杭州破與從子階豫隱山中有言其受魯王勅陰部署爲變遂被執自綵麾階豫走不從竟同死　國朝賜謚忠節

山中

逃名天地闊斗室寄山椒地僻常無客林深亦有樵飯牛春待雨放鶴夜聞簫不是淮南隱淹留未可招

李　喬

喬字子高一字松軒句容人萬歷戊午舉人己未進士吏部尚書

麻姑山祈雨

勸雨祠前朝復朝喜逢今日雨初飄登豐好慰鄉農望應許維魚入夢招

沈啟元

啟元字端伯六合人萬歷中國子監生端伯肄業南雍篤志嗜學不未嘗一至笛步板橋間人豔稱舞衣歌扇輒顰蹙不懌曰此非禮之言也吾輩克己復禮必當遠絕景陵譚元春誌其墓云其先世吳人達爲御史敏爲鴻臚卿滎與浩爲學博秉讓始遷六合生光祿卿延祖延祖生啟元啟元生希孟

永定寺

幽尋不憚遠薄暮興還乘楓葉鳴蘿徑霜花落豆棚片雲閒

對客獨鶴憾依僧更有東林約今宵宿未能

沈啟明

啟明字熙仲六合人啟元弟國子監生有鼎社集桐花閣集同邑張健字子乾有登靈巖過黄忠節公墓詩

靈巖山

山川藴真氣嘉石表其靈礀水清可掬冰玉凌寒星幽巖挂老樹斷壑陰冥冥寺古佛顔淡林深客夢青一塔穿流雲高級生秋螢巖風飽短褐松語空泠泠

黄顯

顯金陵人

前江圩踏車行

踏車踏車聲咿啞老農力疲雙眼花炎炎火日上炙背血汗

下滴沾泥沙東溝水乾潮信窄移車且向西濱踏西疇力灌水未盈回視東疇已龜坼歸來辛苦唇吻焦渴心飲水饑腹枵青簑籍地纔好睡又被雞聲催接潮呼兒急起搬車走婦饁晨炊女提酒如此勤勞幸有秋顆粒何曾先到口幾秕去殼颺糠粞輸納上倉渾似泥老翁歸去告老婦了卻官租甘忍饑

張有德

有德金陵人時有鮑正元著香雪林稿南莽居詩西華初草宋夢驄著育齋子集顧寄宇有送沈鳳岡詩丁用時有珠泉詩

集珠泉亭

萬木交加翠千山一徑通剩雲猶帶雨歸日暗回風石磴清流細松厓紫氣同陂塘幽趣遠俯仰意何窮

朱家梁

家梁字輔臣江甯人雲南甯州知州沙定洲之亂罵賊而死　國朝賜謚節愍

夏日閒居

空齋銷永晝無暑亦無喧種菜時窺圃攤書每閉門雨痕侵柱礎苔色上松根此意應誰識惟偕靜者論

馬文先

文先字上圖一字飛若上元人上圖少孤貧了然自異養孀母撫諸弟姪恥干人非道不交稜稜孤直執友之妹貌陋而跛年及四十媒妁不顧乃獨娶之女賢善事姑余集生中丞廷以教子諸子貴介侈聰辯收以夏楚不少徇中丞敬禮之上圖嘗教人云讀書須求聖賢要旨文藝末也修身以礪行爲先立品以安貧爲驗上圖從姪元龍瘧指揮未一年夭姪婦田氏撫女桂英孤子蕃蕃應襲職上圖之胞弟爾超將害蕃奪其職上圖偵知之乃密謀於蕃舅田公美朝夕保護識者謂上圖

不私其胞弟而能曲庇其族孫田氏葬舅姑及夫棺以勞瘁亡桂英以弟蕃多病夜必焚香祝天願以身代未笄早卒蕃以母逝姊亡痛哭亦死鄉人謂一門孝義雖幼子童孫有過人者并葬于鳳臺門外上高山石馬石碣表之

擬古

金石非爲壽獲理乃得安死生不變色何恤饑與寒此志既堅定時勢云何難出門忽有客勸我以彈冠一聞洗耳去歸抱圖史殘北風三日雪短褐摧無完浩歌淩天地獨寐思考槃

王僧邵

僧邵字彦倫上元人有朏明草

晚泊江上港

繫纜依沙岸扁舟似畫圖晚烟生浦淡秋月出江孤旅鬢愁

難掇村醪獨許沽同心思郭泰何處問菰蘆

寒色

寒色生天際晴光滿敝廬里閭新酒貴門巷故人疎琴借愁
眉展詩呵凍手書梅花消息未策杖問山墟

胡伯純

伯純金陵人

登燕子磯

獨上危亭縱目寬長空浩蕩接層瀾尊開酒色連江碧木落
楓陰背日寒潮勢東趨驚雁陣山形南擁鬱龍蟠蕭蕭短髮
歌聲壯慷慨何人是謝安

歐陽坦

坦字安道上元庠生經歷序之子工詩畫精鑒賞不

愧平林家學有廢然集

山村暮景

策杖孤村外遙山景色連禪扉封夕照墟市起炊烟樵歇林間斧僧歸渡口船蒼茫無限意極目聳吟肩

歐陽昉

昉字初白上元庠生坦之從弟有入粵集隨自意軒稿

粵中遣懷

忽感秋風動客思年來蒲柳鬢先知是何意態傾蕉葉豈不懷歸戀荔支莫畏瘴烟欺瘦骨儘多蠻語入新詩粵王臺上無鴻翼欲寄音書盼到遲

魏　吉

吉字吉人高淯廩生嘉議大夫成忠之子有聽松居

湖干集時豫章羅高偲字無美僑寓高淯與魏翰先韓旡疾魏生直魏吉溧水趙之驊等結羅縣閣文社稱湖濱六子又戴敬有歸石臼詩

彰教寺別業

吾兒高臥處桐柏氣蕭森古院聞僧語幽窗疎鳥音蘿緣層逕折荷向别庵深好客俄乘興村醪莫厭斟

竹枝詞

東隣女兒狎輕舠西隣新婦學弄篙紅裙濺水驚相望郎處浪頭一尺高

倪民悅

民悅字公甫上元人文毅公孫尋甸知府翰儒之子官蘄水知縣有江上篇攝山棲霞寺有宋明州定海縣女子陳氏繡佛久而撤修

於江浦定林寺公甫仍取以歸棲霞盛仲交爲作記

永慶寺松隱堂

禪扉松際露近接冶城墩塔影當階靜棋聲隔院繁偶來尋小隱相對寂無言坐久涼飔拂斜陽漸入昏

何燾

燾字德普江甯人太僕卿棟如之子

與倪篤之夜話

盜賊縱橫日朝廷水火時不能培國脈但解竭民脂往事周原黍先憂漆室葵長沙空痛哭天遠莫聞知

韓仲孝

仲孝字君陳高淳廩生衢州太守邦憲之子有非齋集君陳狷介自守邑宰唐欲見之不可得萬歷丁巳歲大祲上書京兆請於常額外更蠲三之一是歲

夏羣鼠銜尾渡江京兆姚公問以休咎援京房班固沈約諸書以對平生博洽淹無城有議築者作難城說以止之同時有秦何賓李大化陳毓靈夏濬胡膽王名世劉開槐結社倡和俱三湖名宿也

官溪河

生平多水癖歸路不嫌迂霜樹迷烟早溪橋映日初醒猶昨夜酒枕是舊時書湖上須經過風波定晏如

盛允昌

允昌字茂開上元人子二丹琳

題畫贈大沁山人

此中不染市朝塵惟有神仙許卜鄰幾疊峰巒雙磵水何年畫裏乞閒身

端木鏊

鏊溧水人弟鑾亦工吟詩

淩歊臺

貰酒登臺拂露花丹梯百丈俯京華吳山黯淡懸秋月楚水蒼茫接暮霞歌舞離宮餘有地古今才子半無家可憐舊壘蘼蕪遍草樹枝頭集亂鴉

鍾沂

沂字浴甫上元人有桂櫂集

雨聲

荷渚蕉窗一樣聲愛憎底事太分明年來慣聽瀟瀟曲半夜燈前洗宿酲

李元昕

元昕金陵人

山閣觀雨

曠觀臨傑閣江雨正霏霏几上青山失烟中白鳥微涼颸生

澗壑爽籟到林扉此際塵襟滌高吟和者稀

陳元肖

元肖字叔嗣江甯人有霞舉集豆花園草叔嗣性溫雅行止如孤雲野鶴見人有驚異狀久之坐譚甚洽家貧庭中種扁豆豆花盛開起坐其中烹茗焚香孤吟不輟即以豆花名其齋以壽終

初春鷲峰寺送吳非熊之楚

蘼蕪綠遍柳垂絲黯澹東風乍別時蘭若曉鐘鄉夢斷布帆

春漲客程遲月明湘岸聞猿嘯花落黃陵共鳥悲猶戀同心

與同調酒尊詩卷隔天涯

杜大成

大成字允修上元人自稱冶山狂生有睎眞集允修曾祖

安道以畫工待高帝官至太常卿允修幼嗜聲詩長解音律善畫禽蟲花木掃除一室焚香酌醴以待客盛仲交言太常與蔣恭靖陳秋碧史臥癡皆世居治城之麓二百餘禩蔣杜廟大官而陳史有聲藝苑皆得治城山川靈秀之氣

錄頃集盛仲交爲序

書懷

落花影裏寂寥春野鶴相隨不厭貧獨抱遺經臥空谷恐將霜鬢涅緇塵

梁桂茂

桂茂字鳳池上元人端肅公材之曾孫以廕敘宗人府經歷至雲南臨安府知府鳳池祖山叔祖冠俱京庠生舟順天嘉靖庚子舉人俱未仕父應軫應天府庠生兄桂芬以貢生授徽州府教諭鳳池有肆應才善書四體俱工八分尤遒古自滇歸飲酒看山賦詩言志弟桂苓亦京庠生鳳池長子益生敘廕桂林府同知未赴任卒次子貢生有文名亦早卒遺孤之富乃顧夢游之外孫也

遊東山懷謝太傅因至翼善寺

山靈不在高亦不以奇石塊然土一坏乃有千載迹緬懷折屐人高風儼在昔時平樂酒尊臨敵出奇策清談未可疵靜鎮神無迫楸枰聊遣情絲竹亦非癖荒墅鎖白雲夕陽送飛翮支公如可言鐘聲破寒碧

倪有涫

有涫上元人

將進酒

我聞投醪感激軍心雄飲醇將相皆和衷邇來青犢滿天下牛李水火紛交攻酒旗倒折黯無彩但見屈平啜醨灌夫罵座懷沙伏鑕無成功我欲邀伯倫召亥公大呌閶闔攀斗柄直瀉銀漢鞭長虹虎豹向我阻天門不我通罡風不得上吹

墮塵寰中高陽舊侶把臂去謂是牆東非新豐此時眾醉我亦醉梅花屋角來春風

孫　謀

謀字燕詒一字五城溧水人有長嘯集五城居雞鳴十廟下茅屋一椽不庇風雨意氣慷慨貧有俠骨不妄干人晚歲妻子俱無每出令老婢年六十餘持傘前導其陽狂如此手書華嚴經八十一卷顧文莊稱其為詩於學無所不窺志凝於神無所誘於萬物故才貫而不雜氣馳而不軼自五七言古以及近體無不工自漢魏六朝以及三唐無弗擬

秋晚留酌

蕭灑園林景色幽況逢勝友快同游金尊影落青天月玉笛聲高白下秋潘岳才華江共湧陳遵歡會轄爭投眼前便是神仙侶誰復乘槎問斗牛

周文炳

文炳字勿庵金陵人

山居雜詠

山堂環薜荔飯罷是胡麻松鼠常偷果山猿學藏花雲蒸俄作雨嵐起忽成霞獨立高峰上扶筇望太華

金陵詩徵卷二十七終

江甯甘元煥校字

金陵詩徵卷二十八

上元朱緒曾編

明十八

孔貞運

貞運字開仲至聖裔句容人萬歷壬子舉人己未第一甲第二人進士授編修歷至文淵閣大學士引歸居建德山中七年食不兼味居無亭榭甲申聞變痛哭絕粒卒年六十九謚文忠崇祀鄉賢有制詔全書敬事草行餘草明史附傳兄貞時字中甫萬歷丙午舉人癸丑進士翰林院檢討有在魯齋集詔書堂類稿又與貞運同編六曹章奏崇祀鄉賢文忠次子尙萃字仁初蔭中書舍人亦工詩

小遊仙八首宿乾元觀作錄五

五雲不動日當空碧眼平瞻華與嵩藉得珊瑚海外枕承恩
高臥禹餘宮

渴藉雲英進紫霞瓊樓十二正開花仙人泠笑長門賦誦得
南華又法華

亭亭碧柰歷千春綽約羣仙過幾巡笑指穿花雙蛺蝶蘭香
下嫁作車輪

著書纔罷卽高眠未覔丹砂骨已仙休訝文章還太麗羅浮
風雨自年年

仙童一例食黃芽紫府書名未可誇煉就熊熊雙白眼三千
年過看桃花

寓辭此文忠絕命詩

黃麻名列事全非隻手匡扶志獨違半壁江山狐鼠亂一天

風雨蕨薇肥忠魂應共山陰語山陰劉念臺亦不食死大節由來汗簡輝太史輶軒從此去爲余憑弔首陽歸

謝杞

杞字君含江甯人布政使少南之孫天啟辛酉舉人就元城教諭陞新甯知州署隆安知州君含祖應午嘗督學廣西士懷其德君含至新甯諸生欽其名齋執經問業無虛日和平近人不事催科賦額先辦邑人祠之

山居

閉門終日愛山居籬落蕭閒竹樹疏入座烟雲偏近水依人雞犬不驚漁詩成恰値花飛候琴撫剛逢月上初嬾性由來戀林壑茯苓時復帶經鋤

艾容

容字子魏上元人天啟辛酉副榜有微塵闇稿周吉甫瑣

事剩錄天啟辛酉副榜一名艾容準其會試府志科貢表失載陳修上元志載於崇禎元年路氏人文略云崇禎某年副榜充恩貢是科應天登副榜艾容一人貢劉於京未授官而卒其說不同子魏挾奇才奇氣客總戎幕中力爭機務於督撫不從知必敗夜潰圍衣鐵甲渡水水深没馬腹行數十里遲明聞登州已陷遊於燕豫雍兗無所遇登泰山觀日出還里巷鬱鬱以終識者謂其強忍有力達觀遠見確然中當世受病之原每與當事論時務皆出血誠未易才也子徵字鄭公翺字遠公俱有才名魏季弟甯字子敉能詩愛客亦佳士也

病懷

薄雲片片過西樓門掩殘燈寫獨愁南海寄書求益智北堂無地種忘憂藤枝刺月風簾細竹蒨流光露葉稠白草黃沙千萬里不須孱骨說封侯

贈吳翰生道兄

雪壓吳江凍客船上書何苦說安邊處囊失意蕪城賦橫槊

高吟碣石篇煮海鑄山堪徙塞務農銷甲便屯田東風舊夢如春草遊子無家又幾年

烏衣巷

春草桃花斜路夕陽流水輕舟南岡酒家燈起隔寺鐘聲到樓

文祖堯

祖堯字心傳一字介石上元人雲南呈貢籍天啟辛酉選貢太倉州學正明亡居金陵復遁去爲僧以終私謚貞道先生有明陽山房詩稿（介石有程孝子鄭貞女詩孝子新安人聘鄭氏未娶隨父客金陵補弟子員父挈之歸娶舟次桐江夜閒父舟被火急於赴救失足水中父舟得無恙而自身已沈溺矣柩經鄭門鄭氏郎隨柩歸）

金陵感懷

天作鍾山久毓靈欃槍倏爾變常經龍蟠陵土惟荒草虎踞金甌暗曉星父老猶能言舊內英雄誰復淚新亭多情獨有長江水元自朝宗不改形

倪嘉慶

嘉慶字篤之一字樸庵江甯人天啟辛酉舉人壬戌進士除戶部主事晉員外郎繫獄七年釋出調吏部員外郎改戶科給事中晚爲僧名函潛又名大然字笑峯有計樞銓諫棘逖諸草棲霞青原諸錄樸庵系出宋吳興文節公思數傳遷曲阿至守溪始居金陵父一本字惟務號碧山有靈潭集

倪公母禱茅山而生崇禎戊辰在樞部上言國計入不敷出歲額缺至二百三十餘萬何以支持其言瞭若指掌假令思陵此時聽公之言綢繆區畫則後此雖有水旱寇賊尚可緩於危亡而惜乎不見納也既而兵科給事中劉嶶疏請裁驛遞有旨裁十之三省郵傳銀六十萬公獨昌言曰驛站乃朝廷之一大養

濟院游手强悍之徒不肯爲兵不卽爲盜者皆賴以存活今過裁之若輩消歸何處是腹心之患也俄而李自成果以驛卒被裁走入高迎祥隊中後遂以亾明朝野咸服公計慮之遠理新餉闖部楊嗣昌以增兵辦寇請加餉公執議謂今日之患不在兵少而在餉多餉多則農病農病則民貧民貧則鋌而走險者益衆不若簡練士卒減餉以裕民以消盜源之爲得也嗣昌大銜之繼忤執政誣以豆案繫獄七年長子震顴寃不自乃血疏以控於神公戒之曰君恩置我爐韝鍜鍊凡根得休歇之凡下石者皆我善知識若以寃家覩之則誤矣壬午獲釋擬遣戍臺省交薦甲申春調銓部改戶科國變薙髮爲僧居青原山中子震霖俱才士

獄中九日

禁柝方嚴晝掩扉登高作賦苦相違更無叢菊開籬落只有飛霜上客衣九月吟蟲猶野泣五年征雁失南歸山頭廷尉遙相望緊繫萸囊送夕暉

驟雨

雨驟泉聲急，雲涼樹色濃。不知何處寺，忽送一聲鐘。

遠客

凄風吹遠客，極目盡蕭森。山閣含秋氣，江城起暮陰。天晴空翠隱，日瘦薄寒侵。漫把他時淚，孤舟繫此心。

青原

苔徑更春草，難尋舊履痕。新亭張翠巘，流沫濺朱門。魯國書偏古，涪翁詩尚存。蕙橈蘭榜句，好勒上雲根。

登天都與蘖庵藥地聯句

幻雲萬丈湧山河蘖庵滿目蒼生溺愛河嘯峯三十六峰都是海藥地如何平地不風波蘖庵

孫自修

自修字無修，上元人，天啟甲子舉人，官陽江知縣。大同府通判明亾遁去爲僧有與然堂全集無修少豪邁時亂盡逐愛妾三人棄家祝髮人跡罕至之處顏曰懸溪庵擔柴負重以自給其子間關往省勅斷家事以學道讀書相勉而已交遊有識其面者避去不顧或云卒於禹杭

擊缶歌

陟彼北山兮言采其芝瞻彼故宮兮禾黍離離人生百年兮俟河清其何時

孔尙蒙

尙蒙字聖初句容人貞運子蔭尙寶司丞聖初天啓甲子取冠一房以五策忤閹主司不敢錄鼎革後哭父文忠以毀卒同邑胡樽字侗齋有侗齋集

僊悲山

人生誰不死仙者託而逃或因功名盛或以亂世遭糠粃視富貴雲路思翔翺服食求翀舉毋乃徒勞勞

趙之驊

之驊字孟艮溧水人天啟甲子舉人乙丑進士德化知縣南京禮部郎中山東提學道僉事孟艮令德化修學築隄致仕歸與魏翰先等結社湖濱

湖上雨晴

老我清閒地棲遲不計年山光含宿雨湖影澹晴烟雪鷺臨磯潔緋桃照水妍艮朋頻折簡掃石疊吟箋

李當瑞

當瑞字子祥江甯人天啟乙丑武進士官廣西都司明亾走山中招之不出死當瑞官桂林妻胡氏未偕行子天別聘江氏女爲側室生子江有淑德還里事嫡以禮教子以義姻婭有利其產者逼之嫁江淬刃自誓乃已

偶題

晴踏麻鞋兩荷蓑亂離止厭一身多讀書學劒兩無用落日山頭發浩歌

孫國敉

國敉字伯觀原名國光一名國莊六合人鄉賢拱辰子天啟乙丑恩選貢生廷試第一授延平訓導陞內閣中書有雜樹館集燕都游覽志讀書通藏書通伯觀嘗遊京口遇老友錢次甫爲盜所劫傾囊贈之天啟中閹燄正赫獨上疏請駁正三朝要典聞者壯之蒙召題九陽圖勑定琴名精賞鑒碑版書畫爭集其門居金陵小館近廟市董宗伯時過其寓繙閱竟日長子宗岱爲偏將軍晚年隱居賣藥次子洲如皆工詩文人以擬三蘇云

即事贈黃石齋先生

閩南山海極崛起載黃滔鳳味泉能滌驪珠霜不弢程門無蜀雒燕市有荆高忍自離君後煩冤更續騷

輓李烈婦

烈婦達氏適文學子秀秀有事皖陵溺於江報至烈婦哭欲殉夫徐以所御鏡一歸大姑香爐一歸小姑給守者出市餅啖兒卽鍵戶雉經死事聞於邑甄侯卽牒上部使者獎勵有加仍躬率官師祭拜其墓而旌其門並置田爲恤孤具

慷慨捐軀勁節眞此心羞作未亡人一爐一鏡留遺愛付與孤兒倍愴神

靈巖山

巖洞帶江澄流雲覆幾層靑蛇抽瘦筍蒼兕抱孤藤石怪堪供佛山髡半學僧偶尋奇絕處舍伴逐猿登

冬日宿烏石山寺看古桂

山繞寺無隣登山未見人庚星明代月午夜暖疑春佛法衰蘭若僧年老桂身晦堂無隱意金粟自紛綸

楊掄

掄字桐菴一字鶴溆江甯人工琴有伯牙心法一卷錄入四庫存目

萬松菴

萬蔭綠遮天茅菴一椽住風來龍鬚吟波濤忽奔注焦尾枕不彈泠然得琴趣

吳懋俊

懋俊字元卓江甯人天啟丁卯舉人信宜知縣

新秋祝禧寺

石徑透迤法宇開偶登小閣暫銜杯松風入夜翻雲壑花雨生寒洗露臺一榻孤清留客住四山空翠逗窗來炎氛消盡多疎豁笑展吟箋對佛裁

登黃山

幾年夢憶黃山勝，今日登臨雅興酬鳥徑崎紆芳芷合僧房闃寂野雲留千尋壁淨飛濤洗三面江開宿霧收吟嘯不驚鷗鷺集悠悠淸思寄滄洲

憶江上

於今江上玉峰多遙憶寒潮起浩歌欲下南徐釣晴雪還從漁父借靑簑

陳　珽

珽字闇生江甯人天啟丁卯舉人珽同榜舉人李一白字更生上元人陽山知縣亦工詩有湖熟志

偕金靑谿作

自顧支離貧賤身不開笑口似癡人眼前白髮愁添鬢夢裏黃花醉插巾世味久從閒處淡交情惟有死來眞莫教日月

模糊過黃柏山前好問津

陳嘉謀

嘉謀呂府志作嘉謨江甯人天啟丁卯貢吳江訓導有夢醒紀臆北游集嘉謀同歲生錢宏業字伯陽上元人官教諭亦工詩八赴鄉飲年九十八邑志天啟七年貢有沈尚仁祝嘉節周文舉張國政及宏業五人府志未載

詠貧士

北風吹面寒慘慘膚欲裂僵卧不出門盈階三尺雪炊突久無烟粒食已斷絕原憲嘯且歌黔婁信人傑誰饋季子金揮之恥不屑委化任天命固窮有高節

何光顯

光顯字丕承向寶卿遵之曾孫應天府庠生爲馬阮所害丕承以名節自負南京建魏闍祠丕承自捐貲擇地上闍祠數武起海忠介祠同日肇工一榔

一斧務令聲相應藍邑志論云何丕承名節自負卒死馬阮之手鄉先生沒而祭於社其在斯人與案今忠義祠無何光題亦缺典也

丕承祖世守父應鼎京庠生有聲譽丕承天啟上書觸璫怒侍御游鳳翔疏其妖言謀反指以不孝父應鼎力爲辯明並羅於獄子齊賢方七歲力爭於大司寇周公希聖璫誅得釋崇禎十年復痛哭陳疏宏光初又上書請誅馬阮中其毒以計殺之

海忠介公祠成

太息風斯下誰將大義扶陰靈多蔽塞神力借驅除舉世皆巾幗思公獨丈夫是非終不爽一綫繫南都

傅汝舟

汝舟字遠度上元人自號紫白君京衛籍有七幅菴稿藏樓集筮篌集　明時傅汝舟有二一爲侯官人自稱丁戊山人一即遠度也存徵錄載遠度寄濬上人詩取其類頌偈者其佳句不在此也兄汝霖字三雨武進士仕至遊擊鎮閩廣善賦詩

與擊劍兄弟交愛居淮清橋子君才以廕入監雋偉倜儻頗有才溺于水遠度奇崛好古修眉長髯其槁顧文莊序之曰標格在塵外識議閎朗其爲文一吐其胸中之所獨解開今人所未開之口揮斥八極暢所欲言常取古人佚事演而爲所謂七幅者品隲議論皆前代名賢所未及嘗自言才以識高人以品異其胸中固有别才别趣不可一世者

秋來吟

千古英與奸固自兩稱雄之噲學唐虞死蛇安似龍漢高巧勝人捫足傷其胸孔子厄桓魋微服以蔽躬

喜大兄歸

戰袍新色爍芙蕖倦射鯨鼉且釣魚酒氣白雲銜箬笠佛燈紅影照兵書已知壯士行歌罷但挾名姝隱臥餘好鳥在花風在竹收藏虎嘯愛吾廬

汪偉

偉字叔度一字長源上元人休甯籍天啟丁卯舉人崇禎戊辰進士除慈谿知縣擢翰林院檢討充東宮講官起居注癸未會試同考官甲申三月死國難贈少詹事謚文烈　國朝賜謚文毅明史有傳文毅在慈谿政聲卓絶入翰林知時事不可爲欲保江南以固根本乃上江防綢繆疏皆一時碩畫天子爲之動容甲申春賊犯闕公顧耿孺人善撫幼子耿泣曰病云雍氏之義謂君不以待我乎公瞿然曰若此成吾志矣十九日昧爽耿使其弟元吉同僕抱幼子晉生匿去公入朝三繞禁門不得入城破耿檢新祖衣上下固縫引刀自剄未死復投繯公從容作書與長子觀生具袍笏拜闕又南向拜大筆于壁曰崇禎十七年三月十九日城陷翰林檢討汪偉同繼室耿氏死節遂自經有僕哭入見之大號慟解之氣絶良久復蘇問誰解僕泣以告公大怒憤罵逐之出再就縊遂致命焉其與長子書曰嗚我生不辰丁此國難講讀之官旣無事權可爲一得之長亦不見用惟有一死以自靖而巳繼室耿氏少年節烈矢志不移乃於城陷之日恬然從我而死使萬世之後知我朝復有趙昂發也吾兒讀聖賢書須以忠孝自勉勿辱先人老母

不能終養幼子晉生年甫四歲不能撫之成人皆吾兒事也柩不得還以吾夫婦衣冠招魂葬之華山張家罔俾魂魄常得依吾父母凡我親友俱爲致聲天下事有可爲不可失忠孝念頭也孟進士章明顧錢塘咸建劉南昌瞎皆公癸未同考禮闈所得士以公門人死節云

旅次述懷

于役逢蕭序停鞍已夕舂酒餘忿逆旅湖外憶高蹤掛壁留殘火披衣候曉鐘故園今漸近白岳有雲封

桃花潭茗詩 并記

記云涇之茗始見于唐郡志宣宗濳時嘗至涇之水西端見碧雞及白雲茗形無奇但烹注薰騰凝蓋覆椀練影低空聲越浮蕩飲竭則冉冉扶風升如雨霽矣自宋以來雲端間見而芳枝馥本綿衍岩阿陸羽輩惜未之覩也蓋環涇皆山溪曲映佳氣浮空據上游最勝爲桃花潭李白云桃花潭水深千尺者是也其山東源黄山西分九華叢叢插嶂挾兩河吞萬壑自天奔赴至此陸開川匯夷曠數十里爲今翟氏居址石壁峭空花林夾岸人煙綴繞波引九里文洲交其中森森環縈以逝宵如復合北眺重谷青疊危

嶠日松寮山李白所云石壁望松寮宛然在碧霄矣
又西逾河林巒翠發望同點黛曰黛塢嶺地幽峻鮮
居人其清椒靈異之氣獨鍾孕而爲草英木秀故其
閒多蘭與茗焉蘭生不擇地而芳茗於沃壤偏不宜
若高岩邃谷石磧寒瘦疎幹林植淸榮峻茂自非晴
曦皓魄雲封霧斷罕露枝英或敗葉落委則雨過新
泉時來浣滌蓋葱蒼貞勁亦不凋于霜辰矣當春三
月始萌此中人先雨節掇之焙於鼎烘於筐從容因
物如不措手白毛茸茸有似蓮蕊者雀舌者梅花出
者烹之視仍水色唯甘香如蕉露矣其近夏者枝益
大趁曉露採之簡掇而風之蘊之皆有度皆爇鼎以
焙掇反側之出而揚其碎者夾者強不就者復入鼎
相扶推轉若握若縱巧與力兩無可倚如是者經十
許過則天然卷緬焉其閱器多用法變蓋雖精捷勝
手時有汁滋而焦敗者其成者疑有神工助之閱旬
俟火猛徐舒天潤和轉更熟焙之以藏于瓶瓶宜錫
他則金玉皆僊物理未之格也善藏者踰數年烹之
猶香烈味恬色深翠經循不渝至其產地亦有辨黛
塢臭色清超如姑射仙子松寮幽而和潭上石山產
者地近人故香奇烈而味微平焉然其美不踰時祇
天授之若鵑聲正切陰雲連晝則老棄岩藪杜門歛
袖巽日攀枝延佇徒曾悼悗耳至於松聲瀉甑馨滌
涵鼎涓滴開睺煩感頗釋所謂暢心脾爽神志芬生
膓胃魂夢亦爲之淸慮也余向丁白門飲閔家茶室

奇愛之友人揚益之日此吾東人翟姓園產也市味無足道者挹人勝者當過其地今年羽友侯雲若等幸招余來游擁楫流連琴歌暢答因徧訪茗所生處空翠橫塗野䊜襲袂又非獨茗蘭所飄送矣其地更有甘泉沸出與茗適配在黛塢者珠波星湧一人汲漱萬影涵虛名日影坑也松寮之陽山腰虛聽異音縈會如奏琴瑟笙簧覘土石鬆處以竹筧插入則流泉響絕矣二水寒香趣別猶不及潭上泉泉名無夏井石豎龍頭爲白虹透口渟爲渦穆然不知所逝冬溫夏奇寒汲者爲濛沫所濺爲寒𡃤蝟桀掬漱之舌僵幾冰土人有骨蒸狂燥疾立飲即愈味甘厚可慰飢渴也以煮茗益香潤不可名狀矣余因謂羽侯此鄉山水奇秀人餐馨而長安得不鍾君等靈慧哉然異物偉人同稟川靈君等名在朝野而茲茗沈芳晦色無君謨其人者作鳳團薦紫禁惜哉羽侯日不然若幸不知名故得永芳幽谷邀一二好奇者之賞若如蜀楠湘竹合珠連乳以其美擾其地茗而有知諒高潔之性所不受也余深然羽侯之言而竊喜茗蹟之幽奇也爰記而銘之鐫于潭上石立者幷要諸公汲井煮茗啜而咏之時齒舌冷然應筆吐芳各得詩一章幷鐫于左銘曰雖茗之生草木嘉祥維涇之產天縱奇英幽蘭爲隣白雲之鄉以淡成味以潔成芳孤梅寒菊過時亦忘孰是卷懷日用以減厥德在人日通神明擬之哲人淸風首陽

高根撐石鏬破壁產雲英紅鼎休辭炙奇香百鍊成

李嗣京

嗣京原名長華句容人萬歷乙卯舉人崇禎戊辰進士監察御史巡按福建同邑曹可遲字晴原崇禎辛未副貢當塗教諭有亾羊續語別吟集北山詩話云晴原與弟可建俱竭力事母積學工詩族兄可明字懋德自號羊鄰壬戌進士廣西按察副使以廉正稱張駿業字參伯崇禎乙亥貢鎮江府教諭爲鄉賢伯安之裔明末棄官歸里著北遊且園二集又有鹿革囊四靈考京都遊覽志讀書句曲上容鄉周子華者立義學構樓三間日與文士嘯詠葛應禎字瑞嶼官荔浦尉建祠祀之飄然歸隱不交外人王嘉士字春野治家有法子祚遠字負明萬歷癸丑進士官吏部左侍郎與弟祚明稱二難才品卓然名世閱齡有山居詩甚工均句曲詩人

贈朱羽南

羽南高士紫陽宗鵬騫豹隱大江東孤情亮節倚崆峒筆搖五岳摛文雄攜編搔首問蒼穹邊腹匡頤辯不窮漫云炙轂

稱雕龍六代黍離悲故宫山川滿目今古同聞揮五絃送歸鴻神遊象外跡區中妙技虎頭寫照工骨格奇古鬚眉豐時娱視聽盪心胸涓涓石瀨流松風咄哉自贊曰逋翁

潘世奇

世奇字澹子六合人崇禎戊辰進士湖廣道御史巡按貴州有奏議等集澹子從桂王於粵卒於端州之梅庵庵僧與王鍾淑柩共瘞之後王杲青迎父柩並以澹子柩還

對酒

精衛銜木石塡海抱素志愚公欲移山夸娥助神異共工觸不周星辰紛雨墜媧皇豈異人石補妙手試但知徐衍忠遑識甯武智高歌動蒼穹不灑酒邊淚

張名振

名振字侯服應天江甯人崇禎戊辰進士癸未授台州石浦游擊魯王監國加富平將軍扈王入閩晉定西伯閩地失復奉王居翁洲進太師封定西侯辛卯大兵下翁洲以弟名揚副安洋將軍劉世勛城守自以兵奉王擣吳淞兵旣發城陷母范氏妻馬氏名揚偕其弟名甲及妾闔門焚死還救不及乃奉王次鷺門癸巳甲午再以兵入長江復屯南田遂卒葬蘆花嶴

同誠意伯登金山甲午

十年橫溯一孤臣佳氣鍾山望裏眞鶉首義旗方出楚燕雲羽檄已通閩王師枹鼓心肝噎父母壺漿涕淚親南拜孝陵軍縞素會看大纛禡龍津

劉世勛

世勛字允之，應天上元人。釋褐進士。魯王監國，進安洋將軍，固守舟山，力竭死之。祟祀忠義祠。全祖望鮚埼亭集：大兵直抵城下，將軍料簡城中步卒僅五千，麾下死士五百，居民助之，乘城而守，屢攻屢卻。辛卯八月二十八日，開門詐降，內伏大炮，受降者爭先入，伏發，擊殺千人。大兵愈怒，急攻，然終不克。先是城中別將邱元吉、金允彥密約爲內應，顧不得間，遂縋城而出降，且言將軍嚴守狀，乃再益兵。九月二日，大炮如蝟，城雉盡壞，將軍乃朝服北面望洋再拜，自刎。將軍平居好史籍，嫺吟詠，稱儒將云。

和張定西舟山感事

力扶九鼎一絲存，海上馳驅誓報恩。遺愛猶留千聖廟，英風重過茹侯村。誰云日落戈難挽，畢竟天高手可捫。慷慨諸君同看劍，聞鷄我欲舞劉琨。

劉旋

旋字石鐘一字遞生上元人崇禎戊辰恩貢四川崇甯知縣獻賊破城大罵剜目抉腎而死贈尙寶司丞謚節愍崇祀鄉賢忠義祠遞生篤學以孝友聞獻賊由廣元入寇崇甯彈丸遠賊近無援獨誓守弗易先期查盤倉庫擇殷實紳衿子姓散寄取領獄囚取保以備不虞賊攻圍甚急父老曰無城無兵不去夫何待公笑謝之冠服坐堂下罵賊賊怒剜其目抉其腎而死事平倉庫俱全眾因投獄子綿曾護印候代巡撫傅宗龍上聞贈尙寶司丞崇邑祀名宦梓里祀鄉賢給綿曾衣巾奉祀

黃花吟

此亦花中之巢許一莖十萼香楚楚凝光滴翠絕纖塵青巖碧澗應多侶幽人移向草元庭楸枰茗椀欣從汝翛然風動襟初開細把孤芳發清語霧融烟煖景初長靜對閒評日相與

朱耳隣

耳隣字由庚上元人崇禎戊辰貢生

游朱門

瘦骨今朝健穿雲看遠山屐粘松葉碧衣拂石花斑洞隱雙梧嶼亭銜古木灣蕭騷興無盡相對解愁顔

王薇

薇字垣夫高淳人崇禎戊辰恩貢温縣知縣垣夫以廩生應武科直指使勸令歸文薦授温縣令拒賊多戰功鼎革不仕淳邑水患議請改折疏稿出其手邑人刊其書曰持籌要略年百歲手不停披著述無虚日

贈常蒼谷

茅屋山居静生涯老灌園野花紅點砌垂柳緑當門對酒有餘興感時無一言風塵抛鵲印誰識舊王孫

張一儒

一儒字彥先上元人有張徵君集嬾眠齋集同邑易震吉字起也崇禎甲戌進士刑部主事大名知府嘉湖道副使游鬱岡山詩有云路入山腰轉亭超鳥背懸造語極工

集雨花臺送武仲宣孝廉北上

曉日照嚴霜高臺楓葉赤停杯望天末坐有千里客抗言天子庭留歡故人席昔時雨花地惟見衰草白風勁鷹隼秋波寒鴻雁夕慨余卭壑姿得睹雲霄迹聞有昭王臺黃金賤如石勸君盡一觴升沉從此隔

歲暮送傅遠度三山讀書

霜重白雲飛不起突兀枯槎截寒水送君舟楫向三山半醉出城行十里子向金陵初別余余歸采石還思子蒼皇歲暮各分手酒杯廓落誰爲理峰頭殘雪已消盡遙望青天淨如

洗至後春風日漸來磯水溶溶暮烟紫君能乘興一相過共把青尊明月裏看雲弄水爾何厭問柳探梅吾亦喜讀書已敝廣川帷作賦空消洛陽紙男兒富貴本天生壯年不樂徒爲爾焉能兀坐對陳篇舌爛眼枯心欲死

雨中登清涼寺後山亭

蔓草離離擁宿茵荒基宮殿屬梁陳風傳幕府花香細雨濯臺城柳色新百歲衣冠仍故國一尊天地復殘春先皇定鼎空前代望幸遙瞻帝蹕塵

秦淮即事

遥望是郎舟門前流水急來時不暇藏斜背垂楊立

上大司徒衞公

衮衣歸臥兩川東簡命清朝眷獨隆南國舊分周二陝司徒

元是漢三宮軍儲欲展前籌外民數全收負版中積貯陋看
晁賈策老成忠愛有豳風

贈卞將軍

出身曾隸羽林兵四海烽烟迴不驚臂後㻓弓看虎伏匣中
雄劒倚龍鳴麒麟最逼魁三象驃騎何慙第五名半百樹勳
猶有待論功莫遣二毛生

朱之璽

之璽字君可上元人同邑翟翬字去文幼負雋才父時舉仕至參戎中軍督府徐心學亟去文才以女孫適焉明亡棄妻子從唐王於閩官中書後不知所終有讀書永興寺詩

三宿巖懷古

海鰌一衝敵舟碎繡旗百萬中流潰破陣孰必李顯忠裴晉
公眞同一輩采石金山露布馳玉麟堂裏干酒卮大書姓名

垂宇宙中興壓倒浯溪碑千古摩厓記三脩江流轉瞬遷陵谷如何白雁江上來卻把金湯付翁福福宋末建康都統以城降伯顏者

何其孝

其孝字孺慕一字漁濱上元人松陵陸紹珩僑寓金陵著醉古堂劍掃漁濱爲之序

靈谷寺

花下一樽酒牀頭幾尺書自然棄軒冕非必狎樵漁僧老言多樸童頑禮亦疏鍾山親几案不負閉門居

朱之瑤

之瑤字石者江甯人與兄之璜字呂端一字渭叟均工詩

瓦官寺

虎頭金粟渺難求石碣憑誰認舊遊又見幾番江水縮殘陽

一片瓦官秋

吳可箕

可箕字豹文應天國子監生明亡自縊於英靈坊祀忠義鄉賢祠忠義錄云豹文家富而好學大兵入南時可箕在南京上書豫王陳存亡繼絕大義請太學諸生同至府門太學諸生日若狂自求死可矣毋叅列他人可箕感憤流涕乃治具延故人與語平生明旦各造門謝已衣白衣冠至鷄鳴山關壯繆廟自縊死衣帶中有絕命祠日蹇蹇王臣臨危保身操心死難恥對時人年三十三唐王贈太常寺博士

絕命辭

束髮習詩禮義訓聆宮牆欲舉沖天翼雲路阻且長喪亂扼陽九炎日淪西方我生何不辰百感摧中腸未能斡天地幸勿忝綱常生食國子監死依英靈坊累朝養士恩耿耿終不忘

黄金璽

金璽江甯人兄金榜舉人金璽中武舉大兵至書壁曰大明武舉人黄金璽自縊死以愧爲臣懷二心者遂自縊謚節愍　孝陵衛軍失姓名大兵至軍慟曰朝廷養吾輩三百年國亾何忍偷生飲酒醉投水死

詠劒

匣中三尺劍夜夜作龍吟天地風塵滿無人知我心

王芝瑞

芝瑞字鍾淑江甯人崇禎辛未進士四川提學僉事崇祀鄉賢　鍾淑自蜀入粵復走交趾卒於端州之梅菴老僧瘞於菴後其子馮徒跣萬餘里訪知其處並載六合潘士奇柩俱歸又高涫韓一光字孚登亦崇禎辛未進士巡撫四川文震孟贈以詩云曾飛白簡豺狼竄不負清時獬豸冠後歸里不仕

哭葛子長奇祚

頻年烽燧驚眾志勵成城氣鼓山河壯心懸日月明英靈天慘澹遺表淚縱橫守禦民知感光分俎豆榮

李濳

濳字啟美句容人太學生有葉聞齋稿

銀山晚觀江景

銀山重駐足興至晚登樓月影沉無際波光平不流鼓鐘喧梵寺烟火撼瓜州颯颯悲風起方知客路愁

李淸

淸字映碧一字心水句容人大學士春芳之元孫天啟辛酉舉人崇禎辛未進士官戶科給事中以久旱請寬刑忤旨貶照磨復起吏科給事中升大理寺丞

著有三垣奏疏筆記南渡錄澹甯齋史論雜著正史外史摘奇女世說三餘璅錄南北史南唐書合注諸史同異歷代不知姓名錄映碧嘗爲遜國諸臣及殉難諸臣請謚建祠又爲解文毅請謚余得文毅集公手書始末於卷尾筆力古勁後隱居棗園子楨柟

春盡日冒雨尋山

無那春歸去新愁滿客槎相逢千載士踏遍一溪花破澗雲中落輕帆雨底斜倘湖山色好吾欲傍爲家

李　瀚

瀚字士翔一字籀史句容人明亡逃禪子國宋亦善詩文又李浴字子與亦瀚兄弟輩亦工詩

秋懷

昔曾游遍廣陵城落絮粘香緩緩行古渡橋頭吟折柳梅花

巘上聽新鶯誰家小婦拈笙坐吹徹高樓永夜情回首十年歌舞地可憐絃管只秋聲

爲尋蓮社到南郊普潤菴邊柳萬條攜手吳僧看落月傷心越地說前朝佳人拾翠游三竹韻士調絃醉六橋不識錢塘江上水近來添得幾層潮

雨夜

積雨沒堦滿茅堂可浴鷗妻孥十口聚燈燭五更愁隴麥春苗偃溪田水荇流野人思見日偶語立沙頭

春夜書懷

郵舍獨愁人寒窗坐一鐙餘生同短燭世態更春冰避地思何往低頭愧未能長懷無限恨不覺淚沾巾

李　沛

沛字平子句容庠生大學士春芳元孫有平菴詩集

平菴負才尚志以忠義自許與弟瀅從弟沂交相倡和音節高亢侘傺無聊之氣俱於詩見之

歸

昔去火西流今來又及秋山川滋舊恨風雨結新愁蕭瑟仍悲楚苞根孰念周傷心面黧黑不爲敝貂裘

漣東夏夜聞子規

野人久客思南土杜宇何心又北來淚盡數聲驚伏枕夢回再拜起登臺百年荏苒過將半萬里摧殘黯自哀最苦欲歸歸未得月明孤影共徘徊

人日霧過樊池

野水孤村合荒林曉霧齊斷橋尋宿舸前路聽鳴雞江漢何時盡乾坤此日迷白頭飄短髮俯仰望朝曦

遊仙六月三日同弁山艾山酒閒分得烟字

我夢仙人乘紫烟龍車雲輧乘翩翩手把華頂千葉蓮金幢玉節導我前笑問人世今何年子今頭白幾時元胡爲臥閣老一編炎炎膏火徒自煎不如息影且安眠餐芝笑拍洪厓肩我聞仙語心拳拳欲往從之鸞鶴旋起看紅日當青天

弔眭嵩年先生

再過芳蓀館公成天上人累朝依日月一劍答君親血化宮牆碧題留翰墨新山河憑壯氣漢業未全淪

三月十九日

人世今何代傷心只自知鳥啼春意盡花落曉風吹逆寇横戈日煤山殉節時鼎湖弓劍遠千載使人悲

春遠三月十九日

老去當春暮登臺拜杜鵑支離滄海畔慘淡豔陽天紅泣花枝雨青愁柳絮烟烽塵過十載寒食又今年

李　沂

沂字子化一字艾山又字壺庵句容人大學士春芳元孫有鸞嘯堂集艾山幼孤事母孝不求進取性和平坦易獨於名義不少假晚好神仙與從子驎國宋號稱三李

歲暮

野雀噪寒簷衾冷起常早擁褐曝前庭漸覺懷抱好剝啄誰扣門扶杖過隣老同心兩三人壺觴共傾倒一語及世事舉目看飛鳥勗哉金石心歲晚共相保

雜詩

横流丁否運達者貴權衡爲邪既速戾慕義豈逃刑氛祲蔽

二曜奮劍思廓淸，白水未龍躍，赤眉何由平。否泰若循環，天道不可爭。好勇不待時，強作必無成。捐軀事不立，志士爲撫膺。賢哉鹿門叟，躬耕揚令名。

聽楊懷玉彈琴歌

楊君善彈思皇操，自言崇禎末年作。強之再三始肯鼓，拂絃沉吟意不樂。引商振角時叩宮，八荒蕭摵迴悲風。天地愁慘白日凍，啾啾鬼哭空庭中。絃鳴指咽絕復生，曲終激烈多壯聲。四座慷慨不能平，楊君彈罷淚縱橫。楊君早年西蜀豪，素精馬槊兼弓刀。三巴健兒誇好手，一生好着團花袍。是年天子開明堂，臨軒三歎古樂亾。或薦楊君通律呂，徑來天上調宮商。鼉翻蛟躍乾坤改，垂老飄飄適東海。千金囊橐散無餘，惟有內府琴猶在。陽山客舍掩莓苔，重門小院碧桃開。靜檢

道書春寂寞細爇柏子雲徘徊滄浪之水何清清波底墜雪白鷺明布帽青鞋又西去日暮相思空復情

看鬭促織

瓦礫藏身小昂昂喜鬭爭當場頻鼓翅一敗遂吞聲暫快兒童意私加將帥名九秋今欲盡爾輩漫橫行

東家兒行

濁水不流泥滑滑東家小兒來養鴨老鴨知人聲小鴨亂雜行奔入田中唼唼食禾穗低頭忍罵驅鴨去去年種桑長河湄桑樹雖小桑葉肥里中騎馬官人歸出門探望乃是東家兒烹羊豕走親戚東家老嫗笑啞啞

挽從伯父瞻鹿公

喪亂君臣在偏安社稷蕪封章懸日月旅櫬歷江湖報國餘

孤劍匡時屈壯圖故園春樹綠愁聽野禽呼

送何公龍游秦中

西京王者宅形勝甲寰中華岳排雲峻終南壓地雄虎狼秦孼在松柏漢陵空策馬長安道應懷歌大風

贈劉雲舫故新樂侯

夙昔雲霄上胡爲烟水鄉行蹤雜漁父至戚是天王萬死驚身剩全家與國亾江城時邂逅爲爾一神傷

渡黃河

平原遙望隔洪波白草連天走駱駝短褐輕裘乘小艇西風落日渡黃河九州貢賦香秔遠夾岸弓刀鐵騎多常羨祖生能擊楫壯心回首忽蹉跎

從弟鏡月自廬州歸來出三疊泉五老峰圖見示

匡廬隱遯高人去石鏡蒼屛萬古留苾屩遠尋三叠水霜縑
歸畫五峰秋雲晴喜見香爐出磵響疑聞瀑布流欲向東林
攜短杖便從揚子放扁舟

丙寅元日

老屋河干漸不支年來河伯故相欺頹垣缺壁還風雪濁酒
辛盤自歲時淚把一生供敝帚獨留雙眼看殘碁陽回少慰
幽人意檢點梅花放幾枝

野望

風捲蓬根野日昏含悽倚杖望孤村村中昨夜逃亡盡還有
催租吏到門

李澮

澮字景福一字梅隱句容庠生明亡不應試以隱終

送黃波民移居白下

我亦嗟爲客，何期復送君。孤帆飛落日，朔雁入寒雲。鍾阜猶堪憶，桃源非昔聞。波民有別業在閩中，名小桃源。風塵須避地，聽說又移軍。

教場步月

步月淸秋夜，蒼茫萬里心。浮生誰獨醒，大地若俱沈。風入悲笳斷，塵侵戰馬深。枝頭驚戍鼓，過雁有哀音。

暮春遣意

三春看又盡，身世一飄萍。草識王孫意，花傷游子情。殘燈和夢斷，濁酒帶愁傾。日月年將老，悲歌送此生。

陸朗

朗字闇先，一字沁雪，應天人。天啟丁卯舉人，崇禎辛未進士，中書科中書，陞戶科給事中，浙江督餉。弟潤，字霖

生一字荀叔應天府廩生工書遂于戴禮與朗
稱爲二陸潤子長風上元縣廩生亦以文名

乾元觀阻雨贈李先眞

羨爾山居寂元機徹隱微幽棲雲共懶高臥雨頻飛粒絶資
松飯齋空冷薜衣桃源仙界寂劉阮到還稀

蔡朝聖

朝聖字應侯上元人崇禎癸酉舉人有月尋集同邑郭天
中字聖僕木莆田籍以避寇徙秣陵早失父性至孝
精篆籀直逼秦漢母歿權厝於城東郊僦居其側風
雨蕭然終不肯去人欲爲卜居以就僻山水爲辭竟
不明言廬墓以市名也故人泰和楊嘉祚守維揚贈
遺數千金盡以買歌姬書畫古物并散給諸貧士緣
手而盡諸姬中朱玉耶工山水李桄那工水仙鍾伯
敬贈詩曰姬妾道人侶敦彝貧
士家卒無子墓在雨花臺之旁

贈沈眉生吳次尾

慷慨濟時策難投光範門杞人憂莫補詹尹卜何言短劍長

嗚匣醇醪滿挹樽壯心殊未已日夜大江奔

月中桂

中桂字文馨江浦人崇禎癸酉舉人官望江教諭歷任南充長興萬載知縣陞耀州知州文馨清白澡身慈祥扇物晚年解組究心典籍恥言佛老當時推爲醕儒

鐵公祠在江浦霽和門外天啟間戶科羅尚忠立祀鐵公鉉

肅肅霜威貫白虹革除事往說遺忠鐵牌獨矢孤臣力玉壘猶遲兩日功檻外長江吞落照關前老樹響悲風身甘鼎鑊心常耿曠典褒崇有至公

吳斌南

斌南高淳人同邑胡蛟之字印度廪生有偶然吟性孝友時六合宰米萬鍾慕其品欲訂盟北遊以母老謝弟虬之多病顧視湯藥無倦色門人私謚貞靖子彭增生有東園草孫振祖康熙戊午舉

人有竹溪集

丹陽秋月

冰輪碾上碧雲頭清夜溶溶灝氣浮山色晴開千障雨波光冷浸一天秋菱花靜拭春宮鏡蓮葉輕浮太乙舟此去廣寒渾不遠丹湖疑即小瀛洲

魏翰先

翰先字賓起高淯人崇禎甲戌歲貢授雲南定武通判陞馬龍州同知不赴以隱終賓起居家孝友尤工書法手抄史記漢書全部邢孟貞爲作手抄漢書歌垂老猶於燈下作小楷

王節婦詩王節婦吾淯楊紹春妻未嫁時紹春病癩頻危楊之父母論氏家別嫁之氏誓死歸夫家口舐癩處禱天求代夫死而夫已不知男女居室矣明年夫死氏泣願留棺臥內待婦亾合葬從之閉戶五十年飲食起居必以手扣棺呼及卒年六十四棺扣處指痕深寸許

生同室死同穴五十年如一日泰山之石霤能穿指痕搯木心常鐫吁嗟蔡人之妻芣苢篇古人今人果孰賢

金陵詩徵卷二十八終

江甯翁長溶校字

金陵詩徵卷二十九

上元朱緒曾編

明十九

朱肎昌

先六世祖字嗣宗晚號社櫟上元庠生隱居盧龍山有洗影樓集霜葉軒草

張怡洗影樓集序云先生少遷金陵崇禎初補應天弟子員京兆張公二無廣文楊公維節引爲忘年交讀書以實踐爲本深慮有遠識南都建國稱制大臣謀欲專利賞罰失宜先生謂都御史劉公念臺曰爲政之本莫如去私去私之道必先去忌劉公以爲名言又謂公卿中氣定骨勁者必完名氣矜骨脆者必失節其言皆驗後絕意科舉築洗影樓於儀鳳門盧龍山下繼乃走三江外嘗主友人沈子遷孫石君湯允繩家三君皆負出世姿野鶴閒雲甚相得也遊或隔歲一歸歸不數日輒去友朋聞先生歸叩門多不獲見候於空山古剎則往往値之初先生課徒自給從遊多雋才然一躋科第則謝絕不見晚乃不授舉業僦居眞州寶聖寺從遊皆

僧雛牧豈其善自韜晦也如此

聞峻九病柬寄

道人臥山中行蹤覆秋葉我欲從之遊路遠不可接孤鶴帶雲飛彷彿意所涉藥裹凡幾開茶熟香自淡想見玄亭內冥搜積素葉乘風寄空音瑤草當共拾

五思詩

古者中興之佐夏有伯靡越有范少伯漢有諸葛武侯晉有王茂宏宋有岳鄂王或恢復舊疆或偏安一隅功烈不同忠誠如一未有挾擁立之名以逞袁憾憑城社之寵以快私讐以狂蠱誣陷爲相才以焚劫橫爭爲將略者也目極今日之情形慨然於古之良佐爰作五思詩以紀之

夏后少康臣伯靡

我思夏伯靡忠憤氣塡膺太康耽逸豫有窮勢憑陵伯明讒子弟戰雖勇力矜覆舟滅帝相帝緡奔有仍神州沈九服淪

山遂籌崩維彼藐諸孤執鞭豢豕檜椒求幸脱網常恐禍患乘逃虞充庖正刀七矢兢兢靡也起有鬲慷慨應雲蒸帥彼二斟燼一鼓壯先登汝艾暨伯杼同心合爲朋浞澆女歧輩血染刀劍稜禹貢復舊物萬國瞻旒凝少康固英主亦賚良股肱人謀苟協從一旅猶可興未聞互傾陷議論空沸騰

越相國范少伯

我思范少伯策究天人地持盈與定傾隨時以節事勾踐違其言五湖戰不利甲盾保會稽辛苦竭諮議蛇豕敵正強卑辭設厚餌委制甘臣妾石室三年侍茹荼幸生還采葛淚雨墜朝謀饑不餐夕籌寒不睡盈盈若耶女芙蓉鬥妖媚教舞獻吳宮烏啼秋夜醉重賂嗾宰嚭上下遂攜貳伐齊益侈心忠臣屬鏤賜贏縮審陰符枹桴斥吳使麋鹿游姑蘇甬東隕

厥嗣時危貴知幾力蹙出奇智未聞縱驕奢孫手擁勢位

漢丞相諸葛忠武侯

我思漢丞相風雲起隆中朝爲梁父吟暮遇大耳翁魚水一德合顧命永安宮受詔輔幼君股肱竭其忠五月渡瀘水飛鳶跕濛濛南人不復反北伐總元戎洪惟我高帝一劍削羣雄世祖天再造車書會洛東桓靈失其馭曹丕嗣父凶漢賊不兩立六出祁山攻斬郃馘王雙誓將成大功星隕五丈原餘光向熊熊迄今出師表坐讀生英風後生雖孱弱奉之以鞠躬親賢遠小人宮府一體同未聞植私黨可以保令終

晉太傅丞相始興王文獻公

我思王茂宏英名振已久一馬倉黃來孤弱勢難守況復耽麴蘖日夕飲醕酒正色陳讜言持盃覆以手吳會攬英豪顧

賀相師友觀禊擁肩轟崩角拜馬後爲政貴淸淨人民獲安
阜遂發桓彝歎夷吾堪與偶偉哉庠序書巍巍峙山斗先教
而後戰德植基乃厚劉石豺虎雄未敢垂涎口一言定皇都
雙闕指牛首中興多名臣無人出其右晉祚雖偏安維公時
納牖帝典闕復修恭儉資纘藍未聞逞荒淫厄運拯陽九

宋太師鄂國公岳忠武王

我思岳鄂王兵法邁往古發奮起相臺勢欲掃敵虜陣圖何
必拘出奇真神武仁信智勇嚴與軍有其五庖人雞勿供與
下甘同苦西蜀吳少師名姬教歌舞資奩巨萬遺卻之良非
侮大讎恥未雪逸樂將奚取軍至敵必摧要在肅部伍兵士
取一錢斬之血釁鼓湖賊八日平浮屠斫巨斧民力耗東南
流離盡招撫威名鎮襄陽桑麻咸安堵大將儒者風英略同

白羽但恃令如山不恃猛如虎未聞肆焚掠赤子結怨府

和陳卧子寓言

鳳凰不覽德鳴鶴不和陰梟獍生羽毛戾氣不可禁世運值否塞焉能懷好音鵂鶹偕鸋鴂朋比荆棘林飲啄快所求囂然競狂吟一呼怪風作再呼盲雨淋蔽天掩日光神州遂陸沈銜石填滄海哀哉精衛心

哭周仲馭（鑣）爲馬士英陷以連坐戮於市

麟虎不並跡鴟鸞不共翔荆棘塞滿路蘭茝轉受戕羣秀害平原杜欽誣王章蒼蠅亂黑白巧言如鼓簧盜跖縱有罪柳季庸何傷善人枉見害士氣慘不揚天平實無辜六月飛繁霜

隱靜寺黃楊樹高丈許大可數圍僧云建寺時所植寺

創自劉宋時殿前碑碣猶存在滄波門外

踏春無遠近隨牛過前村馬通堆過屋破板支寺門野僧無袈裟攜鋤築短垣指我黃楊樹笑謂千年存卮閏最難長茲實枝葉繁欲問劉寄奴不作靈槐言殿角尋古碑字跡半可捫徘徊未忍去不知山月昏

王元偉潢山莊鄉人掘地遇古墓獲銅盤周廣盈尺內鏤雙魚取以貯水靧面出以示客因爲之詠焉

曩觀比干盤忠烈心如見此出六代墳供靧詩人面沈綠剝玉膚蘋藻入魚噞晁燈昔同埋銘誌何英彥石槨無堅牢千年眞轉電鏗然觸耕鋤珍逾銅爵硯嗚呼鳳陵災滄桑又一變九鼎尙沈淵摩挲淚如霰

登六合山芙蓉峯

六峯雲屏張一峯鮮且縟灼若菡萏花冒出江心綠錦浪濯
春厓綺霞絢幽谷疑是太華顛欲覓眞仙籙忽遇采樵人爲
我話往躅云昔宋崔皋於此建牙纛力戰遏金人要害中流
束我聞樵夫言四顧且躑躅落日下長江雙雙飛屬玉

竹墩早發

披衣促夜裝殘夢續野騎漸覺怯露寒山風醒晨醉月落瓦
梁城鐘響長蘆寺江介火尙明待喚舟人至

雜詩

東風何處來綠我庭前樹新雨昨夜聞草色侵階路倉庚時
一鳴披帷如共晤何必琴與酒聲味澹吾素靜觀萬化理於
焉得眞趣
竪於高松心潔於孤鶴情彼美居空谷不聞車馬聲愚巾有

餘樂野蔬有餘淸力田無罪歲力學無近名朝出耕南畝夜讀掩柴荆

誡子詩

讀書勿皦名識定情已定義利辨大關正路闢淫徑目錄十九家載籍搜殘賸博學詳說之疑義互引證所貴在力行非徒資餖飣克己守四箴收視更返聽餓死無怨尤焉知塵滿甑區區取靑紫陋哉夏侯勝

崇禎十年冬南都天晝晦大霧山中夜聞鬼嘯戰鬬聲樹上冰雪如甲冑旗旛鎗戟之狀占者謂之木介因作木介吟

陰風吹沙密霧拖凍淞尺餘挂寒柯滕六狡獪黨天魔三千犀革披巖阿隼旟虎旛影蕩摩太阿横佩秋水波厹矛鉤釨

繒矢碆一一森稜武庫羅前茅竹王聲呼呵後隊楓鬼髮鬖髿青羊老妖夜吹螺骷髏騎風空中過刁勞大帥狐狸馱魑魅山魈排鸛鵞青燐滚滚走陂陀須臾格戰刀劍劘嘯出野火焚薜蘿虎豹奔突如投梭薇翳日月愁羲娥怪異占象本無訛五行志列殊其科金木相克理則那何爲樹甲肖干戈廟堂隱諱徒婞娶我今欲作五噫歌蠲賦減刑政除苛庶幾轉禍避譴訶水旱頻年天薦瘥雨暘恆若時不和流民流寇蠭聚窠豫晉以北殺氣多甲兵不息將奈何嗚呼甲兵不息將奈何

和黃陶庵野人三首

野人歎息禾不登寒燠無節雨暘恆黃蒿如人虎劘齒蔽天蚜蚄飛滿塍嚣兒急上捕蝗錢哀告官吏免下田東村少年

死刀鋸馬上挾將新婦去官吏以捕蝗爲名恣行淫酷村中斂錢賂之乃止名曰捕蝗錢
野人歎息賊不掃將軍自知養賊好度支坐耗百萬軍截戭
良民劫金寶暴吏加科滿瘠哭不死兵鋒死敲朴赤子驅弄
潢池兵罷軍弛賦賊自平
野人歎息天將崩朝中醉眼猶瞢騰公卿諱富僞乞貸鄙塢
金積如山陵天子枚卜思賢臣宵旰分憂無一人司閽怒鎖
天門鑰上書昨日陳東縛

緞衛

貂璫氣焰薰灼天緹騎四出横索錢矯作詔敕弄威福援引
魑魅排善賢朝廷謂是耳目寄不吝銅山金穴賜豸冠執法
拜下風南衙西臺壓北寺我思周官内小臣洒掃供職呼奄
人豎刁漏師趙高相此俑作自齊與秦漢唐以降勢愈侈百

僚屏氣聽頤指豈惟宰相結義兒直欲門生視天子高皇立法重防微鐵牌大書懸宮闈中葉弛禁暱宵小劉瑾汪直擅作威先皇赫怒夷魏客霾翳驅除天下白依附羽黨弗盡誅膏斧倖逃削其籍賢奸立判日月明四海欣欣樂再生南渡何人執國柄首薦逆黨稱知兵近來又復設廠衞廠衞一設同惡濟翻將覆轍作嘉謀括掠金銀添舊例廟堂水火分黨朋加膝墜淵由愛憎彈章朝上暮獲罪中書省內集飛蠅從此農民增稅賦從此官職行賄賂從此正士罹非刑從此僉壬當要路廠衞不去民不蘇廠衞不去賢不愉廠衞不去國將變廠衞不去城將蕪中興正統欲再造金玉非寶賢爲寶臥薪嘗胆不可知社鼠城狐勢難保朝野舉錯日紛紜讜論逆耳如不聞上書請劒壯柳伉直言對冊成劉蕡

王季銓行矣復留喜而歌此

欲雪欲雪天正寒離人獨上客舟難酒杯如膠初入手別淚與之俱不乾舟子候潮惜輕別揩篙風亂鬖鬖髮催雪作花借作春邀君重醉津頭月

偕張瑤星遊三宿巖尋宋人題名處題云萬元範以嘉定丁丑仲春月別趙君用字類黃山谷

清晨洗頭方岸幘山童報我出迎客入座數語未及終促我共著尋山屐春雨初霽踏莎行松影濃遮寺門額畫廊宛轉登高坡左側矗起五丈石俗名訛作獅子頭訪古獨搜建炎迹憶昔金亮誓渡江王權奔潰棄軍柵晨炊傳檄玉麟堂建康城守眞孤迫三軍驩呼舍人來海鰍一戰褫敵魄濃雲四鼓逆亮誅參贊維舟樂永夕當日此巖截江潮洲岸遷移難

計尺仰面攀援偃背尋磨厓想見銘竹帛大驚忽得山谷書細讀萬趙存筆畫元範君用是其名嘉定丁丑記行役欣然袖裏出橘皮淨剔苔青刷蘚碧椎聲丁丁敲亂雲硬黃一幅珍完璧英雄事業水東流吾徒博得烟霞癖歸來一飯向寒齋春潭釣得金鱗鯽

望采石弔李謫仙

天地羈狂士江山屬酒人大星沉醉魄滄海閱殘春萬古餘豪氣中原幾戰塵亂離仍作客凭眺一沾巾

寒月

氣冷催霜白光涵似地浮眠禽數驚夢羈客耿生愁野曠常疑曉雲孤易入樓添衣終夜坐瘦影竹邊流

偕張瑶星遊棲霞寺

西風吹短杖相引入山深塵夢全無著磨厓半可尋石如秋
士骨江是隱君心落葉飄何處疏鐘帶晚音

松風閣訪張瑶星

舊事那堪説尋君醉一觴欲悲應淚盡强笑亦神傷峭石横
流水孤花表夕陽由來心遠者無處不羲皇

和陳涉江梅花十六首用原韻錄十二

支拄乾坤獨耐寒萬山落盡葉聲乾尋春不礙雲孤往遺世
何知日大難幾點懸冰悲庾信庾信梅花詩樹動懸冰落一枝臥雪伴袁
安繁華洗去歸平淡劫外留香守歲闌

天容慄冽慘難舒晴約春光入草廬山月照殘蟾有孕江風
吹斷雁無書色能絶俗眞神釋香不依人覺性疏夜静柴門
相向守淡然止水愛交如

消息潛通卦畫沙陽光浮動映籬斜鍊成鐵骨能穿石冷抱冬心自著花瀟洒風情高士夢寂寥門巷野人家嚼來權當西山蕨蒙袂應無乞食嗟

圖成主客問張爲訪道空山與爾期幾曲溪橋驢背穩隔年雨雪鶴歸遲挼香笑索無言際覷戀魂消半醉時一自連仙聯眷屬謝他官閣漫題詩

絕頂槎枒仄徑橫石梁危架斷人行澹含冰柱琴誰弄冷壓霜花劍不鳴凝癖定居三絕上賞心自許四難幷幾枝勘破南柯夢鏤出山林古性情

別貯壺中日月新白頭坐話更情親孤村小築臞仙窟破屋深藏太古春負石疑留徐衍魄斷冰誰返屈原神十年不下荒山路老作青鞋布襪人

鑿度形初太極分耻隨萬卉競紛紜枯篠叟挂雙瓢月殘磬
僧眠一衲雲自愛逐塵聊適意何勞相馬喻空羣飛柯屢見
朱輪折檀板喧嘈總不聞
生涯寥闃老邱園獨抱貞心冷不温千里隔江空有影六朝
如水覓無痕畫摹瘦格新山主酒酹枯根古墓門久已欲尋
仙尉去暫留故土未酬恩
孤高豈恤賞音難夕照蕪城玉笛殘修譜筆宜搜稗史調羹
味不屬鹽官百年甘向青山老一夢那知白屋寒幻出瓊宫
新世界認將珠樹萬重看
淡粧不羨額塗黄整整斜斜抹幾行春在童山髡柳外香生
經卷藥爐旁籬門對我如何點紙閣呼卿郎孟光自昔疾風
知勁草玉成畢竟屬秋霜

妖豔呈顏客豈同悟來色界盡成空鴉鋤劚月寒光碎鶴氅披雲野氣濛生也無榮身不辱歲云將暮病非窮道人鐵腳

吟秋水萬古閒情蝶夢中

揺落關河感舊情頹垣廢砌隱榛荆西州曲寫飄零怨靈谷春聞歎息聲只合茅茨安拙樸縱無雪月亦光明遺民死守冬青樹身外浮名敝屣輕

新亭

中原社稷犟金甌誰使烽烟覆九州石尉園中迷錦障王戎燈下算牙籌大江浪蹙龍難化夕照臺荒鳳不遊近日楚囚無掩泣庭花玉樹自銷憂

哭弟鋏

三徑秋深草尚青半生心事在鉏經車乘下澤難如願酒醉

山中竟不醒庚癸愁呼貧積病巳辰運厄夢通靈遺文留待
名山貯一苑殘花泣鶺鴒

自題小像 錄二

蹤跡人疑學楚狂吟風弄月老難忘一貧到骨藏書富百懶
無心釀酒忙亂踏麻鞋悲杜甫涼生鍛竈坐嵇康黄蜂紫蝶
休輕劇雁叫丹楓淚幾行

三十餘年戰鬭中幾人翟義幾臧洪迷離豹霧藏空澤慘淡
蟲沙泣朔風厭聽子眞居谷口痛思諸葛起隆中愁雲四海
干戈滿剩得江湖一釣翁

旅次書懷時僑居棠邑

四郊多壘地萬姓累丸時壯志增悲切孤懷感盛衰天心無
可問人事不堪思開國經營遠陪都拱衛宜化鵑啼帝魄淚

馬纂皇基建業張黃幄神州慘赤眉深謀殊用晦詭智竟居奇政府爭投硯藩封肖鬪棊末聞征李特翻更納王彌韓岳名安在汪秦柄互持蒲桃朝酒獻翡翠夜珠遺閩越金花索春秋鐵案移象牀眠董偃鳳輦進吳姬兎窟營東郭貂璫橫北司頓興鉤黨獄空想覆杯池豕首狂談笑羊頭濫植私脯麟揮白刃軒鶴寵丹墀蜮口沙潛射牛毛令急施虹蜺交沴忒水火競猜疑狐蠱君臣詭狼貪將相歧枉知句踐恥縣起晉陽師焚掠軍民擾號呼婦子離任忠珠笥挈宗澤羽書馳落日懸高纛陰風折大旗九關蹲虎豹四鎮失熊羆舊洛疆全棄新亭淚孰垂釜中魚夢惡幕上燕巢危尚戀瓊花影猶吟璧月詞長江徒恃險半壁恐難支恨血埋冤鬼閫城叫怪鴟阻兵棠邑館撫爵佛貍祠醉久迷干日歌會發五噫農荒

無舊穀蠶死乏新絲欲采西山蕨還憂漆室葵三霄星隕魄一夕雪生髭南眺鍾山黯夷吾屬阿誰

桃葉山在六合

隋軍暗襲渡山前列戍無人驚影眠此夜臨春歌玉樹醉呼江令擘吟箋

渡江迎接往來頻未省風波愁煞人桃葉桃根無限恨傷心不獨識亡陳

哭劉念臺先生

生平學業紹賢關視死如歸浩氣還不負先皇蔬食詔蕺山今作首陽山

答門人葉灼棠

五柳門前未改青臥時沈醉坐時醒六弢金版非吾事一卷

天隨耒耜經

白秋海棠

秋水神傳阿堵中微香不障隔簾風似憐陸海塵如許澹卻斜陽幾寸紅

孔尚熹

尚熹字鶴翀一字胥翁高淳庠生胥翁網羅百代以經證史以史註經名曰經史大成凡百卷婁東吳偉業爲之序未及梓行孫起占擕之曲阜聖廟孔毓埏錄其副本藏於闕里廟廷

胥溪草堂讀書懷古

溪水如雲來環我讀書屋垂柳蔭幾株蕭條在空谷白晝不出門論古尋卷軸瀨上一餓夫轉瞬使楚覆運饟通江淮創霸諸侯服八往迹尚存日月奔雙轂盛衰若循環禍福相倚

伏讀史更澆愁甕頭新酒熟

朱紹慶

紹慶金陵人同郡姚宗衍字光虞善畫松馬之駿自號西州城者與朱士春俱有題畫梅詩湯方平有遊洗心池過神仙橋入績麻洞詩

珠泉讌集次馬蒼麓韻

浦口雲生谿欲迷江風吹斷日初西旌旗晴引登山屐尊俎光分照水犀擊節翻憐珠是唾臨池那惜醉如泥歡從信宿王程急刻燭川原入品題

馬純仁

純仁字朴公六合人幼聰敏工文章事親甚孝補學生有名六合陷士大夫爭降純仁問家人某某若何曰降矣純仁曰嗟先生世所稱名士敦志節者也因

泣下爲書辭親及昆弟謂妻曰我死矣此心不能不念汝汝素謹淑然守節事古人以爲難汝苟有志汝早自決不能則他去意舅氏能爲汝謀也孤兒呱呱有昆弟在子之矣乃儒巾服藍衫拜家廟已至文廟拜出仰天歎至龍津橋署絕命詞于石柱遂自沈于河橋有黿數百歲頭如斗人墮水輒食之死無出者純仁死明日尸浮橋下面如生年二十一

絕命詞

朝華而冠暮爭而晃與死其心不如死其身一時汙之千古

全人堂堂馬子朴公純仁

李豔陽

豔陽字子先上元人明季武會元泮宮牌坊明武會元有李豔陽名而

郡邑志武科表失載故未能得其官爵玩其詩蓋宦浙者也詩伉爽有格

嵊縣撫譁

畫角嚴清夜軍容逐曉開旋看盆子拜爭道令公來牛酒羈亡命刑章屬外臺據鞍仍草檄前路尚蒿萊

閔知愿

知愿江甯人居大功坊嘗從桂王官待詔與沐天波偕死緬甸同邑艾甯字子牧有和陶詩甚工其自序云自書史山水杯茗外無適性焉抱東籬之志避北山之譏春雨迷離旬餘不出偶誦淵明飲酒詩如與暢飲劇談漫爾言和未暇計工拙也

天涯

天涯萬里病如僧爽舞鸞歌醉未能獨向點蒼山上望浮雲何處是金陵

顧夢庚

夢庚江甯人璘之曾孫從楊閣部嗣昌出師招撫楚寇殉難祖峻以廕敘官父履祥仕至同知子六人夢庚其長也入楊文豹幕中兵敗死之府志康熙中歲貢有顧夢庚別是一人

擬古

燕雀處堂宇啄粟不飽食海鯤化鵬摶九萬里一息宴安毒之媒義氣形顏色匣中有太阿鵜膏屢拂拭壯士出門去肝膽照八極相逢國士知遂展翀霄翼

凌世韶

世韶字蒼舒一字官球又字汭沙江甯人歙縣籍崇禎庚午舉人甲戌進士授福清知縣左遷汀洲經歷署甯化縣瀕海士音難辨吏胥多執良民誣以盜而奪其貲痛懲其弊民乃安遷嚴州推官擢戶部主事

晉郎中忤時去位甲申後逃禪居半峰庵有衲沙草

蒼舒少以詩文鳴于時誠恪靜正不苟言笑爲閩令不肯以鞭朴催科上官屢徵賦不應左其官思與金正希起義衆潰知不濟隱黃山衲沙敘謝臯羽晞髮集云靈均畢命于沈憂申胥捐生於痛哭志有成違時有先後其於致命遂志抱貞懷獨賚芳不昧乃殫貪頑之肉者一也蓋自道云陳侍御丹衷爲之誄私謚文陶先生案明詩綜云除甯化知縣謫江西按察司檢校改興化府經歷陞處州府推官一云嚴州府入爲戶部主事與江甯邑志少異詩主靜秀有峻骨文清奧幽折

惠州西湖

湖面寒光一鏡平露荷烟草入秋清白鷗浴罷各飛去遥見潮痕郭外生

題張海民逸事

少微光氣遺入土芝肪結魄歷貞苦名山大海肘中物揚眉

向空斂雙足脉望環中發枯槁幾席能餘身後實蒯緱橫決江上雲書帶翔生泉墓草

題贈沙頭呂貞婦龔氏詩

明月不在天下爲貞女心纑寒入花性夢向冰霜尋寥落殘燈影沈吟破鏡陰苦辛啼謝豹碧血老空林

徐國全

國全字乂之中山王裔孫以武解元赴遼陽授屯田都司監制火器遼陽破死之明史附傳 乂之嗜酒讀書經略熊廷弼奇其才以爲遼陽屯田都司未至而熊公去屯事止瀋陽失守遼陽被攻左監軍崔儒秀入時有陣亡總兵童仲揆弟仲傈者卒家兵衞其兄骸以歸邀同去全乃吉服立堂上曰是袍君所遺我衣以到任今郎衣以從死我雖不屯田亦遼陽城中官也且以一書生舉第一任都司豈可不同遼城亡遂呼酒與傈訣及崔監軍相對而縊全戴冠翅不可入繯遂去冠入繯復戴之問傈曰正否乃死傈歸言於武學教授

徐吉臣吉臣乃補作留都武學志以童徐二傳冠於首童仲揆字子翼萬歷戊戌武進士四川都司轉遵義參將統石砫土官秦邦屏兵赴遼陽馳援瀋陽力戰橫河中弩死崇禎中贈都督廕子以振字千仞爲孝陵衛正千戶以振于宏光元年陞陽電參將守南贛城破死之

從軍留別諸社友

三尺龍泉奮請纓，誰知落魄一書生。臨歧不惜千觴飲，爛醉看余萬里行。

王潢

潢字元倬，江甯人。崇禎丙子舉人。親老不應會試。以賢良徵不赴。以隱終。從祀鄉賢。有南陔堂集、何莫草、望古遙集、曉窗隨筆。父之藩字南衡嘗鬻產輸官救兄於獄仕陝西司庫攝華州篆出贖鍰釋淹繫人皆感泣年八十餘卒黃九烟云元倬詩沈雄渾鬱頓挫瀏漓大都發源於騷雅徵材於漢魏歸根於杜陵薛諧孟云元倬忠孝之性溢於毫楮纏緜悽惻而未已顧甯人云先生詩深以婉和而摯不失三百篇溫柔敦厚之旨方爾止云元倬格律森嚴用意深至雖憤時嫉俗而渾然不覺

尋賞心亭故址

大江日夜流東注白髮蒼顏感遲暮南山秀削逼秋冬木落蕭蕭天地素縹緲遙看天外峰蒼茫欲辨雲中樹自從鳳去古臺空寒雨荆榛走狐兔賞心何處問荒亭勞勞總是傷心處

和周左江輓萬年少孝廉

十載江南北凋零盡所知死皆嗟早世生卻歎非時天上來詞客人間失畫師丹青與詩卷開篋淚相隨

春陰

屢赴松風約春初僅一過老宜人事少愁覺雨聲多積日無

昏旦經句減嘯歌不知城北寺梅信復如何

吴門訪徐元歎

何處溪山曳短筇誤從城郭訊高蹤埋名或恐同梅福問字曾聞擬顧雍人卧荒庵依落木客停孤舫聽疏鐘相逢莫語興亡事耕稼惟應學老農

宿松風閣分韻得吟字

靄靄歲云暮風雨恆見侵小齋憩山閣蕭颯吹寒霖淵鼜亂餘響鐘鼓沈清音蒼虯卧蜿蜒拏攫力不任羽觴亦以歇翦燭聞鳴琴默坐得冥會擁褐成孤吟須臾微霰集晨起雪在林樵徑斷人語四野號飢禽皎皎二三子貞白同松心炎暉諒可竢見晛消重陰

同子書西生過安隱禪院

徧雨積春秋佳辰掃氛曀騁目望南山林巒迴清霽言訪陳雷歡兼尋支許契木杪陟崇岡江流渺天際荒臺無古今覽眺各異勢入戶竹房深幽香散蘭蕙山廚供筍蕨蘿薜挂衣袂登頓未云疲盤桓亦屢憩薄暮起烟鐘茫茫夕景逝百感從中來悠然思避世

賈從南王日華沈修能晚過小酌次日華韻

駭鱗潛重淵驚羽棲層枝達人審物候舒卷從天時眷懷二三子顧我臨前墀盛夏苦埃鬱溽暑如蒸炊赤日忽西馳皓月窺梁楣雙桐激清響拂坐生涼飇麈揮四德頌罍傾三雅卮即境屏餘慕怡曠良在茲願言數晨夕析賞無虛期

周子夜作蟲說悲自焚也王子潢演爲詩苦蟲周子別字云

餘暑戢殘曜庭陰瞑夕霏風燈吹睒睒蘭焰耿煇煇日入羣動息夜蟲乃翾飛紛紛營几席瓅瓅沾羅衣所願附炎熱華燭分遺暉須臾訖微命走死如懷歸爭先狎鼎鑊濡首飴圜扉中宵秉長炬永歎成歔欷揮以紈素扇籠以絳紗幃鬱鬱不遂往鼓翼排重闈或謂自驅納不知誰是非翻悼天不仁觸物張虞機拙哉蓼蟲子習苦恆見幾豈必避葵堇雅志甘輕肥蛣蜣非不飽蟬潔豈輒饑抱葉咽寒露何如首山薇

先母忌辰是日適予初度書此志感

犬馬餘生逝莫追四方多難欲何之每傷衰老懸弧日卻憶慈親屬纊時百感未消禾黍涕十年全廢蓼莪詩寒宵輾轉不成寐腸斷啼烏向曉悲

常延齡

延齡字喬石應天人開平王裔孫襲爵懷遠侯後居
湖熟種菜以老喬石襲封遇事敢言嘗淸巨璫王民籍產即以賜之益異數也科臣姜埰
熊應霖以劾首輔下獄疏請釋二臣而以文彥博救
唐介爲輔臣勸朝論譏之馬阮擅政露章糾劾忤權
臣意挂冠爲僧名倉谷居湖熟村庵與徐氏夫人種
菜自給死無以斂白夢鼎胡其穀葬之開平王子茂
封鄭國公從宋國公馮勝出塞不相下坐罪更封仲
子昇懿文太子妃昇之姊也拒燕王於浦口昇子繼
祖謫雲南遂失爵五世孫復宏治中加恩世襲錦衣
指揮使傳經及鳳嘉靖十年封常元振懷遠侯李性
臨淮侯鄧繼坤定遠侯湯紹宗靈壁侯元振
者鳳之子也傳文濟宏緒延齡三世而明亡
桐城錢澄之湖熟種菜歌金陵城東湖熟村中有隱
者開平孫通侯甲第今已矣意氣豪華無復存開平
去今凡幾代五王之後惟君在往昔爭言靑門瓜如
今獨數湖熟菜菜問誰種菜滿畦新一家生計只三八
終歲把鉏菜畦裏婦能炊飯兒負薪爲君婦亦太辛
苦嬌貴當年難比數翟珈賜出小侯妻珠翠裹成坐
公女都八猶記嫁時裝如雲妾媵爛生光臺前照鏡
嬌梳髻架上薰衣派管香一朝散去竟何有相對惟
餘雙白首早從府內厭笙歌還向村中操井臼村中
井臼倚柴扉賣菜還愁終歲飢夜長不肯然薪坐十

指侵寒從故衣東川子孫公主裔妻孥行汲心常愧聞說君婦更傷情無心更擬求奴婢

揚州

傷心幕府夕陽開往事江南不盡哀飲羽共憐黃閣子空拳猶奮乙邦才誰知閹禍流無盡已去天心挽不來宰相尚留乾淨土北風吹裂舊旗臺

胡長庚

長庚字星卿應天人駙馬東川侯胡觀裔孫以爵讓弟居駙象門外守南康公主園寢賣藥以終弟君渥字二奇襲爵東川侯後隱駙象門外亦工詩

錢澄之胡星卿茅屋歌白鷺洲接大江漬牧馬兒來動成羣先生避世何處去合家住近公主墳茅屋三間倚墳腳門戶欹斜草繩縛籬外時聞樵婦唁樹下每有漁船泊先生田無一石租餬口祗賴青囊書春深婦子競鉏菜水落弟兄公養魚可憐茅屋多年破五柳陰中留客坐風雨淹旬不出門先生高臥舉家

餓先生本是公主孫當年駙馬最承恩駙象門西起府第至今基址宛然存府基荒去墳園冷細竹寒花空滿嶺洗茶猶傳金水橋灌畦爭汲琉璃井東川戰功晚始酬駙馬還蒙少主憂靖難師來家已破子孫旋失東川侯奪爵猶加主國號上書乞恩無不報下降聞在高帝年問安尙覲英宗詔詔書累朝墨有光龍箋寶篆枕中藏主家法物一朝盡樸素惟留駙馬床駙馬之床樸如此想見國初俗不侈當時賜出椒房宮如今鎖在茅屋裡茅屋相看幾度春終年抱膝不知貧叩門半是先朝胄失路誰憐帝室親先朝帝室復誰在茅屋棲遲人勿怪君不見開平王後懷遠侯妻子負薪身種菜

揚州

一片陰寒晝不開笳聲淒絕角聲哀文山自正千秋氣諸葛空思十倍才颯颯朔風吹淚落沉沉西日送愁來大招欲賦天難問瓦礫拋殘上將臺

黃日乾

日乾字聖因江甯人崇禎丙子舉人北山詩話黃聖因閉戶讀書攻

苦爲文思力沈摯

書齋

小齋晝靜坐如年閒撥爐灰裊篆烟一尺綠陰蕉半展雨餘窗紙上蝸涎

韓范

范字孟小上元人鷹揚衛籍崇禎丙子舉人父國楨任俠好施以金代人償官錢俾贖其女歸范中式泣痛父不及見居母喪哀痛盡禮選吳興教諭聞國變哭於先師廟不食挾妻孥至舟中衣冠北面再拜而逝先世靈寶人始祖整授鷹揚衛百戶七傳至高祖繼安字汝祥號東樓生四子皆令習文國屏京庠生國藩字价卿號襄宇萬歷戊戌進士自慈谿令歷至通政國楨字君儒國棟俱列庠序范乃國楨子也

題壁

栗里躭松菊，西山採蕨薇。死生雖異致，今古卻同歸。世事嗟翻覆，人情孰是非。此中須早決，莫使素心違。

芮珂

珂，高淳人，崇禎丙子武舉人，六安州守備，城破死之。

題壁芮死，母亦與同盡，子弃宜興，婦孔氏守志終身。

母死子亡今日事，夫忠婦節後人知。山河殘破家何在，此是孤臣畢命時。

于徵

徵，字友生，一字友笙，上元人，有柿葉庵稿、孤山遊草。同邑金麒、永嘉祥知縣江正言字子名、庠生朱明時均工詩。

和陳涉江梅花十六首錄一

曉牕燈火讀殘書，畫角聲中又歲除。淡飯黃虀頻薦汝，青鹽

白酒漫勞予閒尋作伴還瓊島醉許相逢話太虛共對忘言
成舊好半床清影十年餘

謝　鏞

鏞字禹銘上元人崇禎丙子由恩選任成縣知縣適當蹂躪之後官無衙舍民多流亡率民住守上城極力整頓設法防禦民賴以安招流民埋枯骨虔祈禱勤團練以政績陞兖州同知

少陵祠

峽口流泉處深林杜老宮蕭森秋氣爽寂歷鳥聲空荒草逕朝雨長松吼暮風宦游今已倦尊茱憶江東

錢　源

源字伯開江甯人崇禎庚午舉人丁丑進士官東陽

知縣考選兵科給事中伯開父自强字仁郊有人囊金寄之而去久無音耗訪其家死數月矣問其妻子不知其寄金也擔囊而還之妻子不敢受仁郊拂衣去

棲雲軒贈東林道士胥宗文

東林多白雲師向白雲住築雲以爲垣葺雲以爲戶翦雲以爲衣織雲以爲屨心與白雲同身與白雲伍我行雲亦行我舞雲亦舞亦能驅白雲俾之作晴雨前年苦驕陽大地成焦土師兮叱雲起沛然作甘雨去年苦秋霖大地成斥鹵師也呼雲歸豁然見羲馭嗟爾棲雲者爾澤亦以溥彼之辟穀人於世竟何補

錢　匯

匯字季水江甯諸生少豪縱晚逃禪名旃檀以隱終

夜坐

塵囂不到處坐久獨醒初月倦孤光宿心嚴四望虛啼寒雞
失律食化蠹知書酣睡癡童足輸他一夢餘

雪中有所思

夜半李將軍銜枚入蔡城至今流賊滿空復聽鵞聲
憶昔趙韓王猶知看論語宰相不讀書何以寄心膂

王琯

琯字玉吼江甯人玉吼與紀伯紫書云琯去秋之後愈覺憔悴義命自安亦已久矣然有不能安者孤雁飄零于雲表窮猿躑躅于木末槁壤之蚓稻粱之梟皆從而竊笑之嗟乎伯紫天下許大何處容吾雙屐吾且逝矣

感興

匣藏豐城劍褐蘊荊山璞不遇司空知肯效卞和哭鉛刀方
柄權碔砆混結綠渺爾燕雀徒焉能知黃鵠

唐　際

際字仲午江甯人仲午與王鍾淑書凡百可忍惟閒難耐索居顧影蹙蹙寡懽安得立千尺峯頭右當廣莫之風左攬滄溟之日呼吸而通帝座披髮而下大荒一吐胸中幽憤否則二三知己聚顏一室酒酣耳熱博得一場嬉笑怒罵愁消寂破猶勝一室咄咄書空也

登雨花臺

登臨無奈又斜陽舉目山河易斷腸孤塚寒烟悲正學斷碑荒草泣忠襄江流不盡當年恨酒熟難禁此日狂欲向征鴻問消息半空零亂不成行

胡正言

正言字曰從上元人官中書舍人有千文六書統要十竹齋此君軒集曰從少從李如眞學精篆籀晚授經自給有九十授經圖戴本孝題日傳家在春秋籌壽國藴忠孝竹素金石文頡籀探壼奧東齊李縉云又刻篆法偏旁正譌歌子其毅

山居

溪雲如有意，依我舊柴門。流水不解事，潺湲過別村。攤書時自得，隱几更何言。新釀誰同酌，青山立短垣。

鞠士龍

士龍字我猶，上元庠生。北山詩話：鞠我猶篤實，口無戲言。長橋舊院游女如雲，鞠未嘗一盼。居家雖子弟不見慢色，衣冠肅如也。沒後四十餘年，鄉里稱篤實之士必曰鞠先生。劉覺岸嚴事之。

黃海鶴招集千頃堂

典型鄉國重，龍馬見精神。勤學知難老，藏書不覺貧。烟霞資逸氣，山水寄閒身。幸遂摳衣願，風光入座春。

徐沛

沛字時若，上元庠生。北山詩話：徐時若謙謹和易，友朋酬酢，縱飲不及醉，稱爲溫克。

同邑范植字立斯吳旦華字鄉文均有黃海鶴招集千頃堂詩北山詩話云立斯嗜學不倦聞人有奇書必借讀手抄鄉文聰穎過人目下十行

黃海鶴招集千頃堂

風流推老輩其富在多文古色蟠彝鼎清香襲典墳鉢催詩立就籌勸酒微醺欲挹汪洋度高談快所聞

王亦臨

亦臨字穆如上元人崇禎己卯舉人爲人蕭疏淡遠嘗結尋秋社於予山閣拈題立成有虎鼠庵稿牛闌集

梅花塢

看花如得夢獨語上寒山深巷野雲滿西鄰濁酒閒春風尋草笛鶴影閉谿關各有平生在來窺水石閒

黃艮

艮字圯孺上元人崇禎己卯舉人北山詩話黃圯孺慷慨有大志嘗以策見閣臣姜公曰廣高公宏圖未幾姜高罷去阮大鋮就見之與論不合遂隱居東流不出施化遠字元引江甯人容城知縣疏朗善談論與上元謝願小廷相之沖謹周仍叔景濂之典雅俱爲名流所重元引與謝周皆崇禎己卯舉人

贈顧與治

酒隱堂中訪故人爲言寂寞剩貧身王侯多少隨塵盡尚有村醪未是貧

孫石

石字介臣江甯人崇禎己卯貢生宿學有盛名砥礪廉隅言笑不苟時人謂之百尺孤松工醫石同邑同歲生范士雲字光承有遊牛首詩

落落往來無長物勞勞滄海有行縢蕭條瓶鉢閒抛盡大地山河一野僧

答唐時之

羅策

策字元升上元人崇禎己卯舉人元升爲淵泉之後家貧力學嘗和王元倬詩有牛衣點點淚痕斑之句

獻花巖

古寺依林麓穹雲石徑斜高僧今不見山鳥自銜花

張正綱

正綱字愔五溧水人居上元崇禎己卯貢崇祀鄉賢先世職千戶父大來窮經力學愔五力破利關嘗曰孔辨君子小人孟辨舜跖之徒欲以聖賢爲歸其要自不近利始所注周禮離騷春秋多前人所未發卒無嗣書皆失傳

蕭尺木離騷圖歌

蕭君文苑精繪事舐筆和墨前人俱高冠長劒若親睹青雲白霓光有無九州之中四海外瑰異纍纍纍摹毫銖是日友人同展視喧豗雷雨忽而至愾然如聞太息聲蒼茫莫辨神靈意自是君懷蘊藉深豈與鉛華鬬工緻畫圖有數思無窮相對短檠忘夢寐

賦得停琴佇涼月

落葉萬木靜四山響寒音天高肅秋宇夜久空人心彈指忽休歇希聲猶浮沈衣裾自閒寂草莽何荒深涼氣靜如洗流光逼相侵纔移巖石畔漸上松風陰延佇偶停立淡然明素襟無絃追正始曲盡天下琴

胥宇

宇六合人崇禎己卯恩貢宇父自勉字成甫監生攜家渡江宅杭鍾阜襟後湖樹其園曰五柳居顏其樓曰四照閣與諸名流締詩畫之社後官宕渠幕府地產奇花稱爲吏隱卒葬于白門之三山米萬鍾爲之墓誌有四照閣詩子天植

除夕張老灘探梅

市喧當此夕春氣傍郊迎隔水探梅處誰家爆竹聲雪疑千樹散雲暗數花明歸騎枝休折瑤華滿路生

徐有聲

有聲字聞復上元人崇禎己卯貢辛巳廷試授戶部貴州司主事死闖難謚　崇祀忠義祠聞復多才反裘負薪之歎大司農以新舊餉數問策聞復出袖中掌記曰安有取民至此極而能立國者乎語未畢泣下

雞籠山尋菊

野圃多芳菊閒尋趣自知寒香不媚俗秀色最堪思夕照東西嶺秋風左右籬悠然得佳侶相對愜襟期

李昌裘

昌裘字治公高淯人崇禎己卯歲貢崇明訓導武緣知縣解組歸有遠庵草性悅篇同邑魏熊字子飛崇禎己卯武舉人有石臼湖軍山詩

花溪夏日

綠樹陰深水滿陂暮蟬吟在最高枝此中大有蓴羹味莫待秋風始動思

顧夢宸

夢宸字與極崇禎己卯貢尚書璘之曾孫上元人與極父徵祥字孝數號賓湖以國子生授北京副兵馬使歷莆田主簿左遷袁州府檢校致仕歸林夫婦年皆

八十顧文莊有壽詩夢宸其長子也與弟夢章夢齊以才名著

醉題

秦箏趙瑟段琵琶歌舞樓臺第幾家脫卻鷫鸘沽美酒醉扶紅袖看梅花

顧夢齊

夢齊字與田上元人夢宸之弟

風雨述懷

杪秋猶客邸風雨喚愁生濃靄遙岑罩怒濤深樹鳴青蚨堪市酒白屋自埋名千載桓廷尉淒涼只此城

顧吉士

吉士原名夢遠字與復京庠生與復祖嵩父雲祥兄夢昭字與鼓夢禧改名昌士字與錫俱列京庠與復偉容觀才名籍甚伯父穀祥子夢相字與輔夢台字與星皆有文名崇禎

中顧旟列庠者三十餘人

送張先生往姑蘇

匹馬纔驅宛扁舟又入吳車隨張翰酒舫列米顛圖得句經峩嶺探奇泛石湖因思舊游地樽酒許攜無

葛奇祚

奇祚字子長一字正生高淳人崇禎己卯順天舉人庚辰進士授武選司主事歷員外郎陞四川兵備道破斬流寇羅坤以勞疾卒於官臨歿書守禦數事上藩邸重慶紳士具請祀名宦祠秀水朱彝尊日下舊聞云奇祚邑人以其與御史徐一范疏請改折虛糧建有坊

蜀中言志

石棧天梯險據鞍丸泥敢恃一方安戈矛隊裏詩魂健鼓角

聲中老淚乾力戰莫言殲賊易心勞倍覺撫民難中宵幾度
披衣起仰視光搖北斗寒

金陵詩徵卷二十九終　上元劉文煜校字

金陵詩徵卷三十

上元朱緒曾編

明二十

紀青

青字竺遠晚號竹翁上元庠生明亡逃禪有樺冠集無縫庵詩存鐵船草竹翁博洽羣書流覽千古同時馮子闇風内兄弟也並以才名高睨當世翁家貧氣俠徧遊名山詩酒伸以氣節說劒濟以談禪莫不曠懷于人故人亦莫不曠懷于翁者子映鍾字伯紫藻思績溢晚年居家父子賡吟爲樂

題松風閣

幽棲寺裏松風閣明月懷人照古苔記得當年深夜話雨聲欲盡雁聲來

擬陶淵明

五月筍新籜修篁拂雲起愛此樓上居林禽亦吾喜楊家果初熟餘香浸流滓風流常自況古人誰得似徘徊半晌餘傾壺嚼蓮蕊夷田頗不遥鸞溪一灣水赤松亦可招茹芝拉黄綺鵲尾有岕茶牛角無漢史攀躋透迤谷驚起山梁雉時哉眞命我兢兢在吾子

物外有高侶結廬在深翠我來經四載頗與巖壑媚道書積滿龕經史幾盈櫃長日肆披參不知身已棄香厨既易飯濁醪還可醉疑義忽自析精微亦時寄樂山及樂水勿謂仁且智隱居以求之粗了士何事非特希古人似兹始快意一峰與一卷終日成兀對

陳涉江掩齒和陽作詩贈之

神武起滁和湯沐峻三輔楚豫賊平流蜩蟬兼沸釜桑麻十

萬家絃歌數千戶百年勤長養一旦羅砧斧綺羅化積血黃金變焦土城破官長盡白晝陰霾伫青山無哭聲蒼昊豈能語枌榆名給諫時寓新林浦發願起遊魂踽踽來爲主畚插如雲與骨嵛復相聚摩訶般若中加被眞慈父歷陽非一區干戈非一處盜賊日縱横王師日媚嫵流者已脱鱗土者已負虎念昔歌利王軀截不知數四相了然空爲伊再拈舉漠漠騰青燐西生密牟雨

登覆舟山

鷄籠岡頭落照時短裘高帽山風欺松聲掠鬢不知冷石蘚上衣忘坐遲幔披紫氣衝木末落星水入平湖活漁子兩聲款乃歌岸上幾峰青霧闊熙甯事業等小兒定林庵內留殘碑興衰落莫不復問六朝烟火空離離九節杖回開野雲歸

人去雁天紛紛阮雷蹤跡隔咫尺及今不去羞移文

送止生京口造船

海上將軍意氣新河梁尊酒及芳辰且憐日月爲兵氣莫羨巢由屬外臣傳說作舟原我輩祖生擊楫問何人穩知衣白酬初志不負苕溪舊釣綸

邊軍謠

邊軍苦邊軍苦自恨生身向行伍月支幾斗倉底粟一半泥沙不堪煮聊將斛賣辦科差顆粒何曾入空釜官逋私債還未足又見散銀來糴穀揭瓦償今年瓦盡兼拆屋官司積穀爲備荒豈知剜肉先成瘡近聞防守婺州賊遍遣丁年行運糧老弱伶仃已不保何況對面拖刀鎗婉婉嬌兒未離毋街頭抱鬻供軍裝閭閻哭聲日震地天遠無路聞君王君不見

京師養兵三十萬有手何曾捻弓箭太倉有米百不愁飽飯且趁勾欄遊

擔夫謠

擔夫來擔夫來爾何爲者軍當差朝廷養軍爲殺賊遣作擔夫誰愛惜自從少小被編差垂老奔忙何暫息祗今丁壯逃亡盡數十殘兵渾瘠羸可憐風雨雪霜天凍餒龍鍾强鞭迫手摶麥屑淘水餐頭面垢膩懸蟣蝨高山大嶺坡百盤衣被肩穿足無力三步回頭五步愁峹箐深林驚虎蹟歸來洗足未下坡郵馬又報官員過朝亦官員過暮亦官員過貴州輿圖手掌大安用官員如許多太平不肯惜戰士一旦緩急將奈何噫嘻一旦緩急將奈何

陪括蒼太史謁長陵余山客冠門者呵止之頂老卒范

陽氈笠入拜自嘲一絕

竹皮紗幅老人頭高士從來傲冕旒曾見院師畫姚老一瓢如葉倚黃樓

山中冬日偶題

鎮日無人閉竹扉階前寒翠上人衣開門修竹青如束黃葉風前呌子規

方　文

文字爾止一名一耒字明農晚字嵞山上元人桐城籍庠生有嵞山集　嵞山祖父學漸講學稱明善先生父大鉉以進士官戶部主事父卒方七歲母王氏苦節撫成之及長有才名妻死娶故殉難汪文毅公偉女爲繼室遂居金陵時陳名夏以假歸乞嵞山定其詩執禮甚恭嵞山反復讀之曰甚善但須改三字卽必傳無疑耳陳以爲隱也曰豈止是顧三字者何也嵞山厲聲曰但須改陳名夏三字時坐客滿舉錯愕不能出聲陳亦厲聲曰爾謂我不

能殺爾耶適代巡來謁陳拂衣去客咸咎鑫山鑫山笑曰吾自辦頭來耳公等何憂後卒無子其婿安節王槩爲刻鑫山集若干卷鑫山者在懷遠縣城外以自號不忘濠也宿松朱書爲作傳鑫山居金陵瓦官寺側本宋氏鷗天館有移居宋家園詩其略云宋公吾父執闢館號鷗天善價歸余手幽栖絕世緣鐘聲殷古寺草色媚晴川便入金陵籍常耕建業田春波桃葉渡秋浦藕花船敢望宋公子鳴珂侍講筵詩凡三十韻注云宋公如圃先生也與先司農癸卯同門公子其武方爲經筵學士後八年鑫山復移居近西安門詩中云青溪桃葉渡新買一精廬又云我家正與東園鄰是也鑫山曾繪淵明少陵樂天及已像爲四壬子圖

秋夜飲顧與治齋中

英英天上雲皎皎雲間月清輝在山川流光及城闕南泉有芳徑秋蘭應未歇各攜一尊酒相與坐林樾主賢賓亦嘉高言隨風發白露變爲霜夜久瀑布濺不惜霜露冷所患缾罍竭哀鴻從東來神思共飛越嗟予懷昔遊逸氣淩溟渤歲月

曾幾何劉蘇已奄忽（劉同人蘇武子）俶儻保遺篇荒邱掩枯骨感此淚霑臆憂來不能抑朝爲美少年暮已垂白髮懽樂須及時沽酒市肴核仰視明河低恒星曙將没織女不成章牽牛不服軛萬象均虛名何爲自僶俛願與同心人西山采薇蕨

送萬茂先應徵北上

之子遊白門僦居近長干卧病罕酬酢戶外秋陰寒我來自吳會芳草露已漙一揖未及終沃若平生懽同心指松栢高言洽芳蘭惠我瑤華篇佐以青琅玕感茲意纏綿盛之雙玉盤所恨舊京廣僦廬徧長安（予居西安門）道里何阻修來往徒步難揚鞭日一過話言傾肺肝薄暮催歸去中宵起浩歎鷄籠山崪嵂秦淮水瀰漫商飈降園囿柔條坐摧殘燕鴻相背飛各自振羽翰我行歸故鄉扁舟發江湍君行應明詔驅車渡

桑乾執手莫能別含情多悲酸仰視天宇空客星光桓桓聖人勞寤寐張羅五雲端莘野釋耕耒磻谿擲釣竿之子起南州善類鮮不歡陳君旣叱馭時士業已授晉州劉子已彈冠柏宗亦將戒途沈生三上書至言道不刊執政雖未收高風激頹瀾眉生三疏劾時相忌者不令封入我觀今日勢危殆如累丸寇盜盈中州戎馬驕三韓旱潦復頻仍民力業已殫子成萬言策炯炯一心丹須臾奏承明崇班入鵷鸞罩罩歌嘉魚坎坎吟伐檀錫爾一命榮愼勿卑小官丈夫志功名尺寸已可觀何爲守章句盛年棲考槃行矣促蒲輪前途願加餐

石臼湖訪邢孟貞

鼎湖雷電合龍馭奄上賓率土皆怨痛況乃忠孝臣之子秉至性聞變號蒼旻何天降百殃覆用亡其親君親理則一孺

慕尤眞情我來唁君喪直至湖水濱生芻聊以薦薤露不敢陳上壽逾七十有子賢且仁牖下獲考終曷爲苦悲辛大孝不毁性所願珍爾身

白下移居

城南有荒寺云是古瓦官傑閣雖淩夷香林未凋殘我性本孤癖憩此中心歡山僧敬愛客假寓良非難一室容偃仰三時恣盤桓讀書有眞樂不畏飢與寒鄰人售餘屋移家此偷安風雲苟未會且作龍蛇蟠

鄰園有嘉樹密葉何青青厥名女貞實移植吾中庭春夏既滋茂秋冬亦不零結實貫冰霜纍纍若繁星采之醞清酒可以延頹齡

白門買宅梅惠連書來卻寄

小卜西安門外居澗雲溪水薄吾廬秋前雨過宜栽竹月下潮生好捕魚招隱每尋高士傳離羣不斷故人書遥知蘭澤多芳草爲寄留彝與揭車

白門三子行

昔余授易冶山園一時英俊從者繁其中五子最傑出臭味相洽無閒言忽逢世變各紛散重來白下傷余魂蔡盛遠焉化朝露惟陳張鄭三子存三子匪獨擅文苑更能猛力窮詞源才名藉藉震京邑皆云出此淮西門老我因之增氣色緘口不言道已尊試問別來何所得爭出其製相討論或如蘭苕翡翠立或如碧海鯨魚翻風塵豈合淹此物眼見六翮當高騫陳生更念客衣冷脫裘贈我霜天溫今人君父誼且溥誰能不忘師友恩感慼此長吁飲一斗懷抱淒絕吟聲吞酒闌

歌罷出門去悄悄月明秋樹根

送金天樞侍御還朝

薊門春盡客初還羣盜縱横江漢閒一自錦貂紛出塞幾行驄馬半投山更從雲雨翔天路會有風雷格聖顔袞職近來無闕補趨朝封事未應閒

送蔣道吉歸涇

鷄鳴山下路日日爲君過澗戸生秋草絺衣挂女蘿憂時心共苦失職恨偏多反覆天人策其如枘鑿何道吉廷試策直言時事執政擯之

除夕歎

去年除夕歸自北行李到門天已黑今年除夕客南方江路逢兵歸不得山妻凝望眼將穿只道今年似去年高樹夕陽

鴉影亂尙同小女立門前

內人初度

靑溪桃葉渡新買一精廬合與汝偕隱雅堪吾著書池塘收衆水園圃植嘉蔬便作於陵子長貧亦晏如

宿句容

茅店將歸客思鄉夢不成候雞窺樹色飼馬辨人聲微雨路邊滑殘星天外明江城嚴啟閉況復未休兵

吳日生見訪瓦官

冠蓋京華滿何人問薜蘿交游半雲雨文字總風波閉戶知音少哀時隕涕多客居如寂寞十日九相過

偕吳次尾陳定生梅朗三泛舟秦淮因過侯朝宗

莫愁湖上蔣山靑向夕移舟傍葦汀水閣名花香暗度倡樓

豪客酒初醒海天未捲嵐尤霧耆舊爭歸貫索星此際賈生惟痛哭不堪紅袖倚新亭

從子子唯園中作

文園西儆鳳臺隅夏木陰森幾百株勿使衡門延俗客每將疑義問濳夫雨中蓮葉魚相戲月下槐陰鶴自呼不有玉家痴叔在何人來衍伏羲圖

寄懷余澹心

西華橋畔昔爲鄰一日花間醉幾巡別去鳳臺三歲客忘歸蝦菜五湖人蘭芳過雨誰同臭竹箭經霜始見筠回首蔣山雲物變青袍無數淚痕新

過吳氏舊園

公子西園昔所誇秋風今已屬誰家六朝松石無人問落盡

池塘白藕花

有客畫報恩寺塔者索予題之

白下城南路屈盤浮屠高出五雲端河山非復當時舊烟樹愁從畫裏看

吉兆來

兆來字蓬生上元人工瘍醫父秋宇以詩名陳繼儒序而行之蓬生詩有父風尤善鍼灸居東園

同邑謝璣字在之應天庠生有問詩稿大京兆張公璋重其才詢以災政守禦甚得其助後隱去甯陽龍都間幅巾竹杖不入城市無子以兄瑜子愫爲嗣其先世祐洪武中以功封辛公祐子貴建文初齊泰薦爲北平指揮使俾覘燕爲燕王所害貴子亨貶百戶守孝陵傳俊隆經恩璋凡八世而替隆之子紋長孫敏生瑜字海帆應天府庠生有文名次孫蓀生璣嘗讀書靈谷寺山中十五年不踰閾友人鄒滿字典畫閉關圖以遺之子愫字素生應天庠生子樹字柏子孫天祐字尚予皆有文名

東園

一畝青溪築開門恰柳陰長橋通寺遠曲岸入花深風醉非關酒泉鳴不借琴謝他車馬到望岫息塵心

王　馮

馮字杲青上元人父芝瑞字鍾淑崇禎辛未進士授行人由禮部主事陞四川提學郡簿有當降援將軍請襲王封以三千金爲壽拒而駁之張眞人求雪無驗欲居策勳府公曰彼何勳哉不與荆溪再相欲以補銓部力辭之知荆溪必敗也乃以四川提學行未幾國變走交趾復至粵西之端州以卒梅庵僧雪憨槖葬庵側杲青自金陵肩囊走荆楚閩蜀尋父不獲躪躃萬里迹至端州扶櫬以歸并載六合潘澹予士奇之柩并歸方起櫬時有兩棺暴露墻隅僧曰此故廣東直指顧公之後及其父之棺也顧公與王公患難交王公歿時顧公爲經紀其喪子馮嘗從旅壁讀顧公之文心儀之至是悲感不勝乃葬顧公父於已父壙葬顧公於潘公壙壙各碣其墓而表以誌之

贈友

空山高臥穩流水抱孤村古道投交重閒居閉戶尊寒花低
屋角明月淺籬根莫歎相如壁遺書萬卷存

方時俊

時俊字求仲上元庠生有五噫草

與朱雲子沈眉生歸元恭共話

客鬢風霜改雄心天地秋賃舂來廡下磨鏡訪南州兵氣長
虹亘商歌太白浮新亭山色好登覽莫言愁

劉象先

象先字今度上元人崇禎庚辰貢生

題高座寺

老去情懷百不能禪門止水對心澄從來懶聽天花法且作
山中掃地僧

趙彞

彞字孟敦高淳人崇禎庚辰武進士明亡隱居不仕

題畫

剩有青山入畫圖西風殘照白門烏分明一幅江南恨爲問蘭成賦也無

張可聞

可聞字毓華江浦人崇禎庚辰副貢江浦志云辛酉丁丑兩中副車雅志泉壑行有古風子逵呂府志庚辰貢生

自題竹隱

結得江干屋琅玕萬个披風來青滿座雨過翠盈帷釀酒呼隣叟臨書伴小池幽懷誰與共分付此君知

朱尚雲

倘雲字槐里一字遒翁上元人崇禎庚辰貢以隱終杜于皇撰墓誌遒翁同歲生談王道字對揚六合人新鄭教諭辛巳流賊破城與子死之祀忠義祠有丁丑寇變六合葉氏誓夫挈子投井詩

秋雨遣懷

秋風揭我數重茅枕藉縱橫睫未交生理惟愁禾耳亂墨莊一任筆頭膠早師鶯子精持偈老恥楊雄著解嘲環堵漏穿晴自可軟沙已辨踏青郊

王萬禩

萬禩字日華一字負甫上元人太守可大曾孫崇禎庚辰貢生崇祀孝悌祠有金陵名勝錄名山雜記河海錄奕杯閒詠香醉山房存稿詞稿日華性至孝母武孺人疾危默禱求代封股以進奉養不仕李如眞顧鄰初朱元价皆贈以詩暮年足疾終日臨池手不釋卷年逾八十

弟萬齡字月華應天庠生風雅並重一時又王萬壑字壽父有詠物詩

新亭

話到新亭不忍登六朝殘夢剩孤僧永嘉人物知餘幾依舊江光一片澄

李長科

長科字筱有應天人崇禎辛巳貢生懷集知縣

和惲道生見寄詩

燭蕊澹孤影元冬深素秋感時千念集忽忽如有求舉頭望烽燧京野殊昔遊虞卿曠世才著書終窮愁惠我以音旨詠若清泉流高人混儔伍俛仰爲身謀顧我心惓惓遇物滋離憂世趨如鳥道相期擬足投前路豈不險君懷廣且修安得解凡纓超然從道猷

申太僕殉節詩公諱佳允北直永年人燕京陷公赴井死

銀黃金紫如行鑾翰墨千春書正氣中懷報主與人殊存不苟圖危不避長戈勁弩填西北蟻附神京咸失色庸鄙咨嗟未早歸申公自外來君側斂容拄笏籌時艱淵底樞光不可還諸臣一語心無二獨念高堂涕淚瀾須臾宮闕沉龍御捐軀長赴幽泉路井華百世受芳名寒濤半夜生悲怒憶昔防邊廣武城曾攜楯草伴鈴經江干回首無燕趙想見忠魂泣月明節著朝廷申太僕典備哀榮宜表俗故鄉何忍視陸沉願騎箕尾圖恢復

閱唐史有感

唐皇飛翠輦諸道赴京都靈武乾坤正汾陽壁壘殊降旗空有將誤國總因儒滿目江山恨臺城啼夜烏

秋日訪梁公狄兄弟

湖海悠悠弟與兄閒雲睡破且披荆疎荷遠水供新句離黍斜陽黯舊京但使心灰甘學佛縱令舌在敢談兵西風莫醒楓林醉留得秋容照眼明

讀罷陰符劍氣横涼飈入座暗魂驚眼前老我無生計夢裡逢人盡哭聲東海有波難坐釣南陽何地可同耕只今清話摇燈蕊一夜旋添白髮明

輓鄭天玉侍御

先代忠貞世所欽肯將臣節漫浮沉烏臺一夜鵑魂瘦荔浦千秋鶴夢深衣帶自能光舊史風烟何處痛遺琴鵜鴂回首添惆悵同爾西風淚滿襟

李長敷

長敷字維凝句容人寄籍興化舉人又李長順字天助長敷兄弟輩

鶴林寺有云草深劉寄井竹密杜鵑樓

夜登雨花臺

經行出蕭寺高陟俯宮甍烟靄浮千井鐘聲散六朝山低初上月城壓暮來潮說法僧何在空花落未消

慰岳翁中甫于公罷官

一官淪落未云孤博得新銜長五湖世路于今多枳棘斯人只合在菰蘆漢家自失于廷尉楚澤誰憐屈大夫深愧相過成浪約剡溪星棹幾停呼

王士宏

士宏字任甫句容人同邑楊得春字守泉性孝好施多陰德子瓊芳字蕊仙原名宏道一字斗山天啟辛酉舉人崇禎庚辰會元中書舍人性篤厚人稱楊夫子使冊立江藩辭厚餽未及復

命卒於家孫元勳順治己丑進士醴陵知縣均工詩

涉江泊浦口城

黄茅渡頭風正急招招舟子唤行客危帆柱天高拍雲奔浪戔戔雪花白江豚逆風口如血暫得船梢萬鈞力山若飛來舟卻奔獨倚孤帆飽江色我來横渡截江津山堞雲浮一帶青瞥見孤城造天半浪低浪起向江岸丹樓天矯淩空翼隱隱浮圖如卓筆可能邀取二孫來畫水畫風還畫噎誰家烟雨臨江住若箇漁舟泊江渚伏龍山頭石如鋸卻買長鍬跨山去

伍　蘧

蘧字從文江甯人居安福

清涼懷古

山寺臨江坐數移六朝風景繫人思傷心愁聽鄰家笛況是寒燈暮雨時

李　盤

盤字小有一字根大句容人同邑朱景成字一眞自號四平居士不求聞達教子孫以耕讀飲酒微醺輒歌詠自娛徜徉四平山以老有四平山偶吟又馮鶴鹿精風鑑亦能詩

賦得四鎭富精鋭泰州鄧漢儀曰四鎭詩關係一代掌故是小有集中不易之作

四鎭富精鋭虓虎皆王師苦甘分運饋貴賤出恩私投石娛高帳橫吹坐大旗雄邊稱子弟盜賊敢橫馳

四鎭富精鋭從容出每遲殺馬爲生日量珠進侍姬東南魚稻好西北鼓笳悲往事何堪問鞭箠妄語兒

四鎭富精鋭行邊是此時全騎汧隴馬半結并幽兒娘子投壺笑將軍射獸嬉黃金臺色冷尙勒漢唐碑

汪　觀

觀字瞻侯上元人文毅公偉之子崇禎壬午舉人

隨牛

隨牛過前村村邊多古木牛行我亦行牛宿我亦宿卽呼我爲牛我應恐不速不願文繡衣但願隴上逐甯戚亦癡人叩角歌何欲掩耳勿我污避入愚公谷

陳彝序

彝序字伯倫江甯人崇禎壬午舉人豐縣教諭北山詩話伯倫明季不出隱居教授魏柏鄉裔介重其品錄其詩於溯洄集

新秋病起靜攝城南小庵

負苓人去月初高放鶴人歸雪滿舠劍向匣中鳴午夜客於醉後讀離騷梭聲靜擲誰家雨笛韻空流小閣濤莫向窮途

論去住十年心事怨征袍

毛玉潔

玉潔六合人崇禎壬午貢生廣信通判從大學士黄道周殉節　國朝賜謚烈愍公性至孝侍父疾割股療之後從黄石齋講學深入閩與黄公敗績于婺源俱被執與同門賴雍蔡紹謹趙士超械至金陵黄公殉節于大中橋四人皆死之呂府志作至潔

絶命詞

上天蒼蒼兮氣運難知吾師不負君兮吾不負師

朱睿熉

睿熉字四臣應天人齊藩裔崇禎壬午副榜廣信司

李

登攝山最高峰

萬松深處最高峰曉日春光綠正濃疎磬石巖僧飯後怒泉雲竇鳥聲中夢回不解身爲客情淡方知世盡空歷落千林迷屐齒何人重躡赤霞蹤

朱睿𤏲

睿𤏲字渤海齊藩裔工詩畫法倪雲林

盧龍晚眺

獅嶺眞奇絶長天望不窮野風吹水白山月出林紅世界蒼茫外吾生感慨中簑衣和鷺宿醉飽羨漁翁

朱睿晵

睿晵一名翰之應天人齊藩裔晚逃禪自稱七處和尚七處工畫格墨之外别有生趣蒼古之外寓以妍秀晚削髮構數椽南郭外蕭然瓢笠不輕爲人落筆人稱之曰七師子知鄭

題仙鶴觀

鹿帔山人種玉芽鶴身童子養丹砂戲鞭龍腹千峰雨飛控鸞腰萬丈霞世味漸疎如落葉功名一笑是堂花英雄總愛神仙好不信英雄肯棄家

朱睿燧

睿燧字洽庵齊藩裔温厚爾雅無雜好惟據案讀書非客至不止讀倦命酒或游山水多交縉紳無所干求構草堂於石頭之陽曰招隱從衞淇水焦漪園遊後築棲賢庵居僧樂愚逃禪以終

有感

行行春盡徧蘼蕪惆悵齊梁舊日都一自鉛華銷歇後淡烟疎雨莫愁湖

朱謀晉

謀晉字庚侯更字公退甯獻王七世孫由南昌遷金陵以隱終有羔雁淹留蕪城巾車諸集

金陵雜詠

石作城垣江作池三分霸業遠開基金陵自王東南氣赤壁中焚百萬師乍見張昭稱賀表終聞孫皓樹降旗山川寂寞英雄死有客悲歌弔黍離

中原雲擾咽悲笳江左偷安水一涯白板君王居社稷烏衣子弟擅豪華銅駝已卧千年棘梁燕應歸百姓家獨有華林舊宮殿夕陽春草尚鳴蛙

古寺門當雉堞橫老僧猶指舊臺城寒雲夜傍繚垣宿野草春從輦路生往事尚留殘碣字流年虛送暮鐘聲可憐張緒

當年柳萬縷烟姿畫不成

南國金湯據石頭千年人說帝王州驚聞戰士屯朱雀枉殺將軍怨白鳩風煖香車盈廣陌月明絃管在高樓猶心一派秦淮水處處垂楊似莫愁

端木汝洋

汝洋字崑北一字大瀛溧水人當塗籍崇禎間歲貢宿州訓導

謝公池

百尺扳厓險籃輿小徑偏鶯花籠曉霧絲柳織寒烟疊石巖爲屋耕雲嶺作田不須遊五岳此地足逃禪

端木揆

揆溧水人

蛾眉亭

孤亭危絶處吹萬盡秋聲遠水呑殘照幽厓臥老鱗人如天上坐舟在畫中行慨想靑蓮去年年空月明

房宏中

宏中字子潤一字徆眉上元人崇禎丁丑賦詩六章棄妻子去後有淸涼寺僧於匡山見之云將往羅浮

峨眉 同邑文士英字及先年八十二能詩工書善畫鐫刻圖章喜談往事好與道人方士講長生之術張白雲以文及先王元倬胡卿星爲三老友周櫟園亦爲之傳

題石

長嘯碧山去春歸人不歸偶尋流水遠又逐白雲飛布衲身如故金陵事已非倦來欹石臥無語對斜暉

徐　瑛

瑛字常修上元人明末官總兵同邑金呂字伊仲一字綸叟明亡不仕同楊廷俊字顯之周掌文字澤宮郭延庚字培元俱以隱終廷俊子士元呂子逢年庠生

偶成

車馬輪蹄已白頭風波世事老何求春光三月烟花滿爭向前村賣酒樓

金汝礪

汝礪字次彭江浦人六合志亦有金汝礪字研甫嘉靖中監生

雪霽文漪樓曉起賦事

雪光晴到枕曉起獨憑樓對客容梅臥窺窗賴竹留茶甘昨中酒衣重夜添裘極目寒江外爭飛不下鷗

張璡

璡字世庸句容庠生北山詩話張世庸隱居授徒矩矱可法能詩作字觀察楊鶴臺

閔泉陳竹居皆欽其品望世稱南嵎先生

遊玉晨觀

雷平山北地長春展上公曾此練眞始悟茅君猶近代仙人傳自古高辛

翁之裔

之裔江浦人同時馬遴如王宇皆六合人吳光登韓晟韓位甫均有遊珠泉詩又笪之玠句容人有登茅峰詩楊康任有中秋步月詩

天門

夕照留峰頂捫蘿策短藤玉懸雙壁直練繞一江橫坐對深秋月翻疑不夜城凭高一回首東望不勝情

黃周星

周星字九烟上元人少育於湘潭周氏名星崇禎乙

亥舉人壬午進士除戶部主事疏請復姓晚變名曰黄人字略似又曰圓庵曰汰沃主人曰笑蒼道人年七十自沈於水有夏爲堂芻狗齋集明詩綜云九烟晚居湖州布衣素冠寒暑不易人有一言不合輒嫚罵嘗賦詩醉題六七齋壁曰高山流水詩千軸明月清風酒一船借問阿誰堪作伴美人才子與神仙年七十忽感愴於懷仰天歎曰而今不可以死乎自撰墓誌作解脱吟十二章與妻孥訣取酒縱飲盡一斗大醉自沈於水時五月五日也子楙字禹弓

次韻萬年兄

英雄失意歎離居閒殺皐夔且讀書雙匣蛟龍經戰後一編蝌蚪是焚餘寄愁天上閶難叩作苦田間圃自鉏莫怪風雲多慘澹星文夜夜照蒿蘆

天台

勝跡天台路移情入窅冥亂泉秋後寺絶壁古時亭槲葉岸

多溼蓮花峰更青白雲吾語汝且向石梁停

秋日與杜子過高座寺登雨花臺

被髮何時下大荒河山舉目共淒涼客來古寺談秋雨天為幽人駐夕陽去國屈原終悻直無家李白只佯狂百年多少憑高淚每到西風灑幾行

題嘉禾壁 時吳梅村於嘉禾集同輩登樓吟詠

十郡名賢秪自知眼前若箇是男兒燕山難返龍髯日鴛水爭傳牛耳時滴盡冬青猶有淚題殘凝碧更無詩長陵此日惟淒奠願借閧堂酒一巵

答周子

避地常浮宅偷生且授經家中徒壁立江上或峰青薇蕨何辭餓糟醨豈願醒窮愁眞我輩相見賀飄零

江館歲暮雜詩

十笏維摩室三家學究村不斬樊雉樂但覺井蛙尊弟子名空寄先生道自存笑他汾水畔將相出何門

鬱鬱誰能遣冥冥自可飛蟄龍原不死野鶴竟何依抱膝春風老埋頭夜雪飢儘教萊婦笑還似著麻衣

親朋皆薄祿奴僕盡無官命爲文章賤途因節義窮青氈仍舊物皁帽豈高風盛德慚君實逢人喚相公

歲月泥犂底生涯羅刹中無人堪說鬼有事只書空拍岸驚濤白開門返照紅怪來茅屋破日日嚥西風

四海家何在三冬又厤殘龍蛇隨我困鴻雁向人寒澤畔徒清醒河千豈素餐雖云薑桂辣終帶甕虀酸

同人偶集綠野園分韻

十載春風誤馬蹄旗亭此日手重攜繁華滿眼才人老貧賤傷心壯士低繞席綠雲羞鳳吹隔江紅雨想鶯啼溝頭蹀躞如尋夢可是烟花舊竹西

觀淩歊臺故址

霸業文名總寂寥夕陽荒草弔淩歊若教頑石能言語便與從頭話六朝

旅居無聊

寥落茅庵一石牀最憐作客在他鄉半窗松竹風蕭瑟十日江城雨渺茫海內知交誰繾綣天涯蹤跡自昂藏多情惟有空庭月不靳清光對我觴

初入山自咎

奔走風塵瞰利名祇今面目自相親昔年巖壑成寥落近日

琴書付杳冥洞口老猿窺客傲林間翥鶴避人深自知久負山靈約流水桃花亦笑人

楚州酒人歌

酒人酒人爾從何處來我欲與爾一飲三百杯寰區斗大不堪容我兩人醉直須上叩閶闔尋蓬萊我思酒人昔在青天上氣吐長虹光萬丈手援北斗覲天漿天厨絡繹供奇釀兩輪化作琥珀光白榆歷歷皆杯盎吸盡銀河烏鵲愁黃姑渴死哀濤秋酒人咄咄渾無賴乘風且訪崑崙邱綠娥深坐槐眉下萬樹桃花服尊斝穆滿高歌劉徹吟一見酒人皆大嗄雙成長跪進三觥大嚼絳雪吞元霜桃花如雨八駿呌春風浩浩心飛揚瑤池雖樂崦嵫促阿母綺窗不堪宿願假青鳥探瀛洲列眞酣飲多如簇天下無不讀書之神仙亦無讀書

不飲酒之神仙神仙酒人化爲一相逢一笑皆陶然陶然此醉堪千古平原河朔安足數瑤羞瓊糜賤如虀蒼龍可鮓鱗可脯興酣瞪目叫快哉海波清淺不盈杯排雲忽復干帝座撞鐘伐鼓轟如雷金莖傾倒沆瀣竭披髮大笑還歸來是時酒人橫行四天下上天下天如龍馬百靈奔蹶海岳翻所向無不披靡者眞宰上訴天帝驚冠劍廷議集公卿今者酒人有罪罪不赦不殺不可殺之反成酒人名急救酒人令斷酒酒人惶恐頓首奏陛下臣有醉死無醒生帝顧巫陽笑扶酒人去風馳雨驟蒼黃謫置楚州城酒人墮地頹狡獪讀書學劍皆雄快白皙鬑鬑三十時戲掇靑紫如拾芥生平一飲富春渚再飲鸚鵡湖手板腰重束縛苦半醒半醉聊支吾誰知一朝乾坤忽翻覆酒人發狂大叫還痛哭胸中五嶽自峩峩

眼底九州何蹙蹙頭顱頓改甑生塵酒非酒兮人非人椎盧破瓢吾事畢那計金陵十斛春還顧此時天醉地醉人皆醉大夫獨醒空憔悴從來酒國少頑民頌德稱功等游戲不如大詔天下酒徒牛飲鼈飲兼囚飲終日酩酊淋漓嬉笑怒罵聊快意請與酒人構一淩雲爍日之高堂以堯舜爲酒帝羲農爲酒皇淳于爲酒霸仲尼爲酒王陶潛李白坐兩廡糟壇餘子蹲其旁門外醉鄉風拂拂門內酒泉流湯湯幕天席地不知黃虞與晉魏祼裎科跣日飛觴一斗五斗至百斗延年益壽樂未央請爲爾更召西施歌戚姬舞荆卿擊劍禰生撾鼓玉環飛燕觥傳籌周史秦宮奉罍甒與爾痛飲三萬六千場下視王侯將相皆糞土但願酒人一世二世傳無窮合千秋萬歲酒氏之子孫人人號爾爲酒盤古酒人聞此耳熱復

顏酡我更仰天嗚嗚感慨多卽今萬事不得意神仙富貴兩蹉跎酒人酒人當奈何噫嘻吁酒人酒人當奈何爾且楚舞吾楚歌

客中過西湖見吳巖子卞元文詩步韻

谿來絳灌本無文雙掌休誇將相紋騷壘蠶弧容我建醉鄉茅土許誰分齋前合置支離叟宅畔何妨冥漠君歷遍九州芳草綠卜居詹尹竟何云

辛苦傭書更鬻文雲雷心熱博山紋恩讐國士憑三尺長短鄰姝較一分屬箕歌殘呼朔客琵琶絃斷咽明君花前痛哭林間嘯此日吞聲不復云

荒寺愁坐同允康賦

黃金紅粉未消愁野寺相逢只敝裘舉目河山千古淚對牀

風雨兩人秋時危家破憐張儉地老天荒笑馬周赤白紅厓齊拍手誰人客帳夢封侯

有感

此身何故落瀟湘悶對長天淚幾行山水無緣供酒椀文章多病惱詩囊人情只向黄金熱世法誰容白眼狂明日扁舟吳越去從渠自作夜郎王

秋日偶登觀象臺望故宫及功臣廟一帶遺址

獨來獨往意何如羈客心孤意不孤落日河山千古在西風天地一人無英雄感慨麒麟閣神鬼睥睨燕雀湖高處不須搔首問碧翁大事豈糊塗

桐江舟中與同年孝廉

與君同舉日猶是盛明時大雅悲中晚修名歎亂離鳳麟饑

欲死猿鶴化何遲把酒商生計山樊共水湄

次韻答贈喻非指

漫說功名薄漢唐何如六月臥羲皇連牀野竹千峰翠繞屋名花萬卷香詩伯饑寒憐杜曲酒徒落魄怪高陽相逢且結隆中侶笑看他年八百桑

程上

上字雲扶初名震字乾一又名文上元人京庠生大學士國祥子有淩雲集雲扶爲程閣老之子家赤貧性至孝才藻煥發與同里陳二酉大龍陸寶周大訓齊名閣老卒震初哭泣血營葬哀毀亦歿以外甥英邁爲後順治十八年貢另一程上

適軒漫詠

陋室吾何有蕭然一味閒竹疎時見月牆破不遮山酌酒心

相語哦詩手自刪幼安牀懶下護惜蘚苔斑

笪金鏡

金鏡字長人自稱實䦨農句容人事母以孝聞工詩

賦善書以隱終

元符宮

元松周上谷黄鳥咏中阿乍失鍾山雨微疑瀨水波雲餐分

玉粒天翠溼衣羅方外吾將老翛然逸思多

湯祖武

祖武字允繩六合縣學生有吹吷閣集

暮春送小兒沐長干讀書

百里春潮共幾灣此行正及送春還重陰遍綠家家樹積雨

猶寒面面山亂劚雲根披草徑遠依木末掩松關㫰辰淸課

能無負椀茗瓶花未可删

秋日登靈巖夜宿山寺次張大育韻

出門高興發遠翠落空際振衣思千仞各負淩雲勢山靈喜我遊翼我經行細高下殊風景向背異陰霽南望爲蔣陵江山仍佳麗以我塵世憂應接轉退避願借一片石永懷十日憩朋儕無幾人緇素幸相繼婆娑杖履間言頗不盡意但覺天地寬俯仰豁幽蔽白髮曠遊難山風莫加厲禪關受月多終宵通不閉坐嘯烟雲開耳目祇空遞茗竈響松風露香沾薄袂歸以語樵青山泉許遙寄

長干賣藥行爲孫公樹賦

東風吹入長干里芳草萋萋動行李勝地由來說秣陵淪漪綠遍秦淮水君家妙技皆絶倫絲毫五色烟霞新牀頭常積

潤筆絹門外頻來買賦人時宜生計偶蕭索一壺遠市韓康藥錢送酒家依舊多市隱風流差不惡君不見賣卜君平只一廛此中避地翻陶然從今破盡逃名者何必爲漁向水邊

袁若士生日

環廬深柳日遲遲高隱城隅世未知花下數椽捫蝨處牀頭一卷聽鶯時及門問字多供酒老友登堂各賦詩借擬香山應不愧奇懷久與醉鄉宜

友人新齋落成

望衡百步有張華江左藏書第一家薜荔牆高初引蔓篔簹徑遠未遮花松風速客來聽鶴山雨邀僧早試茶落落數椽饒逸致居然城市擁烟霞

柬葉和吉時新置江莊

靑衫擲卻賦歸田，南郭新居結數椽。宋玉文章思往日，向平婚嫁畢何年。東西蓮葉供清賞，上下鶯聲任醉眠。我欲移家相傍住，也知不費買山錢。

暮春喜晤歸元恭

廿年心事久崚嶒，紀入新詩盡可憑。小徑荒偏來好友，奇人老漸變高僧。圖珍叢竹惟予贈，局覆殘棋不自矜。痛飲劇談聞更快，草堂預貯酒如澠。

梅花

一樹春回亂篠中，石欄西畔小樓東。茶香靜對原無愧，花社分題總未工。出世百年同澹泊，入山兩月任鴻濛。淩寒深幸饒清福，把酒繁枝酬晚風。

逸致端堪慰老懷，中庭豈異對重厓。任教半樹枯無礙，但見

一枝開便佳木榻暗香驚獨寐瓦盤墜露餉清齋遊人多少吹長笛玉魄何曾著酒埋

七十自述

七十吾衰爲已甚縱餘逸致亦尋常花經入眼紅無盡酒喜盈樽緑不妨往事有如殘奕罷空囊倘爲買書忙勞人晚景差堪慰博得竿頭蔗味長

徐開呂

開呂字起渭上元人主事鳳翔子應天庠生起渭高懷勝韻卓乎不羣鼎革後匿跡不出有達官聞其貧欲置幕府以上客禮之起渭笑曰是將代薇蕨以餔廚之餌也拂衣去以貧死鄭簠藏其集欲與張大風詩合梓之竟失去

尋新亭遺址

斜陽遠下碧天低欲問新亭蹟已迷今日座中誰掩袂惟聞

歌舞在前溪

何開遠

開遠上元庠生有東晉人物略清涼山草

烏龍潭俞氏園亭

潭水淪漪碧名園結構宜危亭三面俯老樹半身欹涼月侵琴榻微風漾釣絲有人觀易罷獨坐靜支頤

汪　俟

俟字鍾英上元人有潭上擬言

烏龍潭閒詠

雨過山光展翠屏秋風蕭瑟葦花汀老僧切莫輕饒舌潭底烏龍睡不醒

崔　粲

粲字季蘊江甯人有秋潭集

園居

初日漫漫白晴雲冉冉黃渡橋官柳細村徑野花香子敬風流在桓伊笛韻長摳衣時獨往樵爨對茅堂

張晟

晟字德齋上元人張白雲云德齋嗜古好學能大書祖父三喪未舉既襲職即減食積俸徙跣覓地葬之兄弟析居久今日襲明日合爨焉深於易數及星歷之學

樵歌

有樵有樵言刈苞栩忽懷故都遂投其斧下山空歸道逢漁父相戒披裘慮爲人取

金陵詩徵卷三十終

江浦侯宗海校字

金陵詩徵卷三十一

上元朱緒曾編

明二十一

顧夢游

夢游字與治江甯人副使璘曾孫通判端祥子崇禎壬午歲貢以隱終有綠茂軒詩集宣城施閏章顧與治傳云夢游自少稱神童八歲作荷花賦十九補諸生明年食餼入林闈輒病不終牘寖厭舉子業好攻詩詞四方士大夫爭相推重與莆田宋珏長洲葛一龍南昌蘇桓友最善珏死自吳而閩走數千里哭之並表其墓桓死爲梓其遺文傳之時曹公學佺選十二代詩士爭附以立名夢游獨屬故舊遺草而不及已詩曹强發其笥得一帙刻之曰貞詩也其聲大振是時夢游雖布衣然故名家子生長陪京公卿大夫肩相比皆好文詩或式廬從之游觴詠無虛日提學高公去奢聞其名才檄試之得歲薦卒不就廷對及金陵變後交遊零落悒鬱杜門蓋自是無意人間矣然四方至者容接不倦貴州進士費道用困無所歸分宅居之歿即葬

先人墓側歲時必祭剩和尚避世佯狂與夢游爲方外交至則主其家禍發逮捕洶洶且并誅夢游詞色不稍變卒免於難時以此推烈士先是其兄夢清早歿遺孤京善甫三歲鞠之如己子同居四十年有問及其兄者必隱淚親友有急或以衣付質庫中去之如流水不復顧也平生薄家人產會中山王國除其子以私田數頃歸夢游田濱於江歲多湮没或被侵奪追呼逋稅無甯日至盡鬻他產以償之貧病骨立庚子九月二日卒年六十有二妻劉生一子殤遂無後四女皆適士族夢游工詩善行楷書如靜女高士閒逸可喜凡讌遊餞送之會必有詩詩必乞手書晚年閉關以書易粟易簀之日猶爲高座寺僧作詩書大幅好事者寶其殘墨如金珠爲詩不甚起草惟對客以書客去稿即亡卒歲餘其友施閏章方文沈希孟蒐其餘佚得八卷刻行於世

南嶽山莊

虬柯一百尺翠極夏寒生復此蒼蘚壁同堅高隱情所閱幾今古悠悠泉壑清道懷偶相值世累忽自輕豈惟愜雙寂亦以盟吾貞松風落高枕清琴澹無聲吾意方自得浩浩誰能

名

題梅杓司響山圖

梅子人中英本懷非棄世秖因吾道窮遂結山水契誅茆置巖間扶杖入雲際兹山擅名久空響猶未墜溪水日夜流千峯一門閉曾經青蓮遊斯人去千歳明月照青天高風復來詣舉杯與之揮乾坤亦何細

登周處臺

兹臺傍吾廬一月必幾上自予抱痾來經歳不一往勉隨戻朋遊步步入高爽山川悉如昨我齒忽已長静言念伊人年少稱粗莽折節能爾爲千秋繫遥想予少乃不鈍老大轉迷罔顧兹病廢躬望古但悲愴悠然詠三立願以勗吾黨

訪鄒漪字溪上

言壽居士家薄暮青溪道荒原烏獨飛寒木雲相抱入室聞

疎鐘開門見秋潦葉落坐來多清風時一掃

翁園

帝遣五丁厲神斧劈就兩山勇難賈誰知人力挾靈闕洞壑

能教向空舞山鬼披烟去路迷毛女不飛入傴僂峆岈勢作

齒互嚙度處巧爲蟲所齧幽窮絕頂仙閣開猶拔數峰簷外

拄喘息稍定雙眸明萬頃一平帆細數翠蓋亭亭王母車青

峰脈脈湘靈鼓我來御風悲心生欲仙不仙空自撫廊迴窈

窕境不同綠陰爲天澗爲戶雪竇雲房意外通黑夜月明晴

日雨主人成此跨鶴飛傳言近作青城主胡不此居而遠遊

奇鑿定憂巨靈怒山頭時有步虛聲疑是歸來弄清羽

竹醉日移竹歌

羲車赤午鞭不動一林寒玉青冥夢野客移來尚不知道是此君方醉時醉中疑向湘江路碧魂飛溼啼猿處西方赤盡東方高天風吹醒秋颼颼此君既醒主人醉玉堦卧影清光碎

秦淮感舊

淮流雨足波光膩詞客停船午相遲文園多病阻清歡坐起尋思溯洄意此時落日酒初酣望裏悠悠總詩思何人對此最深情風前獨下鍾山淚遊子皆言風景殊居人倍感河山異余生曾作太平民及見神宗全盛治城內連雲百萬家臨流爭僦笙歌次一夜扁舟價十千但恨招呼不能致佳人向晚傾城來只貴天然薄珠翠不知薌澤自誰邊樓上舟中互流視采龍鬭罷喧未已蜿蜒燈光夜波沸偶將一葉到中流

半夜移舟無槳地當時只道長如斯四十年中幾遷易波頭猶是六朝烟畫閣珠簾久傾頹鴟首全隨戈甲人馬嘶亂入王侯第卽今月好幾船開惟有空明照酣醉繁華既往莫重陳幕燕搖搖定猶未但願遊人去復來再見太平全盛事

送梅杓司還宛

十年以前與君好勸君莫向風塵道有山不住田不耕賣田卻買舟車行頻來數見良不惡心憂世窄人情薄自信才名天下稀誰知煮字不充饑妻兒待米淚承睫呼童還家賣餘業得金盡收死友尸依舊餅空午斷炊貂裘龍馬門前過雪深皆笑袁安臥別時朔風刻骨寒雙肩聳立衣裳單愛君意氣過疇曩百尺高樓更豪上臨行苦索緩聲歌歌罷其如君別何

秋客吟

草盡牛已賣公家正催租正額十未三兵餉尤急呼軍府別有令搜括米豆芻刻期至軍前不得緩須臾邑長向我喟無肉豈堪剜剜肉猶自可賜劍捐頭顱不徵法已峻徵急民盡逋急民但益盜無乃非良圖

焦山紀遊

巾車僦言邁烟草鬱秋原欲往心數止雨氣來前村入舟漸清霽日色明山根了了見古寺臺殿松杉門直上轉蒼翠雲英猶吐吞遂振所攜策登高若騰騫目領神已越況得攀與捫海色萬里至江聲亦可喧簪花與客笑老僧瘖無言于焉永年歲眺聽無朝昏俯視芸芸內日月空崩奔歎息下東嶺撲面金波翻憩石餞落景濯足臨潺湲何能謝塵累聊可清

夢魂

夜酌鄒滿字溪上値其他出

主人閒此月客過占淸幽竹影閉深院柳風虛野舟霜溪寒尙闊烟閣靜如浮連夕酣高倚玆宵共枕流

歲暮寄慧公

寒山無客到破寺有僧存數折入松徑一籬開竹門耕牛閒旱土野雀噪飢村托鉢應空返霜天煮蕨根

過鄒舜五隱處

數畝盡栽竹一隅安一亭不知湖近遠但覺日蒼靑交澹欣門少心慈施藥靈冰尊情所寄孤棹在烟汀

且適園

花時買花種幾日已成蹊蕭散宜城外繁華付竹西省糧爲

鶴食藏酒待鶯啼何處思眠醉高牕俯大谿

杜于皇生日飲眺孔雀庵

橋想佳人倚闌思公子爲惟餘夕陽好空照柳絲垂流水無情去東風著意吹暗將吾髩換君少亦生悲孔雀庵左爲馬湘蘭故居右爲徐府東園

同蔡大美徐日贊沈治先秦淮夕泛

落日淡生烟空明浸短舷人來花檻裏酒出板橋邊楊柳風千樹簫歌月一船十年重對此回首各凄然

題林茂之繭窩生壙也

身後豈須問借開賢達襟青山萬古宅滄海百年心蟬蛻已物表冥鴻方遠尋預知千載下釃酒聚碑陰

送邢孟貞還石臼

月當分手夜分外冷高秋蟲響坐來歇林風相與幽到家收
晚稻攜子上湖舟莫戀衡門好遲君上酒樓

徐昭法山房同姜如須楊明遠賦

未免塵中去其如惜別眞得朋能愈疾留客不知貧天地存
諸子蒹葭老此人相逢惟痛飲往事莫沾巾

吳門別友一作半塘留別角里諸子

未是還家客船開亦當歸可憐衰柳路猶作斷蓬飛勝地宜
遊屐良朋待欵扉霜天扶病去山水兩依依

臨發更移寓多時住半塘清秋閒竹杖白日臥藤牀茶費老
僧供餐分高士糧累人非一事方悟久空囊

送趙使君赤霞還東萊

客裏正悲秋如何送遠舟人歸遵海國情滿近江樓老淚忽

欲落深知無可酬徒然對尊酒誰謂解離憂

共說彈冠好相期獨不然風塵返初服耕鑿是何年才大終難屈時清會用賢莫因推轂衆容易起高眠

許菊谿觀察重五前二日集止鑒堂限韻同賦

洗酌詩成後餘思輟遠尋友朋誇盛事風雅起衰音天藻神靈護王家洞壑深野人瞻眺意似共楚臣吟憲司郎中山王舊第有宣宗御書在

喜何贛州予告歸

竟有休官事高懷迥出塵提攜知足子消受未衰身紅樹歸帆路黃花老甕春何能隨杖履相傍作閒人

送范大司馬還吳橋時以抗章爭石齋先生去國余方閉關不克祖道

公名在昔齊山斗嶽嶽爭高在此行草疏早知歌鳳已拜陵

新喜策驢輕雀來閒第仍多客書滿歸船不礙清江上餘威列旌壘去時何似舊時情

靜遠堂開清夜遊俄傳冠葢送行舟憂時誰問中原事對酒還生萬古愁似奕何妨歛高手如山獨許柱中流養疴不及東門帳望見飛雲出石頭

葛巾旋駕出郊坰似向空天刷羽翎緉屨稱心貪草軟孤藤隨意引峰青御屏名在能長往野老杯寬肯獨醒士論儘教私太息松風不許亂清聽

夜至東園探梅

白月入戶人未眠驚烏一聲開野烟梅花兩村對香澗竹杖十畝穿水田袖手不語立中夜倚石孤吟看遠天城軍有禁悵歸早此意悠悠誰與傳

答常熟陸先生

正是懷人落木初開門快讀故人書宦情抛擲歸垂柳生事蕭條得荷鋤夢入虞山秋色老亂來淮水酒船虛詩筒幸不兵戈阻便欲相從學釣魚

贈伍瀛州

駐世神仙出世儒飄飄霞氣上衣裾朱顔長在非關酒白日餘閒不著書花徑有時還抱甕水亭無客獨觀魚飛騰自是兒孫事看作浮雲點太虛

北固送春 辛卯

歲歲留春春不住今年別處又天涯窗邊黄鳥㵸江樹樓外青山古佛家南浦蘼蕪烟若夢東風楊柳雪爲花枯僧到此還惆悵況我停觴坐日斜

朱公是酌別甘露寺喜晤曹離庵范性華諸子

愁説江邊繫去舟一樽攜處盡淹留分題臨水先修禊半醉看山更上樓芳草心情惟客苦落花庭院是僧幽離筵卻有新知樂別後應同乘興遊

朱刺史歸自大梁索賦半水園詩次李司馬韻

舊愛磯頭臥懶雲野心初狎野鷗羣波光澹蕩邀魚上夜色空明與鶴分地主自來能好客風流此日孰如君凭欄忽自傷遲暮四十年前寫練裠予初過此作書在戊午

功名頒渤復誰如天與蕭閒水竹居俠客夷門知己淚高僧匡嶽故人書醉情浩浩何關酒釣意悠悠不在魚清福未應容久戀蒼生爾且莫躊躇

己亥除夕

蕭蕭向夕興悠悠瓶粟賒來百事休窮到忍飢原有味亂容高卧復何求愁心自遣輕看酒衰骨人扶學上樓燈火牛衣相慰語硯田荒落也徵收

陳丹衷

丹衷字民昭一字涉江上元人少事母以孝聞爲文閎奥詩原本離騷歸於比興工書能畫崇禎已卯舉人癸未進士官河南道御史請纓自效有志未遂著魂遠遊賦以自傷甲申後逃禪名道昕有蔗渣稿二十卷

梅花詩十六首錄四

梅花者潔清神明濬發靈爽屐筇孤命斷谿風止如宮廟仰見古人心貌俱肅若乃積雪未消寒蟾西上浮光天表誰有難忘而不默默及乎朔氣大荒窮征久戍郎又潸然感涕沾裳弗獲自由矣嗟乎有遐我

心觸物思賦况梅花乎少時薄被霜高一言見稱同志甲申度歲谷中一公邀詠鐘聲夢醒忽成次律今與官球社友偶及斯題輒復多作併前爲十六首益蟲吟鳥語夫豈名心至舍貌出情匪獨不慧今古惟難矣

卽看玉立更愁爲肯定秋前坐與期天地谿山寒日靜別離風雪美人遲何辭香韻來凡俗亦恐崢嶸累歲時哀笛無聲雲白夜杜陵東閣未成詩

稍待虛暉草閣橫漫經邈邈得山行暮天欲下短烟出落月更來寒鳥鳴不畏歲窮緣有此若因春寄思難并吳霜遼雪同千古小婦愁深一樹情

有客能披短褐吟將春何用衆人尋獨開不負疎根在相說從前夜雨深幾處驚沙連大漠百年寒水澹初心花期漸逼時多難月黑天涯此舊林

獨能漫懶向宮園眞悔江南舊返魂有美此生寒到骨相思
昨夜月成痕幸無浮豔溪添雨不用探春容候門倉卒東風
亦何限衆中芳曼近承恩

秋柏詩七言一百二十首　錄二十二

詩非秋不作也秋何以令人詩論畫有云水幾于道火幾于神又云林木有樛枝挺幹屈節皺皮紐裂多端分敷萬狀曹霸用此意爲瘦馬語云陰陽相近而不得欲寒陰形於聲色故秋屢變今將使冷人爲秋狀放其震零用相感切孔謂顏曰吾與汝終身交一臂已謝豈待白首然後變乎秋蛇同穴不失其節即以明石實不言用會物不遷義誰謂天下無至親耶

落葉哀蟬驚風逝水徧大地總天涯孤客昔人所以有秋與秋懷也秋可盡乎偶爾放筆疾書輒成四十首匪厭秋神糟粕而已尋敗笥舊章附續八十首共一百二十首總題曰秋柏詩至七言律已傷古樸況繁沓重複朝言必簡暮言必繁暮言哉聽悲絃而泣久之反以爲其樂可以忘死千百年未必無其人也

雲泉山色共平安百遍聞鐘到夜殘是夕遠帆眞入夢誰家

酒甕最難乾鷗梟就日惟求睡虎豹今年已畏寒消渴相如
坐梅樹白頭老瘦轉須看
不往非無舊珮珂薄雲游衍繫松蘿竹枝曲盡悲如爾金谷
名高俗若何一日鬼神詩史細百年人世酒杯多莫將驛使
傳朝暮征馬孤歸客渡河
此間側月限谿關夢坐松風不肯還遠道莫攜機畔石浮生
眞老畫中山深泥有路安辭步大藥無功始駐顏畢竟難消
終古痛黃花孤瘦水空閒
花覆秋帘日氣停引人鳴鳥向郊坰同心酒地非難取出戶
江聲即可聽偶見倦樵能假寐近知圖岳失眞形柴門誰閉
松杉老三十六陂天曉青
獨我辛勤憶海潮懷箋終始寄鄉樵到來作客亦宜坐除卻

徵君皆可招拂袖總憑秋草爲逸書嵩記漢童謠堆雲亂石
江天路野鶴催人向寂寥
鼓吏何能辱禰衡斷舟孤怒到江平詩成究竟當深雨月出
從容埋後枰剩落馬肝秋蘚誤畢逋烏尾晚風驚看沈禹鼎
須臾事析骨難酬泗水清
終古楊條散暮鐘蟄螢猶照讀書封柯亭斷是孤生竹貞石
何妨再化松掘盡濁泥埋沈約刻成精玉像臺佟天衣任薄
鮫綃賤乞許人間念故縫臺佟字孝威穴居采藥見選注引英雄記
岱樹嵩雲須我尋空江斜閣背平林主人半醉野花發樵子
不來秋路深天與獨愁烏桕樹人逢初夢白頭吟遙看橫笛
無聲響故國分明昨夜心
多難空樓雨氣親柳條今始惜風塵憂歡未可憑書史寇盜

翻云仗鬼神東海有涯精衛老西川生恨杜鵑貧甘聽屈賈申號痛古店黃粱誤後人

省佩星神谿落圖舊家風氣八稜觚鵰惟擊兔爾何壯牛不生駒公則愚衰晚虛存先友記柳宗元著傳呼實少勸農符秦人楚客將同夢偪側秋雲緣水遡

笛聲吹破酒星孤交鬼猶當愛灌夫蜀水滇山存慷慨黃金白刃報斯須冰濤激氣凝千丈秋隼離羣奮一呼埋首乾坤感清夜坐邀風雨長甘茶

竹皮冠子十年光纔得逢君共早霜官渡雨風留晚笛美人時命到秋陽蔬宜灌種身相勸家在平陵心未遑暗擲斷筆深背月苦寒生草閒宮牆

行鉏坐讀雨鼉疎游俠何曾問住居孤客入秋氣矯矯大江

當夜流徐徐幾度荒城閉虎豹百年古社生鼉魚人間書史眞如數不見虞卿舊著書

苦種冰霜護短荊著人背夢路途明一天雁淺蔓花發三日葵荒寒雨生小隱不甘隨浪跡舊交相對畏時名絶憐漁子歌無限古木蒼蒼溪水淸

殘陰接夢便經晨隔別相思古路津長擬心神先日馭若偷甲東學秋紉虞卿住處皆悲史陶令生時即古人不向虛堂閒習聽窄門交樹斷藤新

月潄孤雲水到巖夢消終愛酒人饑長年細雨亦宜坐何處好風不挂帆前雁一心求沮澤蟄龍千日閉松杉琴心稍解相如渴卓索霜書手自緘

遙遙殘夢闇蘅薇玉琯銅笙事久違旅食不沽當肆酒征人

猶典出門衣松箌書斷青旗爛海嶽期荒皁帽非極目一燈
樵散盡江頭今始餞秋歸
將詩猶許閉門看隔舍吹笙我夢寒千古文章存恐懼百年
饑渴即平安初留落日湘魂黑直對高天軹井乾數篋殘書
隨雨困岱松從未受秦官
浮雲將負昔年居花覆深鐘石不疎到雁亂猶知故澤歸人
閒亦倦秋鉏相思白日聞鄰杵曾使青山守舊書細揀一塵
天外老酒旗依約拂宮車
掉首西風生古今獨能無意更追尋孤帆從此城鐘暗一酒
遂令江水深彭澤自隨青眼伴相如先賦白頭吟羣鷗盡日
初寒外幾處浮生惜此心
吳中今已貴秋蓴悲咤羣生命可嗔別後莫行醒酒處夜深

方說瘞碑人聞砧漸近孤星老買樹先消落月塵緑竹易傷
傷往事頻顏將發去年貧
多難空村急暮砧山卑無樹始蕭森殘燈讓夢一舟小白月
閉人孤柳深俗貌豈能宜敝服寒花何處落疎琴阮生强臥
鄰家去藜藿多情共此心

秋粕詩五言百首 錄四

山色不自覺新蒼迴碧虛雨添江漢遠人倍鹿麋踈夜燭清
如水秋松寒近書不知橋外路暫得幾僧居
粱苑烏椑柹張公大谷梨飲人相賀醉欹帽絕能低樹老纔
三日雲歸只半溪輕交竹林士終不悔同栖
古今惟此路芳草自王孫不理田疇業誰明雨露恩懷人愁
歲月幽獨盡江門望望無垂柳高城日易昏

芳草不自惜遂令秋笛長千峰從此暗孤馬安能忘劍氣立
殘雨鴻心多夕陽舊懷因酒路留夢隔蒼涼

古意

日氣天未青深山名難保哀樂本同聲風雨城南道家人豈
不驩入門遂已老

楊永言

永言初名灝字岑立上元籍昆明人崇禎癸未進士
崑山知縣城破死之

秋浦晚坐

薄暮蕭條最可憐迷離衰草染寒烟鴻聲亂向雲中度帆影
孤從天際懸寂寂江山殘照裏萋萋禾黍晚風前無端一片
秦淮月夜夜清光照管絃

李長盛

長盛字傳叔句容人官諸曁知縣國亡隱居敎授

過史公墓

途過丞相墓再拜想儀型正氣經天地孤忠貫日星野人常墮淚國史有餘馨千載蕪城下森森松柏青

李長祚

長祚字延礽句容人崇禎癸未會試劉文正公理順薦元不得置副榜第一明亡隱居

對嶺上人奉母居山致書友人乞詩

伊蒲同菽水清淨奉慈親白髮舒眞果青山得隱人珠從七歲獻花見百年春忠孝難全事爲僧備一身

杜鼎玉

鼎玉上元庠生杜文學方正有品文本六經才望蔚然子德潤早遊胡世安張賓王之門刻苦爲文不趨時好以抑鬱卒

秋夜對月

天際輕雲斂明河澹此宵無人來叩戶寂坐自吹簫歲月驅將老關山夢未消一篇秋水旨容我悟逍遥

王圭

圭字君告上元庠生君告立品耽學有千仞不羣之概僻居窮巷薪水不繼悠然自得非其友弗交非所樂弗爲

題看劍引杯圖

得失紛紛付楚弓千年魂魄古英雄一杯濁酒提三尺澆遍邛山倚太空

唐時

時字宜之上元人自稱妙意老人官楚府長史有頻伽音巾馭乘存徵錄云宜之其先浙人卜居石城耆稟高潔飄舉世味之外自楚藩長史棄官歸臨潭築室終其身無疾言遽色興至則行書數幅高吟遠眺黃虞稷言稱其清狂絶人孤高無偶然處世疏寒而不傷於刻馬巽父曰宜之有用之才也劉覺岸又云潭右則何太僕龍津講院左則丁明府鷗園對水相望則余中丞旅生書院露臺層閣移花倒影蓮舫如擲魚泳不驚洵城西一勝地也今鞠爲茂草矣

弔于忠肅公墓

皇極巍巍四海安中興相業鼎彝間精忠報國人何在姦黨欺天骨已寒破亂威名燕塞徼旌功祀典浙江干夜深祠下江潮湧千古英雄淚未乾

鄺典

典字瞻霞上元庠生瞻霞授徒尹氏盜刼以刃使呼主人內室瞻霞大怒斥之盜縛

瞻霞懸于梁盡劫其衣被去主人曉出始得釋人服其義顧文莊謂學使者宜旌異之以厲頹俗瞻霞祖鄺忠肅公埜宜黃人永樂辛卯鄉貢宣德間任南大京兆正統間進兵部尚書殉土木難又況鍾靖安人宣德間任蘇州知府後鄺況二公之裔多列應天學未知何時入籍路子儀之言如此按應天府通判龐嵩後人亦居應天鄺子輔承樂十八年爲句容教諭崇祀名宦

題馬呈道四體孝經馬名應龍上元人官知縣

石經三體曾傳魏大令能嫻四體書再拜南陔勤展誦墨浮虹玉徹庭除

孫宗岱

宗岱字石君六合庠生國救長子崇禎末薦舉游擊將軍督造神器陞參將總理錢法有汲古堂草燕貽草楯墨兵荒紀略射義府通禮纂要志郛石君父伯觀嘗輯棠邑枝乘號爲博洽順治丙戌六合令劉慶遐延石君及胥西成重輯邑志十二卷更爲志外别紀十集條

分縷析明季名人詞翰最富後乾隆時新志多所刊落迨呂修府志遂以石君與其弟阿匯誤爲一人

游桃花塢短歌

游騎初烘春日午車行花間十里許靈巖東卧隔河看窅然藏置桃花塢幾人先到占花多冪歷花間障紫羅灼灼錦雲生密坐紛紛瓊雪落酣歌四眺天紅如部落各有修篁帶叢薄徑紆似蚓絶還通房小如甕參以錯深林簫管復箜篌難銷千載乙槳愁何許通津流豔去稍憐弱草襯香留老人食花老花下不爲喧闐厭游者若晚枝頭可挂燈何時籬外無車馬須臾夜氣溼花枝散作明霞天外奇尊罍欲罄未忍去悵不遲看帶露時

李　信

信字吾斯句容人春芳曾孫崇禎甲申貢生廣東和

平知縣城破死之北山詩話李吾斯從桂王於粵東第三子至營俱死署中一老諸生楊姓者兒信死曰吾亦江東文學也忍獨生乎亦死時在順治丁亥年誓守和平兩月而破招其次子及

守城作

蹈海旣未得灑血孤城中兵戈氣纏繞天地色溟濛志決無他策名完不辱躬男兒死報國南八是英雄

許士楷

士楷字節齋句容庠生明亡七日不食死

闕題

惆悵虞淵黯夕暉新亭風景淚霑衣桃源不是無舟到恥向春山飽蕨薇

李磊

磊字三石上元人一方叅山飲李三石兄弟宅留宿云一室同居四弟兄自相師友古風

存秋窗留客盤飧飯夜雨連牀枕被温欲問新亭先下淚莫詢貧舍最傷神君年少我十餘歲我尚無兒君抱孫

寶華山寺

不憚崎嶇路來參祇樹林寶公常現化梁帝每招尋桂月輝金殿松風調玉琴直須頻到此靜炤滌煩襟

宋　嵋

嵋字山眉上元人有鶡笑齋集

題畫贈劉今度

一樓終日聽松聲八十年前手種成弟子半凋賓客散三層高坐獨吹笙

程家摯

家摯字公衡歙縣人補江甯儒學生有稼堂遺稾

九日書懷

天時人事謾相猜秋雨中宵駭疾雷民命久隨征戍盡花枝猶傍戰場開徒傳鶚首張仙樂誰向昆明辨劫灰自會暮年遭喪亂頻看短劍引殘杯

郯典

典字滿字金陵人滿字居東園水濱友人胡念紉爲構小閣顏曰節霞自署靑谿一曲賦白日掩荆扉以見志和者數百人不妄就人惟程望尼希孔劉今度以象先數人相往還與周敏求以比屋居敏求櫟園從兄也櫟先園稱其畫意高秀嘗以除夕餽餅粟餘升餘復覓楣袖數枝爲二親一日供淩晨出郭外登兩花臺高歌竟日而返居平客至脫冠自汲以供茗椀仲子方魯名喆畫有父風櫟園贈以詩日板橋花隙種桑麻織屨先生恠悼家只識前修眞寂寞應知後美賤繁華闗心明月人千里過眼烟雲畫一又肯羨東鄰釜底熱寒門久已節松霞本吳郡人遊金陵家焉貧苦有志節喜讀禹貢考工離騷南華夜坐燒雙燭子女環侍各習其業恆至夜分以善給其身事不至干人傳汝舟郯滿字白日掩荆扉以詩

曰瀟然自掃竹窗烟客到無門有鹿眠樹下綠雲常
作席石邊紅蘚得披泉衣冠畏俗還逃影筆墨隨機
已入禪山鳥一聲人意
懶夢從書枕學遊仙

畫竹

鳳尾重重上碧紗動搖不定綠陰遮縱横个个窮形態雪壓風敲月影斜

張　琪

琪字興公一名基江甯庠生有聖學宗傳翠微庵詩存

興公講學耽禪晚年讀書雨花山翠微庵喜與方外交環天界之三十六庵僦屋而居者皆其高弟長子揔字南村選唐風懷附興公詩百首於後又錄與釋子唱和爲禪喜集次子趙三子武俱有名

雪中兀坐楚雲庵有懷深居關主東寄

楚天寒夢薄獨立見空山意到反無句居深閉有關磬聲黃葉下人事白雲閑冰雪相思苦芙蓉萬仞間

方正學先生祠

木末橫江白苔痕片石青孤忠惟暮雨千載一空亭論世今
誰在傷心古未經道人高坐語側耳正冥冥

和陳涉江梅花詩韻 錄一

歲華銷盡一痕新寥廓天心苦更親日月深山如見厤乾坤
無汝不回春只因隱約成疎節誰解微茫得遠神鬧處着閒
濃着淡敢云千載竟無人

湖上

細雨春風見小齋悄無人跡過蒼苔曉光浮動從容出湖上
碧桃花正開

李克愛

克愛字虛雲上元人新野令登之孫虛雲以孝友著名與弟虛舟卜

居長干之西又與李羲人張興公賦詩號南郊三老

春郊

東風吹面雨絲絲古寺鶯聲到耳遲消息誰教春不斷杏園猶見有梅枝

李尚志

尚志字羲人一字何事金陵人羲人負經濟才意不可一世然韜光不露冷然沉雄奇遁之術無不深究姚李納亦奇士也開廣筵聚學徒百餘人延羲人講典謨

夜歸

古寺鐘鳴石徑微一山明月送人歸敲門誤中寒松影驚起枝間宿鳥飛

王士性

士性金陵人

宿靈巖

偶隨麋鹿度河橋欲上丹梯石徑遥一柱撼空盤地軸四山排闥列霞標嵐烟半作前溪雨曙色平分大海潮幾向巖阿裁薜荔好憑玉女自吹簫

吳聖窟

聖窟字郁封江甯人居桐城

北邙行

北邙山下哭聲苦洛陽城中沸歌舞昨日歌舞城中人今日淒涼山下土山下土無今古白狐寒嘯髑髏烟青燐夜灼蓬科雨英雄異代不知名高封大樹如掌平喪車轔轔日不絶後人來葬前人穴後來葬者還應多可憐歌舞何時歇

瞿天葵

天葵字向日應天人明季起行伍官都司隸閣部史公麾下南都亡隱於江甯全祖望瞿將軍行揚州閣部死之嗣中權都督紹絕嗣蒼顏黃髮太夫人秣陵僑寓邀麋賜桓桓更有瞿將軍魁岸曾蒙特達恩彎弓未殉沙場血倚劍時傷國士魂梅花嶺下故人散寒食年年澆麥飯鴐鵝恥向別枝棲依舊長刀守舊閈吁嗟乎廟社重門主管誰蒿萊狐兔紛可悲疇昔邊關一老羆今拋鎖鑰竟如遺天爲孤忠留戸牖幕府殘年衛大母虎頭猿臂故依然精衛心期終不負中權都督亦蕭寥相與搴竹歌楚騷孝陵松柏森森動時有朱鳥門前巢當年上將推劉乙駢首不辭肝腦裂死生異跡豈異心誰采舊聞裨史闕題下注瞿天葵應天人起自行伍爲都司狀貌甚偉史閣部所拔也亂後守閣部之闈以終其身中權謂史懷威也

梅花

當年官閣問如何怨入東風笛裏多一自逋仙乘鶴去不勝搖落感山河

楊彭齡

彭齡字商賢南京國子監生副都御史維垣之子商賢嘗與金忠烈鉉同講學後卜居桃葉渡全祖望題楊商賢手蹟後中丞一死事難詳補過還資雛鳳良桃葉渡頭長恨在淸流洗出碧梧香

桃葉渡

渡口依然映月華可憐桃葉已無家夜高猶聽箏絃響不是當年玉樹花

方　沂

沂字宏祐自號江上野漁江甯人有天隨堂集且漁集宏祐集余得其手稿首列陶謝法眼蓋其所宗尚也嘗荷樵來往板橋新亭間徜徉自得結茅江上持竿得魚輒以易酒醉則高吟不知寒暑與僧克明巨顛剖石同瞻與周等倡和皆隱于方外

招隱

長松百餘尺幽媚覆前楹深谷靈氣閟陰厓仙藥生此中有

眞士嘉遯澹無營岸幘對山月橫琴臥柴荆蕭然片雲意渺矣孤鶴情桐江釣嚴子蜀市棲君平寂寞機心杜焉用千古名

欲還三山留別沈霽庵

士有江海志悠悠固難量古來嘉遯人雖伏能自藏辭君還白下聊爲生計商一竿西江渚半畝南山陽時偕方外交得句相徜徉隨意成唱酬亦不較短長風荷過微雨月幌迎新涼有時扁舟去叩枻吟滄浪

魯兩生

繼聖如有作百年始勝殘漢初承秦敝禮壞樂不完卓哉魯兩生欲以責君難奈何叔孫通因陋成苟安遂令一代制王霸雜申韓堯禹治天下澄源在其端土階三尺餘豈直奉崇

觀

里中作

道衰俗已敝草木亦明禋叢祠肖魑魅賤隸假衣巾父老紛有求傴僂工媚神朱旗夾道左簫鼓遞相陳伶兒傅粉墨調笑侮先民語言皆媟瀆婦女乃不嗔淫祀豈致福防閑無哲人吁嗟此爲教何以令風湻

秋社行

翦紙作旛塗五色束席爲壇茅棟側巫女朱襦白練裳粉黛花冠盛裝飾清眸皓齒舞復歌鸞簫鳳笛鼓靈鼉傍有老僧戛鳴磬與巫上下相婆娑童子鞠躬薦椒酒女兒致辭舉纖手豚蹄爇薦咒喃喃恭迓靈修莫相負櫪下百羣羊豕中千母鋤芋蒜一畦十倍收粳稻不灌水滿疇縣官安坐但食粟

租吏無事皆垂頭神如見享不我棄明年今日仍相求夜沈

但覺華燈耀巫農互嘲還自笑雲車風馬神去來野老酩酊

更推珓珓一作筊

後秋社行

練裳綷縩峩花冠畫仗指顧如登壇紅旗兩兩導前去陌上

迴旋婦子歡戛磬侏儒傴僂立表裏與巫同拜揖亨肴布紙

奠芳醑號召鬼神千里集摐摐鳴金坎坎擊鼓村農祝贊女

巫舞稉稻滿車桑蔭土壯夫揮鋤利似風老子驅牛健如虎

晚禾但願收滿倉官家更不徵秋糧會須作意答神貺明年

春社仍烹羊

虞美人歌

亞夫歸巢事蕭索鴻溝又背俎上約垓下朱旗照夜明四十

萬人楚歌作瞋目呼罷烏騅倦鹿角重重兜四面帳外貔貅半已逃軍中鼓槖虛難辨拔山葢世事全非驚起重瞳欲潰圍急攬琱戈銜陣角更持鸞鏡别閨幃此時賤妾腸應斷不信諸侯盡皆叛自誓從君共死生敢惜微軀貪暮旦吳鈎一躍酸風起感君義氣酬君死千古香魂能作花風吹不入咸陽市

贈準提庵克明上人

我本農桑丹陽野將家寄食三山下學道何如癩瘻翁讀書粗識蟲魚者甘心老作江上漁高梧間柳蔭茅廬西林薜荔引幽步北渚芙蓉賦遂初自知疎放世不合時與支郎相贈答手把楞伽繫楚辭欲借蒲團閑過臘

讀孫吳有作

藥可終身無醫難一日廢陋儒守訓詁便以兵爲悖哀哉崇禎間四方狂犬吠都城失枝梧尙有東南在父老爲吾言宦寺惡非類貙貐當國樞英賢盡芟刈千里責驊騮藾駒空歷塊

過孝陵

河朔龍蛇鬬江南將相猜金城悲易姓玉殿忽生埃苔沒銅駝暗泥深石馬摧秋風鍾岳樹惆悵不勝哀

懷沈支山

江上見春草怪君音信稀頻將對花酒獨掩向山扉歲月吾將老風霜子亦饑名山空有著半是賦無衣

新亭懷古

五馬西來據石頭簪裾於此宴名流可唾劉石同韓犬莫怪

周桓作楚因絕地長江環列雉入雲高岫峙危樓而今再上斯亭望更不如前洒淚秋

慈湖道中作寄呈三山隱者

凍雨梅花江上路衝寒忽憶老林逋苔扃槿戶吏不到山對琴窗酒正沽清談雲霧拂如意淡墨瀟湘作畫圖吾待世情稍休息扁舟與子釣菰蒲

雨中對菊有懷書呈白門諸子

菊有黃華歲載陰空簾幽獨感秋霖燈前對酒思燕市醉後行歌盡楚吟月落美人芳草夢夜寒鴻雁海雲心文園漫說饒辭賦落拓而今更不禁

李崑岳歸自盱眙奉贈

淮海烟波已倦遊拂衣歸臥故山秋舊時弟子皆朱轂此日

知交盡白頭酒醒雄風吹短髮詩成雌霓挂高樓江干自足
漁樵計休說東陵是故侯

贈王淇園

獨憐江市老韓康白髮蕭疏興轉狂酒後向人猶說劍花前
留客尙傾囊蹉跎半世離騷怨濩落千金緋紱方耳熱尋君
將共語離居焉得數相羊

金陵詩徵卷三十一終

上元顧雲校字

金陵詩徵卷三十二

上元朱緒曾編

明二十二

張怡

怡亦作遺初名鹿徵字瑤星又字薇庵應天人莊節公可大子以府學生承蔭歷錦衣衞正千戶甲申陷賊不屈受刑潔身歸隱居攝山自號白雲道者有古鏡菴詩內外集玉氣劍光集金陵私乘瑤星先生隱雨花山松風閣守祠不出晚年獨身寄棲霞山中不入城市鄉人稱白雲先生躬樵汲口不言詩書學士詞人無所求取四方冠蓋往來日至茲山而不知山中有是人也架上書數十百卷皆所著經說及論述史事方南董余公偁請貳之弗許曰吾以盡吾年耳已市二甕下棺并藏焉卒年八十有八平生親故夙市良材爲具棺槨疾將革聞而泣曰昔先將軍致命危城無親屬襯含殮雖改葬親身之槨弗能易也吾忍乎顧襯從

孫某趣易棺定附身衾衣乃卒或曰書已入壙或曰經說有貳尚存其家乾隆三年　詔修三禮求遺書其從孫某以書詣郡太守命學官集諸生繕寫久之未就方望溪爲之作傳云

友人移居

居市厭市囂入山苦山僻非山非市間卜茲五畝宅到門水一灣眠沙鶴一隻遙望鍾阜巔雲霞幻朝夕乍見兩腳沈忽焉晴絮餞主人如冥鴻高舉不可弋邱壑盪心胸花竹恣夷懌何時載酒過爲君理雙屐

送萬年少歸淮陽

握手與子別勸子進一觴風日何黯澹道路阻且長舉世矜中行無復狷與狂達人志寥廓世事等粃糠濯足臨溪水散髮晞朝陽溪水日東流歸彼百谷王朝陽隱豐蔀昏曀鮮晶光擾擾棼絲中誰爲振其綱慨彼北風詩虛邪徒自傷

金陵諸園詩 并序

南中人家好爲園林，雖短簷茅屋室不數弓，而纔有隙地便種花竹。當昔太平盛時，六部曹郎於公署外各構一園，皆在長安門東一帶，廣狹或殊，咸極整麗。其他如中常侍之外宅、僧舍之别圃、諸縉紳之會館，非園而園多可游者，今皆鞠爲茂草矣。其在西南者，亦與滄海俱變。言之傷心，不堪着足。因憶少時所曾游者，略述梗概以誌憑弔，不能盡記也。

陵谷升沉不忍言，更從何處問名園。孝陵陵樹彫殘後，楚橋江梅總斷魂。

半山園在朝陽門北，有堂三楹，流水一灣，發源鍾山，帀繞堂下，前亙小山，喬木數十株，二三百年物也。凡園中邱壑多以人力爲之，而此獨眞山眞水，最爲勝地。

疏籬曲徑隱林泉，邱壑從知出自然。想見當年王介甫，騎驢裹餅到門前。

小東園先大父榮祿同野公燕居也。從世雅堂右折而南，亭軒三楹，荆川題曰白鶴山居，左曰裁雲閣先世藏書之所叔父紫淀老人寢處其下堂後曲室爲岱輿仲父丹室從堂右牡丹臺旁磴而上中踞一亭亦曠亦奧則季父蔚筏老人讀書於內後紫淀老人盡棄所有作攜書避亂圖而出仲父丹室中懸小像來居者以爲仙翁而頂禮焉今盡荒地矣

世雅堂邊舊隱居竹房丹竈富藏書自從避亂流離後白鶴橫空我不如

俞園 俞仲茅先生喜滑稽名其園曰爰爰堂曰堂堂軒曰軒軒亭曰亭亭中有大池累石爲洞可通小舟予嘗從友人泛舟其中客笑曰惜此洞不洞洞耳咸爲鼓掌聞變後公孫平子居之把酒豪舉悉以諸石贈友人而池水見大有疏曠之致

曼倩先生喜滑稽小山石磴費扳躋於今石去方塘見明月光澄老樹西

小桃園 朱元介先生小桃園在乾河涯上取境高而闢地闊中有玉樹堂堂前玉蘭數株高可二丈餘故以名堂後陳公春臺得之增建爽閣三楹頗豁心目涯下有田數十畝足供八口亦隱居之

勝概也

東瀼西疇共一園，春風吹出小桃源。哲人萎矣名花謝，空對斜陽鳥雀喧。

韓園 外父襄宇韓公家園在剪子巷，壘石爲山，中一峯高二丈餘，宋諸名公題跋甚多，漫滅不可辨。公從徐氏東園購得之，洵異物也。此園後歸黃岡石公象雲，每過不勝西州之痛。

如公好石眞成癖，纔得爲園境已遷。何似中山厓壑好，春光秋草自年年。

賈園 賈孝廉心我園在周處臺畔，園與赤石磯地脉相連，故池塘猶帶石骨，亭館高下位置得宜，亦城南一勝境也。近城堞建乾坤一草亭，登眺最遠，今廢圮殆盡。

當年周處讀書地，地脉遥連赤石磯。勝境曠觀成往事，乾坤如故草亭非。

斐園 家幼仁六兄斐園在鷲峯寺前洛錦塘側，荒蹺有致。兄善畫能詩，尤留意花木，歲釀好酒數十甕園中遍種罌粟虞美人阿藍諸葛菜之屬每花開晨起取蘆荻作數十管每管翦插時卉數十莖令童子持至花市上賣花市魚肉而歸客至則開家釀翦園蔬治所市之物以供杯酌亦閒居之樂事文人之佳話也後易主避客言念昔遊何啻太古

從來勝地須賢主太息纖兒無上賓深鎖朱門堅拒客閒庭辜負十分春

栝園

栝園在大功坊東巷内初沈生予得之魏國家數易主而歸周櫟園堂三楹敞而受風寬而宜月老栝兩株亭亭直上園之得名以此中多石石亦最奇而皆具玲瓏透露之致池水一泓朱鱗數百水閣三間可以忘暑

奇石欲下米顛拜虛館曾披宋玉風焉得從君分半榻翦蒲種藥作園翁

齊宗侯園

齊宗侯卓吾園在南郭西天寺傍樓閣宏敞花竹蕭疏曾歸吾友姚寒玉去予松風閣一里而近每與同人銜杯拈韻嘯傲其中

赤石磯旁榴午吐德恩寺後杏初肥王孫公子東西去惟有高城戀夕暉

佟園 在窑灣內塞洪橋東創之者魏國家人增華踵事則與化李公少文也後歸佟公匯伯水邊郭外地曠景饒屋宇參差林巒錯落牡丹芍藥各百千本池邊岸柳高下咸宜南陔老人拈古聯贈之日一徑一花色無時無鳥聲主人頗有逸趣花時懸酒帘其中遊人甚便之

從來郭外饒幽趣況是花時遇好天但許看花兼買酒何人忍惜杖頭錢

雲乳山房 予性愛園居昔人所言志在兩株樹十莖草之閒耳初居海石園在杏花村旁蕭公廟後次居寒山園在南郭窑灣內與今佟園衡宇相望也後卜居武定橋東屋內小園日讀樂頗可晏坐而素畏婦人聲雞犬聲婢僕詬誶市人喧鬧聲乃於橋之極東迴光寺前得倪園而晨夕焉自滄桑後流離顛沛不能復購園居就兩花山閣爲先莊節掃地焚香冀畢餘生而乙亥之夏閣前松竹盡遭斫伐觸目愴懷不堪聞見乃葺攝山之雲乳山房而投老焉此金陵第一大花園也偕徒居

其中而日用不知游人涉其境
而神情不屬乃以獨享爲愧耳

園居興盡卜山居東澗中峯畫不如慚愧徵君開闢後容予高臥理殘書

海石園 海石高二丈許徑三尺有咫在海外之廟島氣所蒸五色相宣文彩爛然先莊節治兵海上見而賞之座客曰是屢經匠石之顧卒不可致有宋都統某留題深以爲憾先莊節笑曰物各有緣石丈人得時則驚豈憚一行耶呼健兒試舉之石果移似有神助顧自山顛下視海面可萬丈而巖懸厓絕壁勢不能下有材官應募而出適高麗貢馬船至乃取木於山取纜於船縛木爲梯以纜繫石千人邪許層累漸下穩載入舟先莊節喜甚舉酒酹曰予與君固有夙緣亘數千年堅臥不改今乃忻然就道耶載歸置清繪堂前未及竪立値先莊節公殉國事家餘四壁遂鬻此園爲伏闕費園中幽房曲室最爲雅靚小池迴廊不廢游覽予讀書其中者五年後歸陳中丞幼白而此石竟沈埋土中不復能位置矣

海上相逢石丈人移來南郭伴松筠祇今院宇凄涼甚誰向

仙山再問津

寒山園 子丙兄韓敬修手開也前臨濠水後枕平岡入門水閣三楹流水周帀清竹萬竿濃陰布護子寢處其中者七年小樓如鳥巢據高阜上眺望極遠顔曰綠尖繫舟牆外每春水方生秋月正望臨風小泛覺元眞去人不遠

門前流水枕寒山日日身居山水間況有扁舟堪載月塞洪橋畔赤磯灣

讀樂園 在武定橋石室之右有亭翼然八窗虛敞中貯藏書十二架以供繙閱從亭左循修廊自東而北小閣數肱以供燕坐旁有奥室可以偃臥國變後予避而鄉居遂棄與徐甯菴

晨昏無事只伊吾不羨人稱有腳廚太息當年居士座也容握算較錙銖

倪園 笑峯大師所構也時笑峯尚爲小司農在燕邸子以二百鍰得之門前老屋數間右有亭三楹虛敞而邃修竹蔽天左高閣一區前望雨花後眺淮水左環千堞右繞萬竹爽目快心無過於此後

野水瀰漫古寺旁四圍老樹閒修篁高樓縱目渾無礙遥對

仍歸倪氏

城南石子岡

三叟詩 金陵白雲有所知三叟皆畸人也張叟觀子年九十時登雨花岡步履如飛少年莫及自言一生多歷危疾皆不服藥不延醫而自愈年九十七而卒夏叟和元賣卜洞神宮所言多奇中爲人梗直所藏石不下數十種皆米顛袖中物也吴叟守禮莊節公門下士也能詩侯晉陽職方見而賞之欲拔授營職叟曰願爲役不願爲官甲申後訓蒙自給年踰八十精采射人嘗與余道及往事輒欷歔不勝

少時豪俠老嬰兒服食何嘗藉導師靳爾三齡豈天意令人不得見期頤 張叟觀子

市中賣卜學前賢選石還能效米顛日暮垂簾傾白墮逢人不問義熙年 夏叟和元

超然大隱在詩壇但願稱詩不願官亂後授徒聊代食紛紛

拜跪盡儒冠吳叟守禮　時金陵又有三叟一胡叟節軒豪爽有義氣居大中橋旁近城婦人女子無不知有胡節軒者雖積盜巨猾近在肘腋相戒勿犯不知何以服人如此無名氏詩曰挾彈探丸輦轂雄老胡望八臂生風夜凉占月高岡上太白今過第幾峯二盛叟允昌字茂開其子善畫嘗釀百花酒以養叟無名氏詩曰面似桃花盛茂開釀囊畫笥日徘徊郎君會造逡巡酒數筆雲山酒一杯三周江左名嘉胄鑒古工書子運庚字酉有亦奇士無名氏詩曰江左英姿自處囊生兒亦號漢周郎碧箋黃紙疏窗下暎日鈎摹大小王

予有老友三人皆鄉里典型王子客吳各作一詩懷之

南陔先生王元倬名潢少有文名丙子舉於鄉志益勵甲申後遂絕意公車著詩自娛有南陔詩選六卷時年八十有二

番番黃髮貌嬰兒天爲人間鑄鼎彝自署舊京遺老字先生鐫章用之堪聯元祐黨人碑春時曾訂冬時約別後常懸夢後詩待得歸來持大斗登堂長跪祝期頤

及先仙翁文士英能詩工書長於圖章周櫟園爲之傳善談往事娓娓不倦好與道人方士遊講長生之學與南陔翁齊年而精健倍之

道貌天懷迥不同兒童皆識葛仙翁敲棋雖負氣常勝飲酒無多意亦雄鐵筆不磨懸日月金丹若就泐衡嵩鉢堂他日傳眞誥可許留侯配潞公

胡翁星卿大長公主裔也甲申後與弟君渥攜家出南郭構茅屋於公主園寢以居三十年足跡不入城市人以爲難時甲寅七十有七矣

竹椽茅屋野人居兄弟同心樂有餘客至呼兒供脫粟雨餘課僕種園蔬鄰翁雞黍時歡笑公主園林自掃除珍重塞洪橋上月從君貰酒膾江魚

白雲洞

黝埃無着處于此宿歸雲出岫爲霖雨棲巖正夕曛靜疑山鬼嘯揚與老僧分别自爲天地鐘聲下界聞

登岱

玉簡金書事渺茫神房阿閣跡全荒老松誓不膺秦爵御嶂名猶志宋皇石上寫經雲氣護池邊濯月水痕香當年輦道迷秋草賸有寒鴉噪夕陽

絶地横天十八盤笋輿䟤𧿶步難安五丁劖石形千變萬壑圍松緑一團纔見荆關眞筆墨如逢漢魏古衣冠快心徑欲淩峯頂猶復踟躕四顧看

紀夢詩予仲大風死後入夢衣冠甚偉出袖中文屬余爲流通自云居天上爲散仙甚適新構小屋繪諸葛柴桑二像供其中仍以筆墨遊諸上眞

與子稱同志天懷各暢然生當魏晉後詩續鄴酇前四海留雙屐千秋共一肩雨花臺上月相與踏層巔

荷鍤來高座相從只比鄰地荒蘭蕙少年老弟兄親命酒聊驅俗寫山緣救貧前修凋喪後風雅藉斯人

忽漫歸城市憐予更索居幸留肝膽在所惜往來疏每見僧求畫時從客借書何來摩詰病恐是散花餘

竟爾謝人世殘陽隔暮烟星真應名士死不媿前賢好友收遺帙塵蹤失大年夜臺遇妻子慰藉識衣牽

上界多官府輸君汗漫遊雲中新卜宅天上舊埋憂筆鑄黄金像名鐫白玉樓英雄能辟穀應盡漢留侯

欲別還相送醒來霜氣清曉烟殘月影冷露遠鐘聲遺稿當尋讀新詩誰主盟巫咸如夕降細與話陰晴

六十初度

當年執戟侍明光親見彤雲捧玉皇萬國盡瞻開大業一人遽忍棄多方鐘聲無復傳長樂花氣猶疑出建章不分簾鈎雙燕子喃喃猶似說興亡

西闕丈人峯

西闕峨峨綴碧苔摩娑拄杖撥蒿萊孤峯箕踞如人坐雙岫崔巍似幛開馮翊從來稱右輔長庚原自接中台更從石壁看題字知有人曾載酒來

九歌

四座且莫喧聽我一歌行路難昔我東遊齊魯間將涉蓬萊登泰山東方鼠盜破城邑弓劍攢簇摧心肝拉脇折齒難具述侍生奉死圖刀環儆舟託命聊自救簸蕩滄海無安瀾如

彼坳堂積杯水一蟻誤落芥子端東西奔走苦無措忽然到岸中心歡羣蟻握手相慰勞反覆驕語此水眞奇觀嗚呼一歌歌未闋出門不知天地寬

兒時讀書記姓名壯而馳馬試劒工談兵夜聞甘泉達烽火平原鐵騎連千營少年好戰如好色不避矢石鞭梢横三百健兒視馬足出塞入塞無留行下有深閨夢裏之白骨上有干雲蔽日之欃槍陰氣慘淡白日落腐齒狠藉蛟脣腥老將縮朒抱頭泣我方醉呼俠少彈鳴箏談笑功成不受賞依然挾策爲諸生嗚呼再歌歌已成半生俠氣何時平

昔我遊長安時勢尚可爲所志在豪俠不惜金與貲天子召見借顔色公卿握手爭交知出入殿陛閒冠佩光陸離馬上時時逢俠客壚頭每每醉妖姬妖姬俠客華堂下滿地狠烟

塵沒踝四海誰傳血漢名一軍皆是藏頭者宮中吐餤戀紅輝城上傳鋒逐飄瓦公卿爭解賣盧龍一木何能支大廈男兒陷身虎口中死爲國殤鬼亦雄哺肝吮血尙不死乃知我命由此翁人生行路路若此阮籍有途何嘗窮

金陵蟠踞龍與虎哀哉此日厠狐鼠天子能歌清夜遊公侯善作高麗舞宮鶯銜恨出宮牆燕雀湖邊足風雨風雨飄搖眞可憐吳臺晉闕成雲烟但解江南足酣樂誰爲砥柱障百川慘我流離出城郭跕跕墮水同饑鳶行路若此眞不易片刻清淨天亦慳不知當年僧紹得何策獨能高臥棲霞山

吁嗟乎行路之難豈必人鮓甕頭鬼愁灘嗟予之難乃在咫尺庭戶間風波何止日十二蹭蹬豈獨雲千盤鴟鴞毀室取吾子狐蜮射影索我瘕君不見洛陽道上季子還衣無敝裘

晨無餐又不見會稽山中生事難弦絲肅殺不可彈親戚大
笑韋郎死知交誰念范叔寒文章大似上水帆性命已作枝
頭乾報讐誰啟腦後丸回生空憶鼎中丹人生孤孽犯衆怒
彎弓注矢交相攢我尚頑鈍不改步如彼兀者常蹣跚
汝水何湯湯上接揚子源流長我聞箕山潁水足勝境欲往
從之河無梁拂笠策杖出門去妄意有地可以容相羊嘗日
伯夷一卭遂餓死愧我尚爾謀舂糧望門投止意氣盡托鉢
受食中心傷步出郭門縱遠目但見荒草漠漠雲茫茫西湖
水乾地脉絶焦陂人死吾徒亡呂晏空復誇經濟歐蘇曾不
留文章文叔有言此地蹄涔耳我輩怪物何能藏便當決去
如俊鶻攫或鉗我如楚傖天風吹人歌行路胡不歸去無何
鄉

汝潁多奇士燕趙多佳人老我車塵三十載乃知此語殊非眞當昔遊燕趙三十未足二十餘南曲北里時一至雕鞍繡轂多風期豈無琵琶歌少婦空將花月比紅兒微言令人惜嚬笑設色大約須胭脂少年誤讀玉臺序至今絕口香奩詩今我遊汝潁世事等敝帚豈無我友提前挈後詩亦百篇飲卽數斗我欲於茲授百畝更買一椽容八口闢地種松兼種非沿堤植槐兼植柳聊蓄素書同二酉常爲老農以白首此福亦是人所有惜哉不如意事常八九棲棲將作不鳴雁皇皇仍是喪家狗不惜黃金不多交不深但惜龍泉太阿不在手行路如此不得力且當常醉中山酒

少時見事如數策豈謂丈夫有志酬不得揮毫擲地金石聲展卷古道照顏色拔劍上指象緯動舉杯四顧湖海窄一旦

亂離復貧賤白眼相看無舊客銅駝高臥荊棘中英雄幾葬北邙北眼前乍見狐兎走雲中誰受腐鼠嚇我非嘆老而嗟卑但念此生世上眞可惜祇今莫歌行路難行徧天涯復何益

我聞在上古老死絕往來一自聖人出遂爲大盜魁乃令舟車通以滋爭奪階衣食啟其竇婚宦助之酶禮設德逾薄治成亂已胎芒芒橫目者食蕉而寢槐至人曰噫嘻腐鼠甯可偕每思還涫風萬牛挽不回一經桑海變白日成陰霾上帝先夢矣羣夢焉得開饑犬爭㾜骨厲鬼羣咸胸遂令梅子眞匿影如寒灰昔時同志士片言生疑猜匪獨笑瓠落遂欲肆椎埋矧彼兒女子所見甯不乖我亦知世上聚散如優俳豈有飲狂泉而以爲達哉鬱鬱松柏枝老死異蓬藋行路復行

路徒聞住此佳

張飌

飌字大風上元庠生有雙鏡齋詩上藥亭詩餘楞嚴綱領一門反切大風貌頎偉美鬚髯妻亡不再娶工圖章詩賦畫以己意爲之遂臻化境少爲諸生甲申後走北都出盧龍上谷覽昌平天壽諸山所至公卿爭相迎有中貴子招飲邀館幕中大風起立瞪目不答酒罷引去一日輿盡騎驢而歸性幽僻多寓僧寮道院所爲詩若詞秀警可誦畫尾署眞香佛空四海或稱昇州道士自題墓石小像壬寅卒遺書付鄭汝器藏之一門反切法甚簡可以不習等韻而人通韻書但用音和一門一調音韻便得丁未汝器出其藏稾欲共徐起渭閔呂之詩同梓之杜蒼略爲傳又不果梓後遂失其半詳讀畫錄中

江村晚望

春來無幾日碧草徧溪灣爲看水中石忽逢花外山江船載酒買野老得魚間今夕多新月柴門不用關

九日登雨花臺

九日高臺半夕陽登臨原擬醉壺觴菊花晚作芙蓉色村酒寒生橘柚香宋玉悲秋猶有賦馬周爲客但空囊關河一望烽烟滿何處哀鴻愁斷腸

秋曉華嚴樓

靜海寺前行客舟草鞋夾裏見僧樓月明江浦青山晚霜冷石城紅葉秋

同杜晉公避暑文昌閣

傑閣遠深暑涼風輕竹衫雲陰度溝洫日色到巉巖茗椀兒能送溪魚鶴自銜南山足朝菌吾欲取長鑱

落日

寒烟上邱隴落日下羊牛一澗碧泉響四山紅葉秋霜茅失

樵徑獵火見漁舟歲晚罷耕種商畲纔薄收

田園即事

樹底雲生隔淺苔花閒犬吠出危橋緣林麥熟經晨雨巖岸船高入夜潮計拙兒童諳稼穡時違兄弟老漁樵田園長更餘風月村北村南酒滿瓢

同劉旅皇飲借巢看菊

黃花開石屋歲晚足摩娑飲酒亦逃世哀時恆獨歌地偏風露冷江逼雁鴻多即此成嘉遯蒼生奈爾何

李詩

詩字元白上元人自稱治城老人有節令韻賞松濤集元白節令韻賞二十六冊首有崇禎丙子自序末有黃今王跋引申公八十輶固九十則元白之年可知矣其書先故實次詩賦文詞分月分日蓋合歲時廣記歲時雜詠而附益之十五冊以下則花果木

茱如羣芳譜曰韻賞續集每條俱載出處史鑄百菊集譜後附以元白自著雜籠山菊譜其松濤集亦散附各門之下余得其手稿噫金陵明季尤多著述之士如元白髦而好學當補入志乘文苑傳也

丙戌虔南上元

蕭齋忽過傳柑節斗邑愁聞擊鼓聲京國漫誇當日火崑崙誰進此時兵團圝可惜人千里惆悵空憐夜五更也有書幃燈一點燒殘臥對夢難成

己丑寒食

徵問江東事可嗟杏花村裏有無花場空蹴鞠鳴朝雉架冷鞦韆集暮鴉尋壘尙來雙燕子禁烟難問五侯家六朝王氣空荒寢淚溼棠梨夕照斜

重陽偕蕭天章靈應觀登高飲酒集唐

茱萸休笑淚沾巾廖匡圖羞見黃花無數新少陵今日登高樽酒

襄王緒坐中惆悵是何人 令狐楚

長至夜次倪叔遠韻

衡門僻處近長干，裘敝誰憐范叔寒。魚鋏曾聞延上客，鼇竿久懶謁高官。文章老去心猶健，經濟年來志未酬。雲物漸殊時事異，且教痛飲莫留殘。

黃士珙

士珙字令玉，上元庠生，有靜香齋集。令玉在明季爲老宿劉震藩詩學，實師之，惜全集不可得，僅於韻賞中得梨花一律。

梨花

小院銀屏冷，仙妝妙洗紅。吹雲纔入夢，翦水旋成空。豔絕翻歸澹，香多盡欲融。年年寒食節，春老閉門中。

范 植

植字爾培上元庠生爾培父早卒叔父在田鞠養之以其父遺貲五千金畀焉爾培啟五經大社學博楊以任卒於官經紀其喪請祠名宦大司農呂豫石許為名士弟一朝夕延論古今權相得郎官錢某欲署關差以千金為壽爾培峻拒之後家計中落彌行益高不干一人弟柟字道安精岐黄亦有義行

梅花

不屬春風自主張空山冰雪獨深嘗半枯留得一枝活開在無人賞處香

張大侯

大侯字五正江甯人

懷王晉人

不見王生久人傳設杏壇泉聲山館夢花氣石城寒莫恨詩篇少惟愁酒甕乾定能甘寂寞吾道正艱難

陳箎姜

箎姜字翼仲，上元人。翼仲人品高潔，兼有俠骨，與顧與治友善，詩格亦相頡頏。邢石臼有同與治爾止飲翼仲齋中詩。

顧端文憲成

建儲允艮策，並封意難保。疏抗黃臺情，身作商山皓。本懷攬轡志，忽結同車好。歸來臥東林，斯文洵再造。

趙忠毅南星

大宰司黜陟，幸屬生民哲。再計羣賢進，一論四凶折。鸞龍終在野，白首甘一謫。公心如汾水，悠悠無時竭。

鄒中丞元標

箎仕抗奪情，直聲天下震。躬與濂洛遊，世笑狂狷定。川巖樂羣英，冠冕育多俊。堂堂千載名，風波何足慎。

高忠憲攀龍

慘淡錢塘波淒凉汨羅水潔身芳池中孤懷千古峙辭辱報
丹陛遺表垂青史屍諫縱罔格臣節斯已矣

過鳳遊寺訪方爾止

客居常在寺行李亦如僧旅食辭吳會懷人到秣陵攢蛩鳴
石罅澌磬貫雲稜念此高岡竹寒霜歷幾層

汪國涓

國涓字大魯一字孝隱六合廩生元哲子有鶴來莊
集

偶言

西山有高士采采山與深浣溪有美人濯濯驚波禽往事不
可招聆茲山水音高山邈我思流水入我琴中天一片月萬

古幽人心柏子梟鑪烟篘窗聊短吟豔不豔山花悲不悲楓
林溪藤數點墨老蘚無敢侵栗里一杯酒同心甘與分策杖
擬孤尋松風吹素襟

芳草曲

綠楊枝上春風早一帶青山淨如掃朱欄芳草幾盤青青上
眉端爲誰好睡起曉妝鏡如霧花映朝容暗生妬燕燕鶯鶯
不敢愁飛傍妝樓訴朝暮花陰風動挽香羅花見猶憐奈妾
何天涯杳渺王孫路腸斷他鄉芳草多

長夜無寐獨酌陶然

漸覺韶光暮條鳴斷續風聞蟲織月冷搖夢一燈紅摘句俄
傾甕狂歌驚落虹漫言吾老大此夜幾人同

汪國聘

國聘字君儲一字晦生六合人國渻從弟監生有箭齋詩存

秋日莊居

村居耳目換强半在登臨山水有眞趣漁樵無俗心松存晝圖格鳥奏管絃音性懶耽幽僻猶然費苦吟

宿沈熙仲山莊

主人静掩草堂虚閒殺青山一憩予春老餘紅微帶野林深蒼翠欲浮裾夜殘松語全清枕月落山陰漸壓廬不似塵情論去住座閒猶滯古人書

田治

治字古田六合人有卅餘堂詩草蘭扉集

客有勸予讀沈佺期劉長卿集者答之

要在流胸臆何曾計拙工置身唐宋外放眼白蘇中鶻哭非
吾尚昌明亦自雄已甘牛馬走學步讓兒童

何炎

炎字季野上元庠生汝健曾孫季野何龍匡之曾孫
士父械如字子新兄燕弟祖澄之字秋水武進
寅俱應天庠生力學敦行

登燕子磯

獨倚孤亭望山川慨寂寥洒將今古淚流入往來潮建業人
頻換秦淮恨未消由來天塹險飛渡只崇朝

何寅

寅字德亮上元庠生炎弟

偕朱嗣宗訪張大風

匹馬懸弓萬里馳虎頭燕頷負雄奇只因無限山河恨老向

江東作畫師

孔瑜

瑜一名興伯字元胄高淳增生有迤園集元胄孝義端方父喪守古禮以母在不敢廬墓及居母喪廬墓三年哀動行路生平不喜浮屠粹然儒行

有感

萬古綱常有坦途誰教吾道莽榛蕪堪嗟王旦非賢相始信昌黎是大儒經典詎容參梵夾衣冠那許混緇徒刑餘敢入三公座王制周官法必誅

姜承宗

承宗字開先上元庠生有衍園集崇禎庚辰廣陵鄭元勳超宗影園中開黃牡丹四方名士賦詩評定甲乙江甯陳丹衷涉江第十六上元姜承宗開先第十八刻影園瑤華集又超宗影園自記云一亭臨水菰蘆羃歷社友姜開先題以菰蘆中則開先又工書矣

黄牡丹詩贈鄭超宗

紅紫繁華盡可刊曲園金檻傍檀欒松花燦貯宜晨供月露香涵足晚餐自出名城矜有種生殊雜佩贈餘歡龍光比德稱君子莫作江蘺杜若看

王廷美

廷美六合人

龍池看塔影

一塔稜層穩作峯誰移孤影墮寒淙波揺寶鐸驚浮雁水隱明珠動卧龍豈是焉夷藏舍利誤疑西竺寄行蹤臨池亦有躋攀興醉數魚游第幾重

蘇昇

昇金陵人寄籍雲南太和明季抄定洲作亂傾家募

死士七十餘人力戰俱死之

自矢

書生百戰持空拳攘臂一呼迴長川天輪地軸疾轉捩鯨鯢猘猘濆饞涎矢盡道窮鳥獸散血流淤靭射欲貫潢池小兒揮長戈強者紛奔弱者竄陰雲鬱蒼茫白日寒景光玉石俱焚炎崑岡蕞爾榆關變滄桑吁嗟平生爲壯士死爲厲君不見空山白骨香

寇稍退

薄暮登城墟故鬼雜新鬼痛極不成聲亂燐傍蘆葦

夏雲

雲字夢飛高淳庠生有菰蘆集夏夢飛好學篤志家貧不苟取時徐一鵬字梅南趙彝字孟敦王明科字斐卿湯之[illegible]字紡常湯之孫字彥仍俱負氣慷慨才藻斕然時[illegible][illegible]邀高

蹈不出蓋三湖多隱逸之士郎詩家不獨一邢石臼也惜集皆散佚

過竹城

名蹟難尋剩土墩千年廟貌亦無存可憐吳楚山河破不敵田家穲稏村

高桂枝

桂枝字樹秋一字畸庵金陵人寄籍雲南鄧川永明王聞其名以禮召之遁去山中不出以隱終有畸菴草

土軍行

征南將軍征佛光誰爲效命來開疆威遠男兒負壯勇指揮部落先戎行功成受賞得世爵十司分隸嚴邊防管領爨僰作牙爪星羅棊布環山鄉操弓負弩本習慣緣岩走險同康

莊無事羅巡供臂指有事馳驅赴敵場緩急頗收捍衛力要在控制無乖方朽索偶然失所馭奔突反噬恣猖狂或時穿墉爲黠鼠或時伏莽爲貪狼炎炎不滅始一爝燎原直欲焚崑岡不見武尋安鳳賊攻城戕官爭鴟張不見大姚鐵索箐刼掠橫行鳴刀鎗德則爲兵怨則寇東西任意紛跳梁此邦此事尚希有漸不可長防履霜毋令效尤罪更甚當車逞怒懲螳螂

徐蒳知

蒳知字若瑟一字淡止上元人若瑟工詞與趙止思共選詞淡止大率情致婉麗似春鶯喚柳則甲之氣味高古似秋鶴闖空者則乙之此亦女郎曉風殘月將軍鐵板唱大江東去意也

秦淮月

月臨淮水漾清暉見月含情知者誰蔣妹祠邊初滿夜王郎渡口最明時隔花望去瓊樓遠載酒邀來畫檝遲六代風流隨逝水綺窗人自妬蛾眉

鄒元檄

元檄字羽臣一字文江上元人崇禎間拔貢據瑞安志流寓府縣志失載明亡避于温之瑞安潮五雲山胡嵒善詩文力耕而食屢徵不就文江答友人書云古人避世或故里如管幼安梅子眞陶元亮種種殊轍咸歸一致僕於此三者皆不能而去國不遠藏蹤不深歸計不決尚何先幾勁節足塵聽聞云云

寶香山訪卓忠貞公讀書處

世運無停轂空山自風雨不見讀書人松林聞嘯虎

朱知鄉

知鄭字思遠或名珍字遠公上元人睿詧子京庠生

思遠幼與陸與可汪子白及周敏求齊名避居溧水山中詩頗奇鬰畫有父風偶入城卒於承恩寺舍友殮之詩數卷版行與未鐫各半其子藏於家子亦能畫

留宿周敏求齋中曉起

把臂欣然晤何須更入林虛堂鑒明月高枕息機心入夢不驚蝶披衣聞曉禽支公曾有約相與訪雲岑

朱知壒

知壒字炎洲上元人

贈周澤宮 名掌文上元人

爲想高人住冶城葛巾草履足平生鄰家日午炊烟起閉戶惟聞誦讀聲

謝天選

天選字素庵溧水人有芝山集與素庵倡和者有劉邦本錢元溪湯築夫邦本字雪筠亦溧水人秋鶯詩有云伴汝飛來猶有燕與人歸去已無鷗佳句也

送葛蘆峯之吳門

君今遊處我曾過夢繞橫塘奈若何吟夜一篷花影亂醉春雙袖酒痕多錦帆涇口尋蘆管響屧廊邊問綺羅定有新詩題滿壁浣花箋裹費吟哦

郭延庚

延庚字埒元上元庠生旌表孝子埒元性至孝母計氏病嘗糞甘泣以身代母遂愈學使奏聞建坊顏曰孝子善屬文兼通武略隱居江北終身不入城市子殿鐖庠生有孝行曾孫琪肇鴻元孫謙臣元鎏元益俱庠生

與徐翔徵歙名一鵬高淳人盧公象昇嘗出其門崇禎中盧公特疏薦於朝隱居不出

子爲耕叟我樵人相邏山厓或水濱一盞濁醪歌一曲醉鄉

以外別無春

陳來

來字宗來江甯人陳宗來居楊洪橋側與胡星卿朝夕唱和楊淑家愛其有山皆住我無事可千人十字大書以榜其門善畫折枝花卉階下遍植雜卉以寫其意

與胡星卿比屋

識破名爲累駒光度隙塵有山皆住我無事可千人酒熟頻招友花開便賞春何期南郭外同話葛天民

谷再吉

再吉字知迪高湻人有五經纂要周易解周禮注地

輿九邊圖

保聖寺

低徊遺跡說龍城古刹淒涼暮靄橫柏老蒼皮經雨潤塔高

金鐸借風鳴相迎僧貌多疏樸莫問人寰幾戰爭猶有南唐碑字在摩挲識得貫休名

楊國士

國士字淑家上元諸生性狷介讀書好古讀易至六十四卦錯綜互體逐卦擬議著爲一書附蕭氏易說後名曰蕭楊合易爲學者所推喜飲酒以隱終有昨日菴稿

秋行

曉日當窗天宇清南檐自掃土階平陂塘雲過臨秋水蕭寺花飛帶磬聲物序已如蓍策變道人猶復楚騷情請看山麓樵蘇老揮刃何曾荆棘行

春深

春深屐滑不知遠遠隔山房忽數峯芳草人歸微月寺晚風僧打落花鐘疏陰便可蹲頑石空翠還難放短筇冉冉一聲歌陡發潭龍飛上六朝松

湖梅

春風昨夜過天涯吹醒孤亭一樹斜獨有閒人閒似月卻來湖上照梅花

松聲

到耳風濤萬斛寒繞亭曳杖思無端當年驢背鍾山寺十里蒼蒼帶雪看

顧大善

大善字友生江甯人尚書璘四世孫京庠生有見遠樓集友生曾祖巒祖元祥號吳山子四夢蛟夢虬夢蟾夢蟠並列京庠友生乃夢虬字與振號澤泉

之子也友生以詩名幽異古鬱橫闢一家

登祈澤寺

高秋佳晴遊攀松屐山骨林杪俯鳥啼鐘聲向夕發靈泉散石渠枯木欹宋碣不知登絕檻又覺前巖兀披襟納大風周視情恍惚赤霞明遠江日没危如髮長嘯此景光彷彿行天闕

欲雪

朔風吹紙軒擁褐晝閉門烏散饑欲下繞我樹上喧濁酒寒足恃稚子貰前村一生梅幾華招隱詩自言

楊炯伯

炯伯字大郁一字鹿園江甯庠生鹿園性耿介動以禮法自繩常不舉火三日猶端坐讀妻旁侍有隣某營兵素敬禮之饋斗米鹿園曰奈何以楊生食營糧乎麾之去已而剝

咏聲急疑營兵復來不之應聞門外大呼曰我錢匯也啟戶納之以金饋曰是可受其不苟如此嘗與同里季熙痛飲荒野歌與泣俱方望溪季瑞臣墓表載其事

清明前四日同季水從侯子山澹心靜夫過蔡霄道院主清涼山看花竟日

江山佳處總難論春在林皋賴酒尊我被春風久留戀桃花流水晉時村

冬餘樂事十九首 錄六

眼明見窗新最愛風月夜竹影時蕭蕭亦結幽人社 窗櫺新糊

一甌有妙悟無言雪舉舉斧冰澗谷中但聽松風語 敲冰煮茶

小人不出門自笑天地窄醉裏一長歌吾生眞過客 曲室小飲

役車苦未休行子疲歲晚野老立斜陽前途一何遠 斜陽看行人

今日晴景佳杖策前村路路逢清冷人同看梅花去 雪沉初霽

一燈耿青焰，風雨何淒然。中有無事人，讀易終殘年。紙窗燈火

柯鳳梃

鳳梃字漣水，江甯人，有遯齋偶存。漣水本莆田籍，集有郝維訥序，稱其晋秩黌宫，然其始末未詳，罷官後居鳳凰臺側。

逢鄧元昭郭臥侯論詩有感

遯入野鶴臥長干，浪託萍蹤一笑難。隔枕泉聲依劒冷，侵眉霜氣到詩寒。鷗夷事業愁無了，馬革功名夢已殘。白照蘆花顏色好，掀髯醉眼看彈冠。

寄余澹心

萬山堆裏起烟霞，行遍江城未見花。雲影天浮空盼雁，風聲夜度只聞鴉。難將酒力勝蕉葉，惟許蔬盤薦蕨芽。離思經年生計懶，故人今已隔天涯。

韓无疾

无疾字元長自稱傭伯高淳人衢州守邦憲之孫有師放居集

固城湖

清和湖上渡不渡幾經秋藻荇恬陰浪菰蘆奪險流城墟楚廟在地僻漢碑留一抹遥山翠烟嵐望裏收

吳古懷

古懷字弗如高淳庠生有邊防圖說宋金遼元四史刪闕佛諸書弗如學無不通慷慨有俠骨沈壽民被逮獨潛舟迎至其家周鑣被逮弗如周旋備至鑣曰平生交友乃得君於今日後走閩粵歸卒於家子越彦

贈沈壽民

慷慨匡時志憂天耿赤衷策誰知賈誼刃欲剸陳東拔劍歌

何壯當筵氣自雄三湖風景渺一舸入烟叢

王式古

式古字望文一字雪村自稱青谿道士江甯人有賣藥吟松江倪匡世云雪村善老莊軒岐之學性躭詩酒尤善丹青達官强以入幕不合辭去賣藥於大江之間自稱韓康子力行賑濟活人無算喜結交重然諾時人服其高尚

耆闍寺晚望

晚鐘風送去聲過幾重峯山氣凝烟淡林陰落照濃雁飛蒼岫外人坐翠微中此地誰投足予惟傍遠公

晚步

落日江城下嵐烟碧四圍近山荒寺出獨樹亂鴉飛村酒人爭醉京塵客未歸不如江上客和月掩柴扉

夢醒

夢醒夜將子秋風響四鄰可憐半生事還惜百年身月色斜
穿戶蛩聲冷近人有懷無所遇江上擬垂綸

曉發上新河

涼秋天未曉挂席上新河樹影隨沙遠雞聲隔岸多渡江何
所事擊楫獨爲歌何處來螢火紛紛點白波

贈洪陟子刺史

春色湖南早桃花入日開一杯誰對酒雙屐獨登臺雲鎖前
溪寺香消隔院梅不堪多悵望山鳥忽飛來

登樓

無端春恨望中違樓對鍾山繞翠微暖氣蒸花人欲倦輕風
搖柳燕初飛一杯酒盡日西去千里帆來水北歸惆悵舊時
歌舞地雲霞猶自學宮衣

登攝山最高峯

絕頂風高聲若雷多年懷抱望中開雲從鸛鶴盤風下江擁黿鼉作浪來空有碣文傳勝迹獨教松樹老荒臺登臨莫問興亡事且向峯頭醉一回

感懷

鳴鞭過酒家繫馬垂楊樹欲報故人恩不知在何處

重九後二日北山尋菊

已過重陽菊未開爲探消息上高臺十分秋色七分老剩有三分待酒來

吳琦

琦字粲生上元人有浮槎詩集松江倪匡世云粲生慷慨節俠借人報讎髠鉗隱去卓文龍見而館之三十年死卽葬其墓旁春秋祭掃不廢卓子任藏其稿

登西梁絶頂

春風眞好事引客上高臺脚下水聲響眉端野色開烟敎深樹沒天放大江來獨坐忘歸去昏鴉帶月回

冬初再遊普光庵諸勝

爲愛雲堂遠市塵漫將屐齒破苔痕忘機老客頻攜杖無事山僧不出門滿壑雲屯霜葉冷近村日落暮烟昏坐遲茶熟能供渴明日還須載酒樽

落日風帆

雲霞黯淡射江波不盡帆檣浪裏過試問孤舟何處泊西山殘日已無多

泊惠山

蒲帆渾不挂柔櫓碧峯前午熱投高寺心煩急冷泉松風吹

上閣山月照歸船夜氣涼清境烏啼未肯眠

王應憲

應憲字德卿一字德園私謚貞靖先生上元人德卿上世自燕徙梁宋紹興中家建康復徙溧水父世琪復遷上元德卿生明天啟辛酉隱居不仕與高蘿栖友善然蘿栖多交鉅公名人而德卿不喜見客康熙庚寅年九十卒著有歷代帝王紀要十卷名臣紀要二十卷江防考三卷海防考六卷漕運考二卷黃河古今通志十二卷九邊圖說五卷鹽鐵志二十卷兵屯志十六卷廣萬姓通譜二十四卷傳習錄崇入卷南北水利蠡海錄十二卷方輿圖考二十卷家於青溪邀笛步側韜光劄采雪纂露鈔五子國珍國璠國球國瑜國璋咸能承志讀書孫元蘅字符躬康熙己丑進士內閣中書貞靖殁後輯其墓誌哀誄爲蒿里錄

蘿棲至青溪小齋共話

與君頭白最相親暇即來尋話夙因處世自甘爲拙計著書敢謂有傳人青山短杖堪千古芳草閒門閉一春日夜潺湲

東去水花飛從不惹漁綸

王雯東

雯東字坦窩江甯人金陵私乘云坦窩爲人和而介清癯有古貌斗室如繭筆硯楚楚相對縱談令人忘倦工行草能詩坦窩居南門外臨河一曲矩步自愛不輕與人相過從喜畫松居紙中挺直不少欹題其旁曰數尺耳有尋丈之勢嘗爲路汝捷書庭柱一聯坦萬慮以存誠憩八遐於遥情年八十一路鴻休作逸老十人贊坦窩居首

絕句

清如浴碧閲人眼肅若澄秋律已心何事難隨時調入自修音韻一張琴

金陵詩徵卷三十二終　江甯甘曾沂校字